cheiro de suor e vinho

Cheiro de suor e vinho

Copyright © 2024 by Miguel Vaz

1ª edição: Maio 2024

Direitos reservados desta edição: CDG Edições e Publicações

O conteúdo desta obra é de total responsabilidade do autor e não reflete necessariamente a opinião da editora.

Autor:
Miguel Vaz

Preparação de texto:
Flavia Araújo

Revisão:
Vitor Donofrio (Paladra Editorial)
Daniela Georgeto

Projeto gráfico e diagramação:
Gabriel Silva

Capa:
Dimitry Uziel

DADOS INTERNACIONAIS DE CATALOGAÇÃO NA PUBLICAÇÃO (CIP)

Vaz, Miguel
 Cheiro de suor e vinho / Miguel Vaz.
 — Porto Alegre : Citadel, 2024.
 304 p.

ISBN 978-65-5047-451-5

1. Ficção brasileira 2. Literatura erótica I. Título

24-1895   CDD - B869.3

Angélica Ilacqua - Bibliotecária - CRB-8/7057

Produção editorial e distribuição:

contato@citadel.com.br
www.citadel.com.br

MIGUEL VAZ

Cheiro de suor e vinho

LUCENS
EDITORIAL
2024

1

omo eu amava as manhãs... Enquanto a maioria dos jovens da minha idade ainda se recuperava do porre na noite anterior, eu já estava de pé, respirando a brisa gelada que circulava por entre os parreirais. Dos vinhedos mais altos, era possível enxergar toda a vila de Vernazza, uma cidadezinha que cresceu às margens da costa oeste da Itália, agarrada aos grandes rochedos que se afundavam no mar, como se a todo instante as casinhas coloridas quisessem saltar nas águas geladas e apenas uma força invisível as mantivesse ali. Provavelmente você não faz nem ideia de onde vivo e talvez nunca tenha ouvido falar de Vernazza, mas é capaz de já ter visto uma ou outra fotografia da vila em revistas de roteiros interessantes para mochileiros que buscam se aventurar pela Europa gastando pouco.

Afinal, os vinhos são baratíssimos e embriaga-se com menos de três euros!

Vernazza era a típica cidadezinha onde todos se conheciam, e quem lá nascia dificilmente tomava outro rumo senão cuidar dos negócios da família: as pequenas padarias, mercearias e vendinhas, as floriculturas – cujas flores coloriam os batentes das janelas – e os parreirais, onde se cultivavam as uvas que mais tarde os jovens da minha idade, ainda de ressaca, vomitariam pelos becos da cidade, não sem antes vararem a noite abraçando-se, cantando alto – como bons italianos – até acordarem metade dos

CHEIRO DE SUOR E VINHO

moradores, só parando depois que a escolta policial os mandasse de volta para casa.

Eram os efeitos embriagantes dos vinhos de três euros.

Minha família e os vinhos tinham uma relação estreita. Papai havia literalmente nascido dentro de um parreiral e, sem surpresa, seguiu a tradição das gerações passadas tornando-se vinicultor nas terras que hoje eu chamo de casa.

Sim, eu vivia em uma *azienda agricola* nos campos afastados de uma cidade minúscula. E, caso esteja duvidando do que digo, basta consultar o significado de Vernazza no dicionário que encontrará *lugar longe pra caralho*. Ok, estou exagerando, mas não existiam baladas, cinemas ou festas por lá, e o único pub da cidade era do tamanho de uma ratoeira. Definitivamente não era o lugar ideal para jovens com hormônios em erupção, mas quem disse que eu era aquele tipo de garota baladeira?

– Que porra você faz da vida, maninha?! – Ida, como toda irmã mais velha, tinha o dom de juntar um xingamento e um afago na mesma frase. – Você já tem dezenove anos! Saia pra fumar um, tomar um porre de cerveja, dar pra alguém aleatório na noite!

Éramos muito diferentes uma da outra. Enquanto eu me afundava em livros de romance, Ida se arrumava para mais uma noitada à moda italiana. Enquanto eu conhecia o mundo pelas páginas de Júlio Verne, ela rodava metade da Europa em mochilões com alguns colegas – eu tinha certeza de que viajavam apenas para fumar seus baseados em paz. Ela sempre foi à frente de seu tempo e de mim, um ano e meio, para ser exata. Tinha o destempero que eu cobiçava, e o tempero que me faltava. Quebrava regras como quem quebra ovos em uma frigideira para fazer uma omelete, enquanto eu nem sequer sabia o que era sair de casa à noite.

Você deve estar pensando o óbvio: Elisa Rizzo, dezenove anos, moradora de uma *azienda agricola* nas proximidades de Vernazza, é o típico caso da garota que vem de uma família conservadora;

seus pais, Giovanni e Antonietta Rizzo, criaram as filhas com ré- deas curtas, no labirinto de seu mundo de regras. Uma se rebe- lou, outra não.

Enganou-se. Papai e mamãe, apesar de extremamente corre- tos, não me proibiam de *nada*. Se minha vida era tão sem graça quanto comida de hospital, a culpa era inteiramente minha. Mas voltemos aos meus pais...

Papai era o estereótipo do típico italiano: grande, forte, fala- va alto e gesticulava até quando ia rezar, um personagem saído de um filme sobre a máfia. Era o terror dos pretendentes de Ida, que perdiam o sangue do rosto e as palavras da boca toda vez que eram apresentados a ele. Era literalmente um armário. E, para acrescen- tar requintes de crueldade, um armário parado à frente da porta de entrada com os braços cruzados à espera da próxima vítima.

– Co... como... como vai o... o senhor?

Estes foram os que chegaram mais perto de papai. L'Orso, ou O Urso, como era conhecido por todos os moradores de Vernazza e *aziendas* vizinhas, por causa de seus braços e costas peludos, na verdade era incapaz de fazer mal a uma formiga. Não era difícil ouvir sua voz de tenor pelas estradas que cortavam os parreirais no caminho para Vernazza. Papai sempre fazia a colheita das uvas cantando, e eu sabia seu estado de espírito pelo repertório que escolhia durante as horas de trabalho.

Já mamãe, Antonietta Rizzo, era o oposto da calma de papai. Mulher de pensamento forte e pulso firme, trabalhava em uma vinícola nas proximidades de nossa *azienda* e não levava desaforo para casa. Se a mim restavam dúvidas sobre o que puxara dela, sobravam palavras quando o assunto era sua semelhança com Ida. Compartilhavam o espírito inquieto e o leve descompro- misso em seguir as leis. Mamãe amava festas e comemorações, principalmente o Ferragosto, quando baixava na adega de papai e inventava jogos alcoólicos apenas para nos ver vomitando roxo.

Logo eu que nem de vinho gostava...

Era irmã gêmea de Francesca Rizzo, e nada se pareciam na doçura. Davam-se bem, mas se viam pouco. Titia morava sozinha em um apartamento em Milão, mesmo depois de ter ficado viúva. Eram, no entanto, fisicamente idênticas. Tinham os olhos da mesma cor das águas que banhavam Vernazza e a pele clara e rosada. Já passavam dos cinquenta, mas ainda assim ambas conservavam uma beleza madura. E no caso de mamãe, foi por ela que metade da cidade se apaixonou, inclusive papai, em sua adolescência.

– Se você quisesse, mamãe, teria transado com todos os homens da Itália. – Ida alternava palavras e colheradas de um *gelato*.

Mamãe, que recolhia o almoço, apenas esboçava um sorrisinho sem vergonha ao notar que papai a observava por cima das folhas de jornal.

– Imagine todos os orgasmos possíveis nesta terra! Já pensou que maravilhoso, mamãe, transar com todos os italianos?

Se Ida amava assuntos íntimos, eu os odiava. Meu corpo formigava de vergonha só de imaginar que a palavra *orgasmo* era ouvida ao mesmo tempo por mim e por papai e mamãe.

– E você, Elisa...

Merda, eu sabia que a conversa chegaria em mim.

– Deve honrar o nome da família Rizzo!

Ida fazia questão de me constranger...

– Nós somos conhecidas pelo pulso forte e por fazer homens babacas sofrerem!

– Eu só espero que o babaca aí não seja para mim também – Papai retrucou da sala.

– Claro que não, papai, você é meu babaca preferido! Nunca colocaria você na prateleira dos babacas escrotos! – Ida gargalhou. – Inclusive, conheci um rapaz de Veneza que promete ser a nova aposta da poderosa Ida.

– Quando vai trazê-lo aqui? – Mamãe interrompeu.

– Para quê? – Ida conhecia sua ironia. – Quero viver na minha singela ignorância. Papai o assustaria, como fez com os últimos seis. – Riu.

– Eu achei que era isso que você queria... que papai dispensasse seus pretendentes antes que você mesma o fizesse – entrei na conversa.

– Eu até queria, sabe? Mas ele transa tão bem! – Gargalhou. – Inclusive, quero gozar maravilhosamente hoje.

Ida levantou-se da mesa lambendo em movimentos sugestivos a colher com *gelato*. Quando se deu por satisfeita de suas imitações, avisou papai de seu destino na noite que se aproximava: o pub de Vernazza, onde se apresentaria uma banda de rock.

– Por que não vem também, maninha?

Merda... eu já sabia que ia sobrar para mim...

Eu me fiz de desentendida, torcendo para que o convite fosse uma mera formalidade de irmãs. Mas Ida me olhou com uma cara que eu já conhecia.

– Vamos, maninha – Ida abraçou-me por trás –, sexo ao vivo é sempre melhor do que nos livros eróticos que você anda lendo...

– Você está louca?! – Corei de vergonha. – Eu só leio livros de finanças, mitologia grega e pequenos romances. Odeio essa porcaria erótica...

Ida passou a meia hora seguinte tentando de todas as formas me convencer a acompanhá-la ao show. Eu neguei todas as suas investidas e respondi com as melhores justificativas que poderia dar: eu não ficaria de vela para ela e seu namorado, pretendente, romance, o que fosse; não gostava de rock e não tinha prazer nenhum em encher a cara de cerveja.

– Eu pago uma tequila.

– Mas eu nem gosto de tequila.

– Então qualquer bebida que diminua essa sua cara de cu.

Ida e suas sutilezas...

CHEIRO DE SUOR E VINHO

Reconheci a minha derrota, menos por falta de argumento e mais pelo dom da chatice incansável de minha irmã. Ida beijou-me a testa e, aos pulos, subiu as escadas de casa, não sem antes me avisar o horário que Luigi, seu namorado, pretendente, romance, o que fosse, nos buscaria.

– Estarei pronta às 21. Mas me prometa que voltaremos cedo. – Eu já sonhava com minha cama, afinal, seria mais uma puta noite normal como todas as outras.

É, não foi.

2

A casa ficou vazia após o almoço e apenas o vento quebrava o silêncio ao farfalhar as oliveiras. Não era grande, cinco cômodos que se dividiam entre o primeiro e o segundo andar. Tinha um piso de madeira com cheiro adocicado, algo como manga e mogno, com exceção do meu quarto, que era forrado com carpete. Eu amava roçar meus pés pelas reentrâncias do tecido... Para mim, era o esconderijo perfeito. E confesso que sofri um pouco quando tive que deixá-la, mesmo que por um mês apenas, quando papai inventou de trocar o encanamento.

Nosso destino foi um pequenino hotel na vila de Vernazza, o La Constellazione. Tinha três andares e fachada simples, vermelha, de onde pendia um letreiro com o nome *Constellazione*, sem o *La*, perdido em alguma noite de ventos fortes. Ida e eu nos divertíamos por seus corredores estreitos e quartos vagos, que eram muitos e estavam sempre abertos.

Ficamos no quarto de número quinze, no terceiro andar. O cômodo era quente e abafado, e suas pequenas janelas, se não ajudavam a aplacar o calor, também não nos presenteavam com uma vista para o mar azulado. O banheiro era minúsculo e, se não fosse uma pequena claraboia para ajudar na iluminação, faríamos nossas necessidades de forma romântica, à luz de velas, pois não havia lâmpada ali.

Que caralhos de engenheiro...

CHEIRO DE SUOR E VINHO

Ida certa vez me convenceu a explorar a bendita claraboia. Para chegar a ela, usamos de escada o vaso sanitário e o pequeno armário acima da pia; quebramos sua trinca e cruzamos o vidro opaco e sujo de poeira graças à finura de nossos corpos. Experimentamos o sabor da liberdade quando o vento marítimo acariciou nossos corpos. Do terraço, víamos toda a vila, as casinhas coloridas presas às rochas, as vielas apertadas, as nuvens encostando delicadamente no mar. Aqueles cinquenta e poucos metros quadrados se tornaram nosso refúgio e segredo. Bastava papai e mamãe saírem para trabalhar que subíamos à claraboia como quem cruza um portal para outra dimensão. Passávamos tardes inteiras assim, adivinhando as formas das nuvens, contando as casinhas nos morros – e nunca chegávamos a um consenso – e subindo e descendo a escada de incêndio na lateral do prédio.

Depois de um mês, nós voltamos para nossa *azienda* e eu me afastei de Ida, nem eu mesma sei o porquê. Acho que são os momentos da vida... Um dia você não suporta sair dez metros além do quintal de casa sem querer a companhia de alguém, e no outro, apenas os grilos em sua cabeça bastam para preencher o seu íntimo. A única que fugia à regra e cagava para meus desejos antissociais era Vittoria.

Nós éramos a amizade improvável, a soma da beleza com a estranheza, do popular com o medíocre, da cintura fina, quadril largo e seios empinados com a inexistência de corpo, da autoestima com a total falta dela. Eu a conheci na Scuola Elementare Piero Gobetti e, mesmo após um ano da formatura, continuávamos nos vendo e nos falando todos os dias. O celular tocou. Adivinhe quem era.

– Puta, está aí? – Vittoria tinha um jeito direto que tiraria Gandhi do sério.

– Não, mas chegarei em breve. Espere na linha. – Eu também tinha meu repertório de ironias.

12

Aguardei sua risada do outro lado da ligação quebrando o gelo de nossa troca de farpas. Vittoria, no entanto, permaneceu em silêncio, e só ouvi sua voz novamente quando a falta de palavras começou a nos constranger.

– Eu vou me mudar – disse como quem confessava um assassinato.

E, para mim, era um assassinato. Durante todos os dezenove putos anos da minha vida, nunca tive uma conexão tão forte com alguém como tive com ela. Vittoria foi do céu ao inferno comigo. Era minha confidente, foi a primeira a saber do meu primeiro beijo, da primeira paixão, das desastrosas vezes em que ensaiei preliminares com alguém. Não sei para onde se mudaria nem os seus motivos para deixar Vernazza, mas senti em meu peito a dor fina de um infarto. Era o descompasso do coração, ao descobrir que minha única amiga estava prestes a me deixar.

– Nossa... que bom! – Foi o que consegui responder.

Em nossas conversas, Vittoria me dizia sempre que queria conhecer o mundo, se aventurar além do perímetro de Vernazza. Não fazia esforço para ser livre, não tinha rédeas no pensamento; o exato oposto de mim, o que me fazia sempre refletir se ela não havia feito amizade com a irmã errada.

– Eu achei que esses olhos castanhos iam pelo menos marejar. – Vittoria parecia decepcionada.

– É que – tentei organizar meus pensamentos – eu nunca me imaginei sem você. Digo, nossa amizade não se acabaria com a distância – minhas mãos suavam –, e eu te visitaria até no Brasil, mesmo odiando calor, ou Pequim, mesmo tendo pavor de gente...

– Não vou para tão longe, puta.

– Para onde?

– Turquia. Istambul, para ser mais precisa.

Dos males o menor.

CHEIRO DE SUOR E VINHO

Turquia... Confesso que sabia pouco sobre a Turquia. Para ser sincera, só me vinham à mente as peregrinações diárias dos carecas de todo o mundo, em sua *via crucis* contra a falta de cabelos. De fato, era o país onde todos resgatavam a autoestima e as mechas sobre a testa.

– Mas por que se mudar *agora*? – Tentei corrigir a frieza da primeira resposta.

– Papai... sabe como é... as coisas não estão tão boas para ele.

Eu já desconfiava que, se algum dia Vittoria tivesse que deixar Vernazza, seria pelo mesmo motivo que, vinte anos antes, trouxe Ottoni, seu pai, à região: fugir da máfia italiana. Sua cabeça estava a prêmio desde que matara o *capo* do clã Cosa Nostra, o chefe Mio Rossi.

Um cabo de energia dentro de uma banheira fumegante e um corpo boiando cozido... talvez não tenha sido o mais discreto dos assassinatos...

Ottoni chegou a Vernazza durante as festividades de fim de ano, quando centenas de barcos e iates guiados por seus comandantes – se é que posso chamá-los assim – totalmente embriagados se aglomeravam na baía à espera da tradicional queima de fogos. O pai de Vittoria aproveitou os disparos barulhentos para arrombar uma pequena banca de flores no píer e esconder-se entre as roseiras maiores até que a multidão se dispersasse ou que as garrafas de champanhe abatessem as possíveis testemunhas de seu paradeiro. Não esperava, no entanto, ser vencido pelo sono e o cansaço.

Quando Rosa, a florista, levantou as portas de sua banca no dia seguinte, deparou-se com um adormecido Ottoni entre lírios e magnólias e imaginou ser mais um puto bêbado, como tantos outros que se encontravam caídos no píer ao lado de algumas garrafas de vinho, com o sol torrando suas costas e à espera das gaivotas cagarem em suas cabeças. Pensou em chamar a polícia,

14

mas o foragido a convenceu do contrário... *maldita lábia dos homens*... O resto da história você já deve imaginar: um ano depois nasceria Vittoria. Dezenove anos depois, minha melhor amiga me deixaria.

– Um dos comparsas daqueles filhos da puta mafiosos passou por Vernazza no último fim de semana. Ele reconheceu papai, mesmo faltando os cabelos e com trinta quilos a mais.

– Ele o ameaçou de morte?

– Ele não precisou dizer nada. Mamãe também viu como ele o encarou.

Um breve silêncio se formou entre nós.

– Então... é definitivo.

– Sim, o mais rápido possível. Por papai, já na próxima semana.

Vittoria tossiu do outro lado da linha.

– Ei, eu estou me mudando, não morri não, puta. A não ser que me mate com essas pausas dramáticas. Odeio melodramas.

Ela sabia como mudar o clima das conversas... Qualquer psiquiatra sem formação a diagnosticaria com traços de bipolaridade.

Contei a Vittoria que Ida havia me obrigado a acompanhá-la ao pub naquela noite e da grande possibilidade de ficar de vela, assistindo a seus amassos e toques mal-intencionados enquanto escutava uma banda de rock sem futuro. Vittoria, vacinada contra meus exageros, disse que, se a banda não valesse a pena, algumas doses de tequila resolveriam minha noite. Antes de se despedir, verbalizou as palavras que eu gostaria de ter ouvido quando contei do compromisso que me esperava.

– Ah, foda-se, vou com você. Bandas de rock geralmente são esquisitas. E eu *amo* gente esquisita.

3

uigi, o namorado, pretendente, romance, o que fosse de Ida, chegou à porta de nossa casa quinze minutos adiantado, às 20h45, enquanto eu ainda andava pelo quarto de calcinha e sutiã à procura de uma de minhas botas. Da janela, o vi estacionar sua moto perto dos canteiros de flores, desligar o ronco barulhento que saía do escapamento e tirar o capacete do rosto.

Porra, como ele é bonito... Ida tem um ótimo gosto para homens.

Não tardou para que a voz de Ida rompesse as escadas e chegasse à porta do meu quarto.

– Mana, se apresse!

– Estou indo! – gritei enquanto ainda procurava a bota perdida. Eu já estava arrependida por ter aceitado seu convite.

Mas que porra, nem de rock eu gostava... Provavelmente eu seria a única idiota que não esboçaria reação alguma quando tocassem "Sweet Child O'Mine" ou talvez "We Will Rock You".

Encontrei a bota debaixo da cama, tomada pela poeira. Vesti-me em tempo recorde e me calcei em seguida. Alinhei meus cabelos apenas com os dedos das mãos e apaguei o abajur da cômoda, não sem antes percorrer todo o quarto com os olhos, inclusive o livro que deixava sobre a colcha.

– Até mais, Schopenhauer.

Ida já me esperava à frente da porta e batia ritmadamente seus dedos. Era o sinal indiscutível de que estava ansiosa para partirmos.

– Belas botas. – Apontou para meus coturnos de cano alto.

– É porque eram suas, puta. – Eu ri.

Papai não estava em casa quando descemos as escadas, mas podíamos ouvi-lo na garagem consertando algo entre o carburador e a válvula termostática de nosso velho Fiat 94. Como diabos eu sabia de mecânica? Eu não sabia. Eram apenas as palavras que papai xingava sempre que nosso carro nos deixava na mão pelas estradas de terra das redondezas. Além de seu automóvel, tínhamos também uma lambreta amarela que revezávamos, eu, mamãe e Ida.

– Que horas voltarão, meninas? – papai gritou da garagem.

Eu me impressionava com sua capacidade sobrenatural de enxergar através das paredes. Era *humanamente* impossível que ele nos tivesse visto, já que a porta da garagem dava para o parreiral e não para a casa.

– Não se preocupe, papai! Elisa está comigo – Ida respondeu enquanto saltava os últimos degraus da escada de uma só vez.

– Mas é exatamente isso que o preocupa – mamãe rebateu. – Você não bate muito bem da cabeça.

– Eu sei me virar sozinha, mamãe – respondi aborrecida.

Mas que porra. Eu já tenho dezenove anos e ainda me tratam como criança...

– Estaremos de volta antes do amanhecer. Não se preocupem! – Ida piscou para mamãe e cruzou a porta da sala em seguida. A brisa gelada da noite invadiu a casa, varrendo para o corredor um pouco do ar abafado da cozinha. Poucos metros além das escadas da varanda, Luigi, o namorado, pretendente, romance, o que fosse de Ida, nos aguardava montado em sua moto preta, que dispersava uma tímida fumaça branca pelo jardim sempre que o ar quente do escapamento se encontrava com o frescor da noite.

CHEIRO DE SUOR E VINHO

– Mana, esse é Luigi!

Ida caminhou até ele e apertou suas coxas. Luigi retribuiu o carinho suspeito com um aperto em sua bunda, deu-lhe um beijo na boca e, por alguns segundos, sussurraram entre si algo que concluí ser alguma safadeza, a ditar pelos lábios mordidos de minha irmã.

– Prazer, Elisa Rizzo! Ida fala muito de você.

Luigi desceu da moto e veio ao meu encontro. Os faróis da motocicleta delimitavam a silhueta que se aproximava e apenas quando a luz do interior da casa iluminou seu rosto e diminuiu os contrastes é que pude ver melhor seus traços, os cabelos que caíam perfeitamente pela nuca e a pele que parecia acomodar com perfeição seu nariz e maxilar quadrado. Sua boca carregava um sorriso de canto, turbinando com certa safadeza o seu olhar.

– O prazer é meu. – Evitei seus olhos, mas não tempo suficiente para ignorar a tensão sexual entre nós.

– Venha, Elisa, coloque seu capacete! – Ida gritou, apesar de estarmos a menos de cinco metros de distância uma da outra. A espuma do capacete deve ter abafado sua audição. Luigi passou sorrindo e jogou as pernas por cima da moto.

Puta que pariu... ele tinha um *sex appeal* que me dava calafrios...

Foi inevitável imaginá-lo montando em mim como havia feito com a moto, seu corpo pressionando o meu. *Será que também passearia por minhas curvas?* Minha nuca formigou.

– Elisa! – Ida gritou novamente.

Regressei de meus flashes provocantes e busquei meu lugar atrás de Ida, abraçando sua cintura. Luigi fez um sinal afirmativo com o polegar, que respondemos acenando com a cabeça, ao mesmo tempo. Segundos depois, a moto levantava poeira, avançando ferozmente pela estrada de nossa *azienda*.

Nem o vento frio da noite que resfriava a pele por baixo de meus jeans foi capaz de aplacar o calor de meus pensamentos

18

com Luigi. E antes que você me julgue, precisa saber que imaginar, ultimamente, era a minha única forma de prazer. Talvez fosse por isso que não sentia a mínima culpa em dividir com Ida o seu namorado, pretendente, romance, o que fosse, mesmo que apenas em pensamento.

Quem trocaria uma garota descolada por uma menina tímida amante de livros?

A distância entre a *azienda* e a vila de Vernazza não era grande, e parecia menor ainda quando feita em cima de uma moto. Para ignorar o frio, que deixava minhas mãos com a dureza de um mármore, busquei me distrair com as belezas do caminho e da lua, que, apesar de minguante, ainda depositava sobre as árvores seu brilho prateado. As cadeias montanhosas que nos acompanhavam pelas laterais também tinham suas extremidades contornadas por sua luz. Tudo resplandecia majestoso, e nada mais atual que recorrer ao celular para registrar o que os olhos não se contentavam apenas em ver. Busquei o aparelho no bolso. Talvez por falta de sensibilidade em minhas mãos gélidas, mal o senti escapando de meus dedos, um fugitivo à solta pelas estradas de terra de Vernazza. Como um dardo, tinha sido arremessado...

Ou fomos nós que continuamos avançando?

Foda-se, física nunca foi meu forte. Desesperei-me e esmurrei as costas de Ida, tentando avisá-la sobre o celular. Inútil tentativa. Meus gritos foram abafados dentro do capacete. Ida, que nada entendeu, tratou de esmurrar as costas de Luigi. Os pneus da moto travaram, levantando toda a poeira do mundo sobre nós.

– Por diabos, o que foi, Ida? – Luigi gritou.

– Eu que pergunto! Por diabos, o que foi, Elisa?!

– Meu celular! – Eu não conseguia articular bem as palavras. Faltava-me o ar dentro do capacete. – Meu celular caiu!

Os olhares de Luigi e de Ida me fulminaram e, se língua tivessem, estariam gritando: "Por que caralhos você foi mexer

CHEIRO DE SUOR E VINHO

no celular sentada em uma moto a 120 quilômetros por hora?".
Até pensei em contar o motivo, mas soaria tão idiota quanto de
fato era. Luigi deu meia-volta com a moto, enquanto Ida pro-
feria todo o seu arsenal de xingamentos. Eu havia fodido a sua
noite e perdido o único bem que poderia chamar de meu. Achei
que encontrar o celular seria uma questão de minutos. Não foi.
Quanto mais voltávamos, mais a insatisfação aumentava no
rosto de Ida e menos esperanças eu tinha de recuperá-lo inteiro
e funcionando.

– Pelo menos a banda não é famosa. Nem boa deve ser.

Luigi tentava em vão arrancar de nós algum sorriso. O que
ele não sabia era que, menos de seis meses depois, a banda que
se apresentava nos fundos de um pub qualquer em Vernazza enquanto nós procurávamos meu celular em meio à poeira da estrada seria uma das maiores revelações do ano em toda a Europa.
E, já que estamos falando de revelações, meus desejos e vontades
também seriam escancarados, tudo por conta daquela fatídica
noite. Eu estava prestes a conhecer aquele que mexeria com meu
psicológico, tal como o artista mexe com um boneco de cordas.

4

—Olhem, está ali!

Foi Luigi quem primeiro avistou o celular – ou o que sobrou dele – quando os faróis de sua motocicleta mil cilindradas fizeram reluzir um ponto distante na estrada. Antes que ele terminasse suas palavras eu já saltava da garupa e corria até o celular, levantando quilos de poeira a cada passo e polvilhando de amarelo meu *look all black*.

– Está intacto! Está intacto, porra!

Senti minha alma voltando ao corpo. Como que por mágica, o mau humor de Ida também se foi, misturado às finas partículas de poeira que a brisa do campo fazia questão de jogar para fora da estrada. Tateei todos os botões e conferi cada quina da tela novamente, apenas para validar o milagre. O celular vibrou em minha mão. Era Vittoria.

– Onde vocês estão? Estão perdendo o show!

– Tivemos um *pequeno* problema no caminho. Coisa besta.

Escondi a boca com as mãos, temendo que Ida ouvisse meus eufemismos.

– Elisa fazendo idiotices de Elisa – Ida gritou ao fundo.

Porra, que ouvido biônico.

– Estamos a caminho! – gritei mais por desespero que por necessidade.

Dez minutos depois, cortávamos as pequenas ruas de Vernazza, que mais se parecia com uma vila abandonada. Quanto mais entrávamos em seus becos, que aqui chamávamos *vicolos*, mais o silêncio angustiante dava lugar às conversas, barulhos de copos tilintando, arrastares de cadeiras, um ou outro assovio, ou seja, os sons de um pub qualquer.

A entrada do pub ficava na mesma calçada onde, alguns metros à frente, estava o hotel La Constellazione. Era pequena e tinha um letreiro neon, no qual se lia *Aperto*. Não era possível saber se a banda ainda tocava, mas, a julgar pela quantidade de pessoas fora do pub, o bis já havia acontecido há pelo menos meia hora. Vittoria era uma das que bebiam suas cervejas sentadas no meio-fio da calçada. Vestia uma calça justíssima que valorizava sua cintura fina e um top acima do umbigo. Ela mantinha o estilo veraneio mesmo em noites de frio.

Ida saltou da moto ainda em movimento e quase acertou minha cabeça com sua bota. Assim que seus pés pisaram o asfalto gelado, ela se pôs a dançar sozinha na rua, ainda que nem música houvesse, e quem não a conhecesse, juraria estar na quarta ou quinta garrafa de vinho. Vittoria a reconheceu por sua dança esquisita, antes até de Ida tirar o capacete.

– Mais um pouco e não sobraria nenhum bêbado na rua. – Vittoria parecia chateada.

– Longa história – disse Ida, sem parar de mexer os quadris.

Meu abraço em Vittoria levantou uma fina camada de poeira que saiu de minha jaqueta e tingiu de amarelo o seu top branco. Ao me dar conta do estrago, a empurrei.

– É assim que vai se despedir de mim?! – Vittoria retrucou indignada.

– Olhe para sua blusa! – tentei argumentar.

Vittoria ignorou as manchas amareladas, deu um gole em sua cerveja e apontou para a entrada do pub, por onde um ajudante passava carregando caixas, para depois colocá-las no bagageiro de uma Kombi.

22

– Os rapazes acabaram de encerrar.

Não achei de todo ruim perder o show. Isso me poupou dos olhares atônitos de Ida, que faziam você se achar um extraterrestre só por não saber cantar a música que ela adorava. Apesar de não conseguir enxergar seu interior, dava para notar que o pub não estava vazio por completo. Meia dúzia de pessoas agora deixavam o lugar pela porta principal, onde uma faixa pendia acima do letreiro em neon: "Show com Macchina Rotta".

Carro quebrado... Eu me perguntei por que todos os roqueiros revoltados com a vida inventavam nomes idiotas para suas bandas. Ida, que não enxergava de longe por causa de uma miopia crônica, pediu que Luigi fizesse a vez de seus olhos. Quando ele cochichou em seu ouvido Macchina Rotta, ela gargalhou tão alto que até os bêbados sentados no meio-fio se esqueceram por um segundo do torpor do vinho e olharam para nosso grupo.

– Com um nome desse, acho que não perdemos nada.

– O nome não é dos melhores, mas todos são gatos pra caralho – Vittoria tentou advogar.

Decidimos entrar no pub mesmo assim. A decoração de seu interior seguia à risca o padrão dos pubs londrinos: paredes abarrotadas de quadros, pouquíssimas luzes além dos luminosos de cerveja e um vapor quente que descia do teto ao chão – eram as baforadas acumuladas de dezenas de pessoas. Ida adiantou-se e pediu oito doses de tequila para todos, enquanto escolhíamos uma mesa dentre as várias disponíveis. A música não era alta, talvez indicando que a noite terminaria em breve, pelo menos para o dono do pub.

– Não consigo imaginar esta cidade sem você. – Encarei Vittoria. Ela me devolveu o olhar com um sorriso sem graça, já meio chorosa.

– Eu também não, puta. Mas, se tenho amor por papai, não tenho outra escolha – respondeu enquanto dava um gole generoso em sua cerveja.

CHEIRO DE SUOR E VINHO

Meu peito carregava a certeza de que aquela provavelmente seria a última vez que estaríamos juntas onde crescemos. Encerrava-se ali um ciclo muito feliz em minha vida. Meus olhos marejaram e, para não chorar, tratei de mudar de assunto.

– Como foi o show? Os garotos são bons mesmo ou ganharam você pelo físico?

Macchina Rotta... li mais uma vez a faixa.

– Eles são incrivelmente bons! – Vittoria respondeu enérgica. – Até o dono do bar assegurou que foi uma das melhores apresentações que tiveram por aqui.

– Mas não seria difícil ser a melhor atração deste lugar – ironizei –, ultimamente só se apresentam velhos barrigudos tocadores de gaita. Parece até que o dono do bar tem um fetiche por tocadores de gaita.

Ida cortou o assunto com um grito, trazendo as malditas tequilas. Viramos o líquido dourado em nossa boca e, antes que as caretas desaparecessem de nossa cara, bebemos os últimos quatro copos. Não demorou muito para sentir as extremidades de meu corpo formigando e perder a sensibilidade nos dedos das mãos e dos pés, nas orelhas e na ponta do nariz.

O bar transformava-se aos poucos, ou talvez fosse eu que me sentia diferente. Antes de chegar à resposta daquele enigma, jurei ter visto as fotografias na parede ganharem vida. Eram estrelas do cinema, grandes empresários, cantores e jornalistas que pareciam dançar dentro das molduras. Acima de nossa mesa, Tom Cruise piscava para mim de seu poster de *Top Gun*.

Eu daria pra ele facilmente...

Sim, eu estava oficialmente tonta.

– Você quer conhecer os rapazes da banda? – Vittoria cochichou em meu ouvido.

MIGUEL VAZ

– Eu achei que eles já tivessem ido embora. – As palavras de Vittoria ecoaram dentro de mim... *mas todos são gatos pra caralho... mas todos são gatos pra caralho...*

As duas doses de tequila aguçaram meu apetite sexual. O pub ganhava vida e transformava-se a cada onda de calor que me subia pelas pernas.

– Não, *eles ainda estão aqui.* – Vittoria abriu um sorriso malicioso.

– Leve-me até eles – respondi sem pensar.

Mas o quê? Como assim "Leve-me até eles"? Você pirou de vez? Você é Elisa Rizzo. Tem uma reputação a zelar. Você sempre pensa antes de agir. Não venha me dizer que por conta de uma tequila... ou duas... você se tornou a porra de uma mulher confiante!?

Vivi aquele diálogo interno por alguns segundos, mas, antes que meu senso de segurança entrasse em jogo, senti meu corpo balançar. Eu seguia Vittoria. Se eram os efeitos do álcool em meu sangue – eu nunca fui de beber, lembra-se? – eu não sei, mas havia descoberto um sentimento novo: tudo que me tirava da velha rotina de sempre me *excitava* profundamente.

5

Os fundos do pub não eram muito diferentes do saguão principal, apenas as paredes abarrotadas de quadros davam lugar a um branco opaco e sem vida. Tudo ali lembrava uma ala hospitalar, não fosse a sujeira. Manchas de gordura subiam até o teto, engradados de cerveja se amontoavam no chão e um líquido avermelhado – pelo odor, algum vinho barato – escorria por seus frisos. Ao entrarmos em um pequeno corredor ao fundo, nos deparamos com um homem de estatura baixa, roupas claramente empapadas de suor e cabelos desalinhados.

– Boa noite, sr. Galifiakis! – Vittoria o cumprimentou.

– Boa noite, srta. Vittoria! Faz tempo que não a vejo por aqui.

Não fossem as duas doses de tequila rodando em minha cabeça, talvez me lembrasse quem era. Seu sobrenome não me era estranho, nem seus traços, desconhecidos.

– Esta é Elisa – Vittoria apresentou-me.

– Muito prazer, srta. Elisa! Não costumo vê-la muito por aqui. – O homem estendeu-me a mão.

– Elisa Rizzo. O prazer é meu, sr. Galifiakis. Digamos que eu não seja das mais baladeiras.

O sr. Galifiakis continuou me encarando e demorou para recolher sua mão do cumprimento. Seu semblante entregava uma confusão mental que me constrangia, apesar de a tequila ter afrouxado meu senso crítico.

– Estou levando Elisa para conhecer a banda. – Vittoria cortou o silêncio.

– Claro, eles estão no camarim improvisado ao final do corredor. – Seus olhos continuavam fixos em mim. – Como a senhorita disse que se chamava?

– Elisa. Elisa Rizzo – respondi ao sr. Galifiakis separando bem as sílabas e tomando o maior cuidado para que minha língua adormecida não se enrolasse no meio do caminho.

Maldita tequila...

Após constrangedores segundos, as feições do sr. Galifiakis amoleceram, dando espaço para que um largo sorriso brotasse em sua cara.

– Desculpe-me! A audição de um homem idoso já não é a mesma de anos atrás. Segunda porta à direita!

O sr. Galifiakis riu brevemente e nos indicou a direção antes de seguir para o saguão principal. Mesmo após sua partida, a estranha conversa entre nós ainda me revirava o estômago. Tentei me desarmar do desconforto culpando a tequila. Sim, para todos os efeitos, "a culpa há de ser sempre da bebida", já dizia papai. Mas não, não desta vez. Parei e olhei para trás e, para minha surpresa, o sr. Galifiakis me olhava do fundo do corredor.

Não, não era a tequila...

– Quem é o sr. Galifiakis? – perguntei a Vittoria.

– O dono do bar. – O tom de sua voz denunciava a impaciência daqueles que julgam uma pergunta idiota.

Abrimos caminho por entre extintores, pratos sujos, garrafas abertas e o cheiro de bebida fermentada, até chegarmos à última porta do corredor.

– Eles devem estar aqui. – Vittoria levou a mão ao trinco.

– Espere!

Meu cérebro havia engatado a marcha da razão novamente. O que eu estava fazendo ali? O que eu conversaria com quatro marmanjos que nunca tinha visto na vida!? O álcool se recusava a fluir por minha corrente sanguínea, distensionando novamente meus limites.

– Eu acho que não dou conta. – Senti minha cabeça pesar.

Vittoria recolheu a mão do trinco e, por um segundo, achei que me esbofetearia pela viagem perdida. Ela tinha dessas coisas. Mas também haveria de me surpreender.

– Eli – chamou-me pelo apelido –, nós não entraremos se você não quiser, é simples. Mas eles não mordem. São, inclusive, muito simpáticos.

Vittoria leu minha insegurança apenas olhando em meus olhos. Nossa amizade dispensava indiretas, e tantos anos de convivência eram mais que suficientes para ela saber que eu sempre fui *cagona*. Uma *puta cagona*. As lacunas em minha vida eram sempre preenchidas por medos que desconhecia. Aquilo me matava por dentro. No fundo, gostaria de ser diferente, fazer algo que nunca havia feito, quem sabe pegar alguém, viver uma noite diferente de todas as noites pelas quais minha vida passou, ser a heroína de meu próprio mundo; mas bastava uma oportunidade aparecer e lá estava eu novamente me escondendo debaixo das cobertas. Era meu bom senso que, como um general, gritava ao seu exército: "recuar, recuar, seus putos!".

– Você quer voltar? – A voz de Vittoria me trouxe de volta à realidade, no mesmo instante em que o cheiro de cerveja fermentada passou a incomodar novamente minhas narinas. – Você quer entrar ou voltar?

Quando você se considera uma pessoa mediana, sem sal e com medo de tudo, existem momentos na vida que a lambuzam de orgulho. E mesmo que outras pessoas não vejam nada de mais neles, para você aquilo é uma *puta* conquista.

– Sim – respondi.

Vittoria assentiu com a cabeça e se pôs a retornar pelo corredor.

MIGUEL VAZ

– Vittoria – chamei. Ela parou. – Sim, eu quero entrar.

Ali eu atendia não apenas a uma vontade, que, confesso, a tequila havia me acendido, mas também quebrava alguns tabus e traumas. Foi o primeiro *foda-se* que eu dei para o que me amarrava. *De agora em diante, apenas se forem amarras na cama,* é o que pensaria a Elisa de seis meses depois.

6

O camarim era tão grande quanto o elevador de um prédio de dois andares. Asfixiante, quente e pequeno, inundou nossas narinas de uma sopa de odores densos tão logo passamos por sua porta. Dois rapazes sentavam-se em um sofá à esquerda. Um era alto e tinha os cabelos compridos. Vestia calças nitidamente maiores que seu número. Três, para ser exata. Já o outro era mais baixo e mais forte que o primeiro, tinha os cabelos curtos e vestia uma blusa muito colada ao corpo. À sua frente, uma mesinha abrigava alguns cinzeiros carregados de bitucas e vários copos pela metade, e pela cor pareciam conter uísque dos mais baratos. Do lado oposto, um rapaz de aparência preguiçosa esparramava-se entre almofadas no chão. Tinha incríveis dois cigarros na boca e os tragava ao mesmo tempo.

Como ele ainda tinha pulmão, eu sinceramente não sabia...

Mais à frente, dois rapazes conversavam encostados na parede e seguravam copos de bebida, possivelmente o mesmo uísque barato. O mais alto dos dois parecia ser também o mais velho dos cinco, a julgar pelos fios brancos que escorriam por sua testa. Já o outro, mais baixo, vestia uma jaqueta jeans e parecia não se importar com o calor. Seus cabelos se repartiam ao meio e ondulavam-se à medida que encontravam suas orelhas.

– Você cantou todas as músicas. – O rapaz alto cujas calças desciam pelas pernas veio ao nosso encontro. – Sou Gaetano, muito prazer!

– Sou Vittoria. Belos olhos, sr. Gaetano.

Vittoria não perde uma oportunidade...

Gaetano corou e, para disfarçar a vergonha, virou-se para mim.

– E você é...?

– Elisa. Eu me chamo Elisa – respondi, tímida.

– Elisa, Elisa. Não me recordo de você – disse o rapaz ao lado de Gaetano.

– Digamos... que eu tenha me atrasado – respondi desconcertada.

– Cidade grande, trânsito caótico, milhares de opções de eventos. Sei bem como é! – ironizou o mais forte, tentando alargar um pouco a camisa que apertava seu peito. – Sou Ugo, o baterista.

– *Baby looks* são o uniforme preferido de todos os bateristas? – Vittoria devolveu a ironia na mesma moeda.

O rapaz que estava deitado sobre as almofadas soltou uma gargalhada que fez os dois cigarros em sua boca voarem até a outra extremidade do cômodo.

– Amei o senso de humor dela! – disse, levantando-se para buscar os cigarros. – Sou Pietro, o guitarrista da Macchina Rotta. Muito prazer, garotas!

Ugo, o baterista, não se incomodou com a resposta de Vittoria. E, para ser sincera, acho que ele até *curtia* quem rebatia seus sarcasmos.

– Bom, vocês já conheceram Gaetano, nosso baixista que ama deixar suas cuecas à mostra – Ugo ironizou –, e já conheceram Pietro, nosso fumante oficial.

As duas doses de tequila continuavam operando um milagre em mim. Eu não me sentia tão à vontade quanto Vittoria, mas estava *realmente* gostando de estar ali, apesar do cheiro de mofo, do calor insuportável e dos cinco desconhecidos que pareciam saídos de uma *sitcom* americana.

– E já conheceram o mais bonito de nós: eu! – Ugo bateu no peito, satisfeito.

CHEIRO DE SUOR E VINHO

– Se dependêssemos de sua beleza, estaríamos fodidos – Pietro rebateu, dando outro trago em seus cigarros. – Sorte nossa a bateria ficar entre você e o público.

Vittoria caminhou até os dois rapazes que continuavam escorados na parede. Foi a primeira vez que os notei, de fato.

– Mario, prazer!

Mario tinha até certo charme, confesso, mas cerrava seus olhos como se tentasse imitar Clint Eastwood. Não é preciso dizer que falhava miseravelmente.

Mirou Clint e acertou Mr. Magoo...

Vittoria logo lhe estendeu a mão.

– Prazer, sr. Mario – respondeu, interessada.

Eu sabia quando alguém chamava a atenção de Vittoria.

Mario não recriminou o "senhor" antes de seu nome, mas notei o desconforto em sua expressão, próprio dos que têm problemas em aceitar a própria idade. Apenas virou-se para mim, disparando o mesmo olhar pseudossedutor.

– Sou Elisa, senhor... digo, Mario! – Quase cometi o mesmo erro de Vittoria.

– Você é o empresário. Estou certa? – cortou Vittoria.

– Como sabe?

– Empresários têm cara de professor universitário, sabe? Mas aqueles dos filmes adultos. – Vittoria riu do próprio comentário, seguido por Pietro, o guitarrista, que parecia se divertir com seu jeito desbocado.

– Pena Mario não ser dotado o suficiente para essa profissão. – O último a falar foi o garoto encostado na parede.

Quando meus olhos se encontraram com os dele, senti minha barriga congelar e, por um instante, me faltou ar para os pulmões. Apelidei aquele desconforto de *atração à primeira vista com possível agravamento por doses alcoólicas.*

– Sou Lorenzo.

Lorenzo, simples assim. Não precisou de sobrenome, nem dizer ser o vocalista da Macchina Rotta. Eu compreendi tudo pelas duas palavras que usou para se apresentar. Seus olhos eram negros como as noites de lua nova em Vernazza, e seu rosto, fino como as rochas pontiagudas próximas ao píer. Tinha cheiro de casa, e talvez por isso eu me sentia bem em sua presença, apesar de intimidada por sua beleza. Lorenzo estendeu-me a mão sem tirar os olhos dos meus.

– Sou Elisa Rizzo. – As palavras custaram a sair.

Para quem prefere livros a relacionamentos, corresponder a um olhar pode ser mais difícil que se deitar com alguém. São os olhos que captam as primeiras impressões, que ditam a valsa dos hormônios, que a fazem se esquecer de tudo; é pelos olhos que nasce a insuportável vontade de encontrar lábios e trocar perfumes. Lorenzo tinha conseguido aquilo, tudo aquilo, mas dezenove anos de total falta de tato com homens faziam eu me sentir uma inexperiente em meio a veteranos de guerra.

Eu nem sequer me lembrava da última vez que sentira aquele ardor, o formigamento da alma, a inquietação da pele. Apaixonar-se por alguém era raridade, deitar-se com alguém, tão raro quanto. Sentia meu coração gelado para o amor. Eu precisava de alguém que derretesse o medo. Eu *precisava* me aventurar, afinal, o gelo, ao derreter, vira água.

E não seria uma má ideia ficar molhada mais vezes, se é que vocês me entendem...

A porta da sala se abriu. Era o sr. Galifiakis. Ele entrou timidamente, aproveitando para ajeitar, sem sucesso, os cabelos desalinhados.

– Linda apresentação, garotos!

– Obrigado, sr. Gali. – Ugo apertou sua mão. Parecia ter intimidade com o dono do bar.

CHEIRO DE SUOR E VINHO

– Estão cada vez melhores! – Seu olhar percorreu todos da banda e só parou quando encontrou meus olhos. Fingi procurar algo na bolsa para fugir de sua inspeção.

– A casa também está cada vez melhor, sr. Gali – respondeu Lorenzo. – Tivemos apenas um pequeno problema com o som, mas isso resolvemos depois. Mario tratará com o senhor. – Senti que Lorenzo me encarava também. – O que está procurando?

Tentei pensar em uma desculpa boa o suficiente para desviar sua atenção, mas nada me veio à cabeça. *Porra de tequila...* Por sorte, avistei um pequeno batom esquecido na bolsa que me serviu de álibi.

– Meus lábios estão ressecados. – Mostrei o batom a ele.

– São muito bonitos. Seus lábios. – Lorenzo flechava-me com palavras diretas.

– Obrigada. – Foi o que consegui responder.

Também não consegui encará-lo. Ao fundo, o sr. Galifiakis trazia no rosto o semblante de quem captara no ar em nossa volta a tensão sexual, o desejo aflorado, as vontades antes de virarem necessariamente intenções.

– Lorenzo – ouvi a voz do sr. Galifiakis –, posso conversar com você?

– Claro, sr. Gali! – O rosto de Lorenzo passou a poucos centímetros do meu.

Aquilo definitivamente foi proposital...

Demorei alguns segundos para me restabelecer depois que os dois deixaram a sala. Mario também parecia deslocado após a saída de Lorenzo. Vittoria tinha fechado as portas de sua fábrica de galanteios e agora conversava com Ugo, o baterista.

Fazia parte de seu plano. Elogiar e depois ignorar seu alvo... Nenhum homem se contentava com a indiferença...

Lorenzo retornou momentos depois, sozinho. Estava mais sério do que quando saiu, mas bastou um comentário sarcástico

MIGUEL VAZ

de Pietro para devolver o seu semblante alegre. Aproveitei que ninguém tinha os olhos atentos em mim para observá-lo melhor. *Porra, ele é muito bonito, de fato.*

– Vocês aceitam uma cerveja? – Ugo abriu três latas que gelavam dentro de um balde, e entregou a primeira para mim. Sequer tive tempo de recusá-la.

Eu odiava cerveja com todas as minhas forças.

O gosto, a espuma, a sensação de beber meia lata e ter um rinoceronte de duas toneladas na barriga, tudo isso me passou à cabeça quando li o rótulo branco. Dei um gole tímido, na esperança de que aquela cerveja fosse melhor que as últimas tomadas. Não era. Mas eu simplesmente não queria ser vista como mais uma patricinha italiana que só bebia destilados e gastava suas noites revezando-se entre espumantes secos e vinhos caríssimos. Nem de vinho eu gostava (ainda)... Dei um segundo gole, fingindo que a cerveja estava saborosa.

– Você não gosta muito de cerveja, não é? – Lorenzo estava atento às minhas microexpressões.

– Eu... eu gosto... mas prefiro tequila – menti duplamente.

– Fiquei sabendo que o estoque fica aqui ao lado. Talvez a gente ache uma garrafa de tequila pra você.

Lorenzo não foi direto com as palavras, mas o jeito como me olhou já dizia tudo. Minhas pernas formigaram e um calafrio percorreu meu corpo dos pés à nuca. *Seria mesmo aquilo?* Um convite velado. A maneira disfarçada de dizer: "Olha, eu quero te foder toda, agora e aqui mesmo, no estoque desse bar e foda-se se algum garçom desavisado entrar para buscar bebidas. Ele vai ouvir você gemendo e verá as prateleiras tremerem. Seremos nós dois derrubando garrafas de vinhos caros enquanto eu te penetro com força".

CHEIRO DE SUOR E VINHO

Um aceno de cabeça. Foi o mais próximo que cheguei de uma resposta. Minha garganta estava seca, dela não haveria como brotar palavras. Eram os efeitos do tesão.

Vittoria me observou sair timidamente da sala. Nenhum dos outros rapazes pareceu se surpreender com nossa fuga, talvez já estivessem acostumados a transar com qualquer pessoa da noite sem dar satisfação ou enfrentar piadinhas dos demais.

O corredor estava vazio, mas no salão principal do pub ainda tocava uma música tímida. Lorenzo fechou a porta atrás de mim e repousou seus dedos suavemente em minhas costas. Parecia me guiar por entre o chão grudento que prendia meus coturnos, com cheiro de bebida fermentada. O estoque dividia paredes com a sala em que estávamos e foi preciso um breve empurrão de ombro para que a porta se abrisse. Uma corrente gelada de ar rompeu de seu interior. Era o ar-condicionado responsável por gelar os vinhos mais caros.

Minha respiração se encurtava a cada passo. Meu corpo inteiro formigava e eu não sabia dizer se ainda eram os efeitos da tequila. Quando a porta se fechou atrás de nós, apenas as pequenas luminárias das adegas auxiliavam nossos olhos. Uma adega sombria que, à meia-luz, oscilava entre brega e romântica. Senti a presença de Lorenzo atrás da minha nuca. Virei-me. Apesar da penumbra, via todos os detalhes de seu rosto, inclusive uma pequena cicatriz em seu queixo. Meus lábios secaram e minha pele arrepiava-se com facilidade. Ele me olhou nos olhos, abrindo suavemente a boca como se ansiasse dizer algo, mas suas palavras só brotaram após alguns segundos de silêncio, digamos, constrangedores.

– Elisa Rizzo – disse, inseguro.

Fechei os olhos, antecipando o beijo. Queria expurgar a timidez, sentir-me viva, atacar sua boca, morder seus lábios, sentir sua língua passeando por meu corpo após rasgar minhas roupas.

MIGUEL VAZ

Mas os lábios que poderiam ter sido o caminho para uma noite perfeita foram cúmplices da pior frase a ser dita.

– Sua amiga Vittoria está comprometida?

7

A ficha demorou a cair. O álcool em meu sangue evaporou em segundos e nunca me senti tão sóbria e decepcionada em toda a minha vida. Lorenzo tinha me levado à adega *simplesmente* para perguntar sobre Vittoria.

E era exatamente por isso que eu sempre preferia os livros aos homens.

Dos livros você tira várias lições, dos homens, uma coisa apenas: todos são extremamente babacas quando pensam com a cabeça de baixo. *Covarde.* Lorenzo era um criminoso calculista, montara a cena perfeita que me levou a acreditar que nos beijaríamos ali mesmo, entre as garrafas de bebidas. Mais fácil seria se honrasse as bolas que carregava entre as pernas e perguntasse ele mesmo a Vittoria.

– Não.

Um não seco, quando a minha vontade era de molhar a boca com disparates e palavrões que guardava com carinho em meu vocabulário, esperando apenas a situação e o babaca perfeitos para soltá-los. Lorenzo pareceu não ter se dado conta do quanto suas palavras me machucaram.

Mais um lindo atributo dos homens... acham que apenas xingamentos podem ferir. Mal sabem eles que as entrelinhas dizem mais do que as próprias palavras...

– Ótimo. Achei que ela pudesse nos ouvir. Sabe como é... camarim pequeno demais para confidenciar segredos.

MIGUEL VAZ

É... sei como é... pequeno demais. Àquela altura eu me perguntava como sair o mais rápido possível dali, abandonar o picadeiro onde, momentos antes, desempenhei mais uma vez com honras e méritos o papel de palhaça. Meu tesão evaporara de mãos dadas com a minha autoestima.

– Converse com ela. Vai que ela também se interessou por você. – Abri um sorriso cínico e sem graça.

Lorenzo deu uma palmadinha em meu ombro e se pôs a procurar algo nas prateleiras do fundo do estoque.

– Gim, não é? – Ele cerrava os olhos tentando ler o rótulo das garrafas.

– Tequila. Mas não se preocupe.

Lorenzo deu de ombros e continuou procurando alguma garrafa perdida de José Cuervo, enquanto eu pensava apenas em como uma boa impressão poderia se desmoronar em questão de segundos.

Diante de toda filhadaputagem, não há beleza que resista.

Aproveitei quando sua busca o levou ao fundo da adega para deixar o estoque sem fazer barulho. Cruzei o corredor tão rápido que nem sequer senti o cheiro de bebida fermentada. Não havia mais ninguém no salão principal, apesar de suas caixas de som continuarem tocando uma música melosa. Encontrei Ida e Luigi encostados à moto, em meio a alguns amassos.

– Vamos pra casa.

– O que aconteceu? – Ida tentava desenroscar sua língua da boca de Luigi.

– Vamos pra casa – repeti. Luigi cutucou Ida.

– Eu levo ela. É mais rápido com uma apenas na garupa.

Ida cerrou as sobrancelhas, preocupada.

– Tem certeza de que quer voltar? – tentou ainda me convencer.

– Vejo você amanhã – respondi já colocando o capacete.

39

CHEIRO DE SUOR E VINHO

Luigi e Ida trocaram carícias e algumas palavras safadas antes que ele montasse em sua moto. Fiquei me perguntando se algum dia encontraria alguém como ele: bonito, educado, intenso, gostoso pra caralho e, principalmente, zero filho da puta.

Lorenzo tinha tudo para ser esse cara, mas falhara miseravelmente no último atributo.

Poucos segundos depois, a moto do namorado, pretendente, romance, o que fosse de minha irmã arrancava em direção à saída da cidade. Aproveitei para subir a viseira do capacete para que o vento frio da noite batesse em meu rosto. Algumas lágrimas escorriam de meus olhos, e, sinceramente, não sabia se eram por conta do vento contrário ou por mais uma expectativa frustrada em minha vida. Pensei também em Vittoria, no quanto ficaria chateada por tê-la deixado sozinha em sua despedida de Vernazza.

A moto cruzava a estrada de terra como um raio e, para ser sincera, eu estava pouco me fodendo se caíssemos. Minha autoestima já estava mesmo no chão. Abraçada ao tronco de Luigi, decretei que, de fato, nunca teria alguém como ele. O vento contrário carregava seu perfume amadeirado até minhas narinas, inundando o capacete com seu cheiro.

Não, Elisa. Ele é o namorado da sua irmã...

Passei o resto do caminho de olhos fechados, tentando não pensar em Luigi. Minha cabeça estava um caos. Desisti. Foda-se, antes ele que Lorenzo.

Ida havia de me perdoar. Afinal, eu pecava em pensamento.

Acabei sonhando com Luigi naquela noite. Fazíamos amor em cima de sua moto no meio da estrada, e eu sentia o peso de seu corpo sobre o meu e o cheiro de seu perfume em minhas narinas. Piscava os olhos e já estávamos em outro lugar, que demorei a reconhecer. Era o velho estoque mal iluminado do pub. Luigi tirava minha roupa e me penetrava, eu podia senti-lo dentro de mim. Pisquei novamente. Não havia mais ninguém ali. Sentia frio. A porra do ar-condicionado ligado... Onde estavam minhas roupas? Não conseguia achá-las em lugar algum... Alguém batia à porta, ameaçando entrar. *Onde está a porra das minhas roupas?* Mais uma batida à porta. *Caralho...* Eu me desesperei. A maçaneta girou. Acordei de manhã com mamãe batendo à porta de meu quarto. O café estava servido.

Só quem já teve autoestima baixa é capaz de entender o quanto simples palavras ou ações podem transformar sua noite dos sonhos em um inferno. E quando isso acontece sucessivamente em sua vida, você se sente uma puta derrotada, seu coração esfria e sua esperança nas pessoas também se esvai, até não acreditar em mais nada. Você também não duvida de mais nada, afinal, tudo pode lhe acontecer, nada mais a surpreende. O sonho com Luigi juntava os opostos em minha vida, minhas frustrações e minhas vontades, o proibido e o acessível.

Mas, porra, por que o que está ao nosso alcance sempre há de ser decepcionante!?

Tudo que eu fiz em sonho com Luigi poderia ter feito com Lorenzo na vida real. Não havia impedimentos. Não existia uma irmã entre nós. Senti vergonha por desejar Luigi. E mais vergonha ainda por meu papel de idiota dentro daquele estoque de bebidas.

A vida é uma causa perdida e nos resta apenas juntar o resto de dignidade que sobra no chão depois de, mais uma vez, alguém foder com o seu coração...

8

O sol entrou tímido pela janela do quarto, caminhando pouco a pouco na direção de minha cama. A fresta de luz iluminava a poeira que dançava no ar e prateava o mastro de *pole dance*. Por volta das oito da manhã o feixe luminoso encontrou meus olhos, denunciando uma maquiagem borrada que não tive coragem de tirar do rosto na noite anterior. Eu voltara a dormir mesmo depois do chamado de mamãe para o café...

Minha cabeça latejava, certeza que por conta das doses de tequila. Eu sou fraca com bebidas alcoólicas, reconheço. Abri os olhos, virando-me para a cômoda. Um copo vazio. Pelo menos eu havia bebido um pouco de água durante a noite. A ressaca poderia ter sido pior... Meu celular descansava sem bateria ao lado do copo. Levantei-me devagar para não sentir o quarto girar e tateei o chão à procura do carregador. Encontrei-o embaixo da cama, o que não foi de todo ruim, já que me forçou a uma pequena ioga matinal, porque, por algum motivo, tudo que procuramos embaixo do colchão sempre está no canto mais afastado possível.

– Elisa!

Era mamãe. Sua voz sabia como romper trancas, portas, tijolos e andares. Desci as escadas correndo até a cozinha. O mesmo facho de luz que me despertou momentos antes também rescendia na torneira da pia, pontilhando o teto de claridade. Mamãe estava de costas, talvez procurasse alguma fruta para comer. Ao ouvir meus passos apressados, virou-se para mim, apontando para um pequeno envelope em cima da mesa, ao mesmo tempo que me desejava bom-dia.

– Não consegui ver quem era. Quando fui até a porta, o carro vermelho já arrancava para fora da *azienda*. – Seu tom de voz não expressava surpresa, apesar de eu nunca ter recebido uma carta sequer em *todos* os meus dezenove anos de existência.

Peguei o envelope em minhas mãos e o analisei, curiosa. No verso, constava apenas meu nome, Elisa Rizzo, escrito com letra cursiva.

Muito feia, diga-se de passagem...

Rasguei o papel pardo com certo desleixo. Dentro havia apenas um pequeno ingresso encolhido no canto do envelope. Algumas letras denunciavam sua péssima impressão, borradas e grudadas umas às outras, de modo que li com dificuldade: *Macchina Rotta em apresentação única! Local: Piazza del Regno – Levanto.*

Inimaginável. Como se não bastasse a ilusão da noite anterior, Lorenzo – eu não imagino que pudesse ser outro integrante da banda – tinha me enviado um convite para uma nova apresentação da Macchina Rotta, que aconteceria naquela noite. *Isso deve ser coisa de Vittoria e seu péssimo gosto para brincadeiras...* Mas eu também não duvidava dos roqueiros e suas esquisitices. Todos tinham complexo de grandeza, mas não passavam de bundões metidos a revolucionários bancados pelos pais.

– Um convite... então o show de ontem rendeu. – Mamãe lia por cima de meus ombros.

– Não. São apenas uns babacas que acham que podem tudo – disse com firmeza.

Minha resposta assustou mamãe, já que palavras duras e decididas eram a marca registrada de Ida, enquanto a mim sobravam as inseguranças e palavras receosas. Levei o envelope e o convite

CHEIRO DE SUOR E VINHO

até a beira do lixo da cozinha. Descartá-los seria o mais sensato e justo comigo mesma. Hesitei.

Como era foda descartar experiências ruins...

Alguns dirão que me faltou maturidade, já outros, coragem. Há quem possa dizer também que tenho certo tesão em sofrer e apanhar da vida. Eu diria que nenhum dos três, apesar de descobrir, meses depois, o quanto alguns tapas me alçavam como um foguete ao orgasmo, mas disso falaremos mais adiante. A verdade é que *algo* naquele convite me instigou.

Fui até o quintal, apesar de o vento frio uivante entre os pinheiros não ser convidativo, muito menos para quem tinha acabado de deixar as cobertas. Mas eu me acostumara ao frio, afinal, tinha nascido e sido criada naquelas terras e não havia um canto sequer da propriedade que eu já não tivesse explorado. Aí entrava a ironia. Eu sabia tudo do meu mundo, ou pelo menos o mundo ao qual eu me resumia – meus livros, as finanças de papai, os parreirais, Vittoria e suas loucuras, nada mais além disso. Nenhuma lembrança de rodinhas de conversa, de porres em bares, de camas que eu desconhecia, de transas de mais de quatro horas. Eu não tinha memórias porque nunca vivi nada disso, tão exato quanto a matemática ou a física. Estava presa em uma jaula que eu mesma fazia questão de trancar por dentro. Meu algoz vivia comigo ali. Era o meu próprio julgamento.

Observei novamente o convite que balançava em minha mão com a passagem do vento. Macchina Rotta... todos pareciam não levar a vida tão a sério. Lembrei de Ugo e sua camisa *baby look*, da magreza e cueca à mostra de Gaetano, Pietro e seus pulmões de aço, Mario e seu jeito Clint Eastwood falsificado. Lembrei de Lorenzo. Lorenzo... aquele babaca *estupidamente* bonito.

Desejei que tudo de errado tivesse acontecido a ele. Era a raiva que me subia à cabeça. Mas seu semblante me voltava sempre à memória, seus cabelos jogados, suas feições marcadas, seu jeito seguro de quem sabe o que faz. Pensei nos dezenove putos anos que vivi sem grandes emoções, na existência que julgava mediana. Olhei novamente o convite. Naquele momento, embaixo dos pinheiros que balançavam animadamente, tomei a minha decisão.

9

Não. Eu não fui.

Se houve apresentação e se Lorenzo ficou me esperando, eu nunca saberei. Peço perdão por desapontar os que esperavam uma Elisa corajosa. Mas a vida é exatamente assim, imperfeita. Alegrias e frustrações. Não existem príncipes encantados que a acordam com um sorriso no rosto todos os dias, sempre dispostos a fazer você feliz. E me perdoem também os que acreditam que a vida é um eterno filme pornô, em que piscineiros trepam com as madames dos casarões e professores de tênis metem mais bolas que em um jogo disputado.

Vittoria me ligou por volta das onze horas buscando respostas para o meu sumiço. Contou-me também que Lorenzo voltou atordoado ao camarim.

– E ele por acaso beija bem? – Não contive a ironia.

Vittoria não entendeu, afinal, em sua cabeça, eu saberia responder aquela pergunta melhor do que ela.

– Acho que você confundiu os nomes. Se estiver falando de Mario, o empresário, beija bem, mas é péssimo de cama. – Vittoria gargalhou ao telefone enquanto eu, do outro lado da linha, admirava sua capacidade de rir até das maiores desgraças.

Resolvi então lhe contar o que havia se passado entre mim e Lorenzo, e a forma como ele havia me perguntado sobre ela. Vittoria não acreditou de início.

– Não rolou um beijo sequer? Eu jurava que você tinha transado com ele. Ele me pediu seu endereço, inclusive.

Eu não tinha pensado nisso... como Lorenzo tinha descoberto onde eu morava... Tudo agora fazia sentido!

– Não beijei nem transei. Era você quem ele queria.

– Não! Eu *nunca* me envolveria com alguém de quem você estivesse a fim.

Eu não podia dizer o mesmo. Por mais que os anos tenham me ensinado o valor de uma amizade, meu passado estaria sempre lá para me condenar.

10

Andreas chegou para cursar o nono ano na Scuola Elementare Piero Gobetti. Vinha da Grécia e sua família tinha acabado de se mudar para uma fazenda da região. Todas as meninas da escola ficaram apaixonadas de cara por ele, incluindo eu e Vittoria. De início, nós duas não nos importávamos de compartilhar o mesmo sentimento e nos alegrávamos por termos um assunto em comum para tratar no tempo livre, mas algo mudou dentro de mim ao perceber os olhares de Vittoria e Andreas se cruzando. Algo havia vibrado em seu interior. Era o nascimento de uma paixão e, em mim, de um ciúme doentio.

– Que bobagem! – Vittoria repetia envergonhada quando lhe contavam que Andreas também a espiava por detrás dos vitrais.

Sim, pasme, Vittoria já sentiu vergonha na vida, mesmo que em um passado remoto...

Mas estava consumado. O que parecia uma aventura despretensiosa de nossa imaginação adolescente, para mim, se tornou um pesadelo sem fim. Enquanto Vittoria sentia um frio na barriga, eu sentia minha boca amargar. Sorria, fingindo não me importar, mas aquela aproximação me rasgava a alma como uma faca rasga a carne. Já não conseguia ser a mesma pessoa de antes, tampouco tratar Vittoria como antes. Aquele a quem eu amava tinha olhos para minha melhor amiga – que bela de uma merda.

MIGUEL VAZ

As tardes se tornaram solitárias. Eu evitava Vittoria e cheguei a criar por ela certa antipatia, como se antevisse os lábios de Andreas impressos nos dela. Cogitei mudar de sala. Não foi preciso. Vittoria deu um basta em tudo aquilo em uma conversa de três minutos, garantindo que nunca ficaria com Andreas, por mais que seus hormônios gritassem por um beijo dele. Por fim, ela me nocauteou com um "nossa amizade é maior do que qualquer paixão". Respirei. Não porque tinha de volta minha melhor amiga, mas porque não tinha perdido Andreas.

Seis meses se passaram e meu sentimento por Andreas continuava o mesmo. Faltava-me apenas coragem para me declarar a ele e trair a confiança de Vittoria. Mas tudo mudou numa tarde de verão, quando se encerrava o primeiro semestre.

Eu voltava para casa a pé. O sol de início de tarde castigava e, apesar do chapéu panamenho prendendo meus cabelos pretos sob suas abas, meu corpo inteiro parecia em chamas. Eu encarava as árvores distantes desejando suas sombras. Não havia uma brisa sequer de ar perambulando, como era comum no início das manhãs, o que dava ao caminho o dobro de seu tamanho. De repente, um assovio avançou até meus ouvidos. Brequei, e uma fagulha gelada correu por minha espinha. Senti o ar ao redor congelar.

Puta que pariu, era Andreas.

Ele vinha sozinho e apressou o passo até me alcançar. A claridade do sol acentuava sua beleza, deixando seus cabelos ondulados castanhos da cor do mel. Percebi que ele não carregava mais o olhar tímido de quando chegou a Vernazza.

– Elisa Rizzo, certo?

Ele sabia meu nome!

– Sim, e você é Andreas, certo? – respondi com os olhos baixos.

Andreas respondeu com um aceno apenas, mas seus olhos fixaram-se nos meus. Foi a fagulha necessária para me incendiar

49

CHEIRO DE SUOR E VINHO

novamente, colorir meus dias e testar minha amizade com Vittoria. Senti o sol descansar, permitindo que uma leve brisa trouxesse às narinas o cheiro doce das flores do campo que nem sequer tinham germinado.

– Soube que mora para este lado. – Andreas apontou para a estrada que dava para a minha casa. – Eu também moro logo à frente. Vamos andando.

Descobri que Andreas era praticamente meu vizinho e que se mudara da ilha de Creta para Vernazza porque sua mãe tinha recebido uma generosa oferta de trabalho na gerência de uma das vinícolas da região. Contou-me segredos como se os confidenciasse a um amigo próximo e, ao me deixar na porteira de minha *azienda*, convidou-me para conhecer o pub que seu pai acabara de abrir no centro da vila. A soda seria por sua conta.

Eu me joguei na cama, retirando as meias e os sapatos empoeirados. Queria dar descanso aos pés, por mais que fosse a cabeça quem merecesse a pausa. Pensei em ligar para Vittoria, contar que havia conversado com Andreas por mais de uma hora. *Não*. Vittoria poderia cobrar de mim a mesma maturidade que tivera para manter nossa amizade e eu não estava nem um pouco interessada em renunciar à doce sensação que passeava por meu coração naquele momento. Eu tinha certeza de que era amor.

A mesma história se repetiu nos dias seguintes. Nós nos encontrávamos no meio do caminho e Andreas me acompanhava até a porteira de minha *azienda*. De encontros fortuitos, passamos a esperar um pelo outro. Conversávamos sobre tudo e percebia a frouxidão de nossos sorrisos. Os olhares também se transformavam, passaram a carregar sentido. Os toques das mãos à pele, antes por acaso, agora tinham intenção. Eu vivia nas nuvens, mas bastava ver Vittoria para despencar de todos os céus que minha cabeça criava.

Sim, eu estava me tornando a maior filha da puta do universo. E pior. Tinha consciência daquilo...

Existem momentos na vida em que o coração assume a responsabilidade por seus atos irracionais. O álibi perfeito. A isso chamamos paixão. Ela atropela a lealdade e faz de uma amizade um barquinho frágil de papel em alto-mar. É avassaladora nos adultos. Imagine em uma desmiolada como eu.

Nosso primeiro beijo aconteceu numa sexta-feira, próximo à porteira de minha *azienda*. Nossos toques já não eram tão aleatórios, tampouco inocentes. Uma pequena puxada que se transformou em abraço e, por fim, fez nossos lábios se tocarem. Pude sentir a respiração de Andreas sobre mim, suas mãos envolvendo minha cintura. Aquele beijo me roubou a inocência da alma e o ar dos pulmões. Durante os poucos segundos – *ou foram muitos?* – em que nos beijamos, um silêncio pairou sobre as grandes colinas. Nenhum ventinho sequer ousou atrapalhar nosso momento. Os passarinhos também deram trégua, e não se ouviu um gorjeado para cortar a tensão. Era o meu primeiro beijo. Não tive coragem de fitar seus olhos. Permaneci imóvel, incerta do que fazer a seguir.

E se Andreas não tivesse gostado? Para qual lado se girava a língua? Será que se girava mesmo, ou era apenas colocar em sua boca e esperar o toque dos lábios?

Pode soar ridículo, mas ninguém se isenta dessas perguntas antes de beijar pela primeira vez. Senti o corpo de Andreas colado ao meu. Sua respiração batia à porta de minha orelha direita. Respirei fundo, soltando um breve gemido de prazer. Seus cabelos caíram sobre meus ombros. Sua boca passeou livremente por meu pescoço até encontrar de novo os meus lábios, que tremiam de prazer e medo. Nós nos beijamos novamente, ainda atrapalhados.

CHEIRO DE SUOR E VINHO

Imitei todos os movimentos que Andreas fazia com a língua. Ele era mais experiente que eu, era evidente. Mas eu era uma boa aluna, aprendia com facilidade. Não demorou muito para que tudo fluísse naturalmente, nossos desejos e línguas deslizando intensamente.

Nós nos perdíamos pelas tardes afora, entre beijos, amassos e boas conversas. Aos poucos, os amassos deram lugar a um desejo ardente, com pitadas de safadeza. Nossos beijos e toques, antes tímidos e desencaixados, se lapidavam com o tempo. As línguas gozavam de completa autonomia, fazendo o que bem entendessem, onde bem quisessem.

Minha primeira vez aconteceu às margens da estrada. Sim, não havia nada de romântico naquilo... O sol nos castigava mais que o normal, arrancando gotas de suor de nossa pele. Minha boca estava seca, mas não havia água no mundo que aplacasse aquela sensação e, para ser sincera, ansiava matar a sede com a saliva de Andreas.

Paramos à sombra de uma pequena oliveira para fugir do calor. Andreas tirou sua camisa, buscando as brisas passageiras. Suava mais que o normal. Seu abdômen tinha um magnetismo viciante. O destino de meus olhares era sempre seus gomos torneados.

– Tire a camisa também. Você se refrescará melhor. – Não sei se havia naquelas palavras de Andreas alguma dose de segundas intenções.

Obedeci, e me refrescou até certo ponto. Depois que nossos toques se acentuaram, poderosas ondas de calor varreram meu corpo. Era o tesão. Eu tremia a cada respirada sua. Andreas me segurava firme pela cintura. Em certo momento, me virou de costas, encaixando seu corpo atrás de mim. Minhas pernas estremeceram por alguns segundos. Soltei um gemido baixo, espontâneo. Com uma das mãos, segurei seu pescoço enquanto ele me

52

beijava abaixo das orelhas. Meu quadril começou a fazer movimentos lentos, dispensando meu cérebro do comando das ações. Senti suas mãos apertarem minha cintura. *Ah... o encaixe perfeito!*

Virei de frente, fincando minhas unhas em suas costas suadas. Andreas soltou um gemido de prazer. Desci beijando seu peitoral e abdômen. O cheiro doce de sua pele entrava por minhas narinas como um estimulante.

Como era macia...

Andreas me puxou de volta. Mais uma vez eu estava de costas para ele. Nossos corpos se acomodaram novamente. Um puxão no cabelo arrancou de minha garganta um gemido de prazer. Meu pescoço estava ali, mais uma vez exposto aos seus beijos lascivos. Com uma mão, abriu meu sutiã, que caiu próximo às raízes da pequena oliveira. Andreas segurou com firmeza meu seio. Sua excitação se traduzia em um volume sob sua calça.

– Andreas – falei baixo, tomada pelas ondas de prazer. Seus dedos massageavam levemente o bico do meu seio, por vezes o apertando. Meu quadril movimentava-se novamente. Meu corpo era tomado por ondas crescentes de prazer.

Ah... o puto tesão...

Tive a necessidade de senti-lo dentro de mim. Ainda de costas, minhas mãos buscaram o volume sob sua calça. Apalpei-o como se quisesse decorar cada centímetro ali. Andreas respirou fundo. Sua vontade cresceu na mesma proporção que o volume.

– Vire – sussurrou em meu ouvido.

Eu o obedeci de pronto e pela primeira vez nossos olhos se encontraram com profundidade. Meu corpo *pedia* Andreas. Desabotoei sua calça, colocando os dedos dentro da costura da cueca. Abaixei-me. Uma brisa quente jogou algumas mechas de cabelo em minha cara. Seu volume era mais evidente agora sob o tecido branco. Sem tirar os olhos dos seus, desci também sua cueca. Seu

CHEIRO DE SUOR E VINHO

pau saltou para fora, rijo. Se não desviasse rapidamente, teria batido em minha cara.

Maldito reflexo... eu teria gostado...

Passei os dedos por todo o membro, atendo-me à sua cabeça. Um pré-gozo minava de sua ponta. Meu coração saltava pela boca. Acelerei os movimentos das mãos. Andreas gemeu longamente.

– Chupe – Andreas suplicou.

– Espere!

Apesar de ser a primeira vez que eu fazia aquilo, o tesão parecia ditar o movimento e a pressão exata de meus dedos sobre seu pau. Senti o sangue sendo bombeado em seu interior. Os gemidos de Andreas eram o termômetro para as minhas mãos. Aproximei minha boca da cabeça. Lambi o pré-gozo em movimentos circulares. Acelerei a punheta, abocanhando o seu volume.

Como era quente...

Nem os mais variados alimentos, nem os doces e *fast foods* que tanto comia, me proporcionaram tanto prazer quanto o gosto de Andreas. Saboreei cada centímetro, sentindo seu pau crescer em minha boca. Suas mãos envolveram minha cabeça, pressionando-a sobre seu quadril. Fui cada vez mais fundo, entorpecida pelos gemidos de Andreas. Seu corpo enrijeceu. Minha boca inundou-se. Arfando, Andreas caiu de joelhos enquanto eu, satisfeita, chegava à conclusão de que amava tudo aquilo. Bastou uma vez para ter a puta certeza.

Nenhum encontro seguinte ficou apenas nas preliminares. Despi meus medos com a mesma rapidez que despi minhas roupas. A falta – ou inexistência – de conforto não nos incomodava e até nos proporcionava doses de aventura. Mesmo que raramente, havia quem passasse pela estrada, então nos escondíamos entre os parreirais de minha *azienda* para evitar o flagrante.

Andreas foi compreensivo quando eu disse que era virgem. "Quero que se sinta bem" foi sua resposta. Não me apressou em nada. Foram as minhas vontades crescentes que me levaram a gozar pela primeira vez.

E como era bom...

Aprendi que transar pela primeira vez era sobretudo um *ato de coragem*. Mesmo que não faltassem bons exemplos em casa, o desenvolvimento de uma mulher passava obrigatoriamente pelos discursos conservadores e, não raramente, pelo machismo de uma sociedade retrógrada. Era evidente nos comentários maldosos, nos programas de televisão, nas revistas de entretenimento, nos cochichos entre vizinhos. Como se a mulher não desfrutasse do direito de gozar.

Para uma garota insegura como eu, quebrar o tabu do sexo foi libertador. Aquilo me mostrava ser capaz de atender às minhas vontades e ousar quando quisesse. O prazer com Andreas não me livrava, porém, do único julgamento que poderia ser feito. Eu me envolvia com um garoto que Vittoria dispensara. Em sua renúncia, pesava nossa amizade. A amizade que eu tratava como lixo quando, em mais uma tarde de verão, sussurrei no ouvido de Andreas:

– Me fode.

11

assei a viver em constante tensão, temendo que meu breve romance com Andreas chegasse aos ouvidos de Vittoria, seja na forma de denúncia, seja na forma de suposições, afinal, o que mais existe é gente querendo viver por você a sua própria vida. Encontrá-la todos os dias durante as aulas e, horas depois, deliciar-me pelo corpo de Andreas, passeando por seu sexo e fazendo de sua boca meu instrumento de prazer, transformou minha cabeça em um ringue, onde digladiavam o desejo e a amizade. A gota d'água foi uma conversa durante o intervalo, quando, em uma de suas teorias, Vittoria atacou a infidelidade dos homens.

– As mulheres são diferentes. Mesmo movidas pelo tesão, não traem outra mulher. Estou falando de amizade – completou, dando fim ao lanche. Meu estômago revirava cada vez que ela, mesmo sem querer, acreditava na minha inocência.

Eu me distanciei de Andreas sem dar um ponto-final ao nosso breve relacionamento. Faltou coragem para dizer que não queria mais vê-lo, afinal, intimamente eu estava apaixonada por ele.

Evitava voltar para casa no mesmo horário que ele e não raras vezes peguei carona de volta com algum fazendeiro, afundando minha cara no banco do carona quando sua figura aparecia no horizonte da estrada por onde costumávamos passar. Ele continuou respeitando a regra expressa de não nos vermos durante as aulas, mas passou a me procurar em minha *azienda*. Por sorte, todas as vezes que bateu à minha porta, nem mamãe, nem papai, nem Ida estavam. Ignorei o toque da campainha, apesar de as janelas abertas denunciarem minha presença na casa. As férias da Scuola Elementare Piero Gobetti também ajudaram em nosso afastamento. Não haveria mais a necessidade da ocasião, o que não desencorajou Andreas de seguir com seu ritual diário de mensagens.

Você faz falta.

Sua última mensagem chegou em um sábado à noite, enquanto eu tentava esquecê-lo dentro de algumas páginas de um livro qualquer. As três palavras me golpearam forte no estômago. Andreas também fazia falta. *Falta pra caralho.* E por alguns momentos nem eu sabia mais por que estava ali, fodendo com seu psicológico e o meu. Encarei o teto do quarto. A luz do abajur projetava uma sombra disforme sobre a parede e a cortina, que dias antes havia me servido de esconderijo quando Andreas bateu à porta. Os dedos vacilaram sobre a tela do celular. Reli mais uma vez a mensagem.

Você faz falta.

Desejei não o ter conhecido. Ou que talvez não tivesse vindo da Grécia para cá. Com certeza eu estaria tocando minha vida sem sobressaltos, imersa em livros, e não teria fodido com ninguém. Pensei em Vittoria. E se fosse ela a principal causa desse quebra-cabeça insolucionável, e não Andreas? *Porra, mas como seria minha vida sem ela?* Vittoria foi a mais presente das amizades, para não dizer a única. Crescemos juntas e não conseguia recordar um puto momento feliz em que ela não estivesse. Minhas memórias eram recheadas com sua risada fina e sua forte presença. Eu já tinha vacilado com ela ao me relacionar com Andreas. A questão agora era quão *filha da puta* eu gostaria de ser. Ainda havia margem para abrir o jogo e implorar por seu perdão, mas isso implicaria apagar Andreas da minha mente e do meu coração.

CHEIRO DE SUOR E VINHO

Você faz falta.

As três palavras continuavam sólidas na tela do celular. Olhei a janela do quarto. Fazia uma noite delicada e me recordei dos momentos entre os parreirais, ironicamente intensos. Meus dedos vacilaram. Lá fora, as colinas destilavam seu esverdeado escuro sobre o horizonte. Quantos amores não são feitos e desfeitos ali também? Não tinha certeza se amores brotavam com a mesma facilidade que as pequenas parreiras. Às plantas basta que sejam regadas. Bem, aos amores também. É preciso de terra fértil para que a semente tome o caminho dos céus. Igualmente ao amor, é preciso ter o coração preparado. Encarei novamente a plantação de papai. Algumas mudas maiores começavam a florescer. *Daqui a pouco virão as uvas*, pensei.

Você faz falta.

Da mesma forma do amor, a amizade exigia tudo aquilo. *Plantar, regar, cuidar, colher.* Já eram quatro da manhã e meus olhos continuavam vidrados na tela do celular. Suspirei. Meus dedos digitaram antes que meu coração percebesse.

12

Por favor, não me procure mais.

Se aquela mensagem rondou minha consciência por semanas, não consigo imaginar o estrago que causou a Andreas. Falar de responsabilidade afetiva a uma adolescente é como tentar explicar álgebra a uma criança de três anos de idade. Existirão as exceções, claro, algum pequeno asiático prodígio que toque a *Sinfonia n. 40 de Mozart* com uma mão apenas, enquanto a outra mão pinta com perfeição uma réplica da Mona Lisa. Mas continuam sendo exceções.

Vittoria era um desses gênios precoces que sabia ter maturidade no auge da adolescência, quando os hormônios estavam à flor da pele. Já eu fazia parte da esmagadora maioria de *idiotas* tentando se inserir em algo e falhando miseravelmente.

Andreas não voltou para a Scuola Elementare Piero Gobetti após o verão e eu soube de sua partida antes mesmo de as aulas retornarem. O pub de seu pai também ficou fechado por quase um mês, e uma das vinícolas da região, sem a gerência de sua mãe.

Deixou a vila sem dar maiores explicações e plantou na cabeça do sr. Galifiakis a promessa de descobrir os motivos da reviravolta do comportamento do filho, mesmo que lhe custasse a vida.

Já eu sabia muito bem, afinal, eu era o motivo.

Andreas não me procurou mais depois da última mensagem. Aos poucos, os momentos de prazer no meio dos parreirais deram lugar à monotonia dos dias, e até a lembrança de

CHEIRO DE SUOR E VINHO

suas feições virou um quadro empoeirado, quando me brotava à consciência. Três anos mais tarde, estava eu novamente derrapando nas curvas do amor, desta vez por Lorenzo. Tudo bem, tenho que admitir: ainda não tinha se tornado amor. Eu vivia o prelúdio da paixão, quando os contrapontos dos sentimentos, amor e ódio, confundiam todos os sentidos. Mas voltemos ao dia seguinte de minha péssima noite ao lado de Lorenzo, quando Vittoria me ligou às onze da manhã.

– Você acha que eu deveria ir? – perguntei sobre o convite que recebera mais cedo naquela manhã e que agora repousava em meu colo.

Vittoria vomitou uma frase filosófica, daquelas que só vemos em finais de filmes de comédia romântica de baixo orçamento.

– Talvez a insistência seja uma virtude maior que passar a vida inteira tomando atitudes corretas.

Eu demorei algum tempo para entender o que ela queria dizer e, em alguma medida, não estava completamente convencida de que ela mesma sabia o que tinha acabado de me dizer. *Talvez a insistência seja uma virtude maior...* minha cabeça fritava, indo e voltando no dia anterior, quando conheci Lorenzo e os integrantes da Macchina Rotta. *Ok, ela está se referindo a Lorenzo e ao ingresso ao falar de insistência... Mas e quanto a "passar uma vida inteira tomando atitudes corretas"?*

– Atitudes corretas... fala de mim?

É claro que falava de mim...

Não existia no mundo alguém que tivesse tanto medo de quebrar regras quanto eu, de chegar em casa após a hora programada, de levar um estranho para o quarto, de beber mais do que meu fígado pudesse aguentar, de responder um desaforo com outro desaforo. Nada daquilo fazia parte da minha realidade. Tudo destoava do meu jeito.

– Não, idiota. – Vittoria achou graça. – Não estou falando de você. Estou me referindo a Lorenzo! O ser humano é um puto de um babaca às vezes, Elisa, eu sei disso. Mas também existem boas pessoas que cometem equívocos e depois se mostram muito mais interessantes. Você pode estar perdendo uma boa oportunidade de conhecer alguém assim.

Aquela conversa com Vittoria rondou minha cabeça durante toda a semana e, mesmo após sua partida para a Turquia, dias depois, eu ainda ruminava as suas palavras. Não foram fortes o suficiente, no entanto, para me levar a Levante, nem a Brugnato, quando outro convite de Lorenzo para uma apresentação da Macchina Rotta chegou à minha *azienda*, quinze dias depois, acompanhado de um papel no qual se lia: "Elisa Rizzo, espero que possamos esclarecer o mal-entendido".

Mal-entendido?!

Ele chamou aquele fora de mal-entendido? Meu sangue ferveu por um momento, mas o vento frio de fim de tarde tratou de aplacar meus ânimos. Corri para fora da casa e soltei o ingresso da mão como quem solta um amor superado. Aos poucos, a brisa foi ditando seu rumo. O papel se prendia nos pequenos arbustos, como se ainda quisesse voltar à minha mão. Mal sabem os homens que, quando uma mulher dá um basta a uma situação e resolve esquecer alguém, não há nada no mundo que a faça voltar atrás.

Mas não foi o que aconteceu comigo. As palavras de Vittoria, enfim, começaram a fazer sentido.

O verão chegou e, com ele, as secas torturantes e as altas temperaturas. Passei semanas alternando minha cabeça entre Lorenzo e achar uma solução para as contas que não fechavam. Nada mudou em nossa *azienda agricola*, tirando Ida, que não estava mais com Luigi e espantava um total de zero pessoas com seu término. Ela parecia dançar pelos corações dos pretendentes

CHEIRO DE SUOR E VINHO

como os ventos quentes que passeavam pelos vales e florestas da região, uma hora soprando para cá, outra para lá, mas sempre em alguma direção.

– A estiagem será pior este ano.

Papai falava com mamãe e apontou para a primeira página do jornal que lia encostado em sua poltrona na sala enquanto esperava pelo café. Sua cara era de preocupação, suas sobrancelhas estavam arqueadas e tinha um canto da boca mais baixo que o outro. Todos nós sabíamos o que isso representava. A seca apontava no horizonte e os noticiários alertavam para suas consequências desastrosas às plantações. Nas últimas semanas, ele se esforçou em antecipar contratos que lhe garantissem alguma reserva de dinheiro, enquanto mamãe acrescentou um turno a mais à sua jornada de trabalho. A falta de chuva a afetaria duplamente: na vinícola em que trabalhava e nas plantações em nosso terreno. Eu precisava tomar uma decisão e ajudá-los a compor a renda ou, pelo menos, não ser um custo a mais.

Um emprego que não dependesse deles cairia bem...

Eu acordei decidida naquela manhã. Sairia de casa logo após o café e só voltaria depois de conseguir um emprego em Vernazza. Desci as escadas em silêncio e nem sequer respondi o bom-dia de papai. Nossa última conversa na noite anterior tinha sido conflituosa e acalorada. Papai estava convencido de que eu teria mais oportunidades em qualquer lugar que fosse, onde a vida e o relógio andassem mais acelerados do que em nossa vila. Mas, porra, eu me sentia muito bem morando ali, gostava da solidão de meus livros e de não ter que alimentar expectativas sobre um futuro brilhante. Estava convicta de que Vernazza não me decepcionaria e que, ao fim do dia, ele queimaria sua língua e daria seu braço a torcer.

– Há uma encomenda para você sobre a mesa da sala. Desta vez vieram antes das oito. – Mamãe apontou para o pequeno embrulho que se destacava sobre o vidro.

Mil pensamentos vieram à cabeça. Todos tiveram destino certo: Lorenzo. Peguei o embrulho rapidamente, temendo as perguntas indiscretas de papai ou mamãe, e subi a velha escada pulando dois degraus por vez. Ele parecia maior de longe, mas definitivamente não era apenas mais um ingresso. *Havia algo mais.* Em um lado do pacote, estava a caligrafia em garranchos que eu já conhecia. Poderia ser coisa da minha cabeça, mas eu estava *certa* de que mais pareciam hieróglifos do que qualquer outra coisa.

Talvez os egípcios escrevessem em italiano quando tinham péssima caligrafia...

Para Elisa Rizzo
Azienda Agricola n. 23
Strada Giorgi Vanggiori
Vernazza – ITA

As letras amassadas continuavam do outro lado, em um papel colado.

L. G.
Via Gerolamo Borgazzi, n. 147
Apt. 1024
Monza – ITA

Concluí que a letra L fosse a abreviação de seu nome. *Monza...* cidade 150 quilômetros ao norte. Será que Lorenzo morava lá?! Talvez fosse um endereço qualquer, ou o estúdio da Macchina Rotta... Confesso que fiquei curiosa.

CHEIRO DE SUOR E VINHO

Monza era uma cidade *muito* maior que a vila de Vernazza, mas não tão grande quanto Milão, a cidade vizinha. Eu visitei suas tediosas avenidas arborizadas em minha infância, na ocasião em que mamãe presenteou papai com um ingresso para uma corrida de Fórmula 1. Fomos todos, e aproveitamos para visitar titia Francesca, a irmã gêmea de mamãe. Tio Luciano, seu marido, ainda era vivo e, assim como papai, também era fã de automobilismo, e decidiu acompanhá-lo na corrida que aconteceria no dia seguinte.

Tia Francesca e tio Luciano formavam um belo casal. Fiquei fascinada por sua beleza, a forma como se vestia, os brincos de pérolas, o vestido rendado e um gracioso sapato de salto, mesmo estando em casa. Já tio Luciano tinha os cabelos negros como as noites de lua nova e carregava sempre no peito um escapulário dourado com a imagem de São Francisco, santo protetor dos animais.

Enquanto papai e tio Luciano assistiam à corrida, mamãe, eu, Ida e titia Francesca aproveitamos para andar pelas avenidas cercadas por prédios de tijolinhos alaranjados e cortadas por antigas alamedas, onde passarinhos davam rasantes no asfalto. Passamos a tarde entrando e saindo das lojas de alta costura, encantadas com os cortes, tecidos e estampas da moda.

– Escolham o que quiserem, meninas. – Titia apontou para a loja da esquina, enquanto Ida e eu tirávamos algumas fotografias com uma Polaroid de tio Luciano.

Titia havia nos dado um passe livre na maior boutique da Gucci do mundo. A loja estava movimentada, suas atendentes andavam de um lado para outro com um sorriso tenso no rosto e um fotógrafo registrava cada manequim nas vitrines para a edição comemorativa de uma revista de moda. Sua presença gerava desconforto nos funcionários, que se preocupavam em manter a ordem na loja para que nada de errado fosse capturado por suas lentes. Ida e eu passamos o resto da tarde nos divertindo dentro dos provadores, e só chegamos a um consenso sobre nosso presente quando já se formava uma montanha de roupas experimentadas sobre a bancada.

Ida escolheu um conjuntinho preto de saia e camiseta, antecipando sua preferência pelo *all black*, que se tornaria seu uniforme a partir da adolescência. Eu optei por uma blusa recortada branca e uma calça cáqui e fiz valer minha ansiedade de criança, recusando-me a tirar do corpo os novos presentes. Ida me acompanhou na decisão e fizemos dos corredores da loja a nossa própria passarela de moda. Desfilamos, indo e voltando entre as vitrines do fundo, até que um brilho peculiar despertou em nossos olhos um magnetismo implacável. Vinha da última prateleira da loja.

A vitrine de joias e colares...

Os olhos de Ida interessaram-se por um pequeno par de brincos com as letras GG cravejadas de diamantes. Quanto a mim, apaixonei-me por um colar. Era pequeno e singelo, e em sua ponta pendia um pequeno sapo cujos olhos eram duas pequeninas esmeraldas. Titia e mamãe se aproximaram de nós na companhia da vendedora que, após bons minutos de desespero aturando nossas brincadeiras no provador, trazia um sorriso largo no rosto e já pensava na sua gorda comissão.

Ah, a maldita resiliência...

– Por que não tiram uma foto com as novas roupas? – Titia Francesca nos entregou a Polaroid. Ida nem sequer lhe deu ouvidos e continuou anestesiada pelo brilho dos brincos GG. A vendedora, como se ainda estivesse pisando em nuvens por conta da venda, pediu que aguardássemos alguns instantes e correu até o caixa na saída da loja, voltando segundos depois com uma pequenina chave nas mãos.

– Se é para registrar o momento, que seja com o conjunto completo! – A mulher retirou cuidadosamente os brincos e o

CHEIRO DE SUOR E VINHO

colar com pingente de sapo da proteção de vidro, envolveu meu pescoço com a peça, prendendo o fecho em seguida, depois colocou as pequenas argolas nas orelhas de minha irmã. – A gerente autorizou. É para a foto. Coisa rápida. – Percebi sua piscada para mamãe e titia.

Corri até o espelho próximo para me certificar de que o colar estava *mesmo* em meu pescoço. E lá estava ele, reluzindo suas pequenas esmeraldas. Ida também sorria largamente. Mamãe registrou nossa alegria incontida em três fotos de Polaroid. Uma ainda permanece sobre a minha penteadeira. A segunda está até hoje dentro da carteira de Ida, enquanto a terceira titia guardou como recordação. Possivelmente se perdeu no tempo entre um e outro álbum de fotografias. O fotógrafo da revista de moda, que nos observava de longe, aproximou-se de mamãe e titia e só conseguimos entender algumas palavras pelo movimento de seus lábios.

– *Eu poderia... aniversário da marca... revista?*

Para duas garotas vindas de uma pequena vila, passar um dia experimentando roupas de grife, ganhar presentes e posar para um fotógrafo profissional foi um sonho que vivemos acordadas e nem mesmo hesitamos em concordar. Voltamos ao meio do corredor principal, de onde o fotógrafo disparou alguns cliques e se deu por satisfeito, simpaticamente dizendo que a revista seria lançada no fim do ano, em uma edição comemorativa especial. Pediu nossos nomes para a legenda e voltou para o seu trabalho.

Ficamos tão radiantes com as fotografias que nem nos incomodamos em devolver o colar e os brincos à vendedora depois dos cliques. As fotografias estariam lá para provar que fomos da *high society* milanesa por alguns minutos – ou pelo menos nos vestimos como as peruas aposentadas da cidade. Não preciso dizer que esquecemos de conferir nossa participação quando a revista foi lançada, meses depois. Nossa mente já estava tão distante daquilo quanto eu estava de perdoar Lorenzo por brincar com meus sentimentos, anos depois.

Pelo menos era o que eu achava. *Que vadia de coração mole você é, Elisa Rizzo!*

13

vancei com o embrulho pelo quarto, tomando cuidado para não deixar o mindinho do pé no mastro de *pole dance*. Abri espaço entre as cobertas e coloquei a caixa sobre o travesseiro, lendo mais uma vez as palavras em garrancho. Rasguei o papel que o envolvia. Acima de uma pequena caixa de cor grafite, um ingresso encarava meus olhos previsíveis, aqueles cujas pupilas rolam para cima antes que você perceba. A Macchina Rotta se apresentaria na Casa Alcatraz, um grande espaço de eventos em Milão, dali a duas semanas. *Ele é incansável...* Acima dos dizeres *Ingresso Vip* era possível ler "Lançamento do álbum *Luna Improbabile*", a Lua Improvável.

Um álbum novo...

Aqueles quatro rapazes e seu empresário um tanto quanto estranho estavam prestes a ter a vida mudada com apenas uma música, e tudo aconteceria em semanas. A Macchina Rotta, banda desengonçada que se apresentou num palco minúsculo de um bar em Vernazza, seria o primeiro grupo de rock mundialmente conhecido por chegar ao topo das paradas de sucesso sem abrir mão da língua italiana, e Lorenzo Bianchi, ou simplesmente Lorenzo, seria um popstar, daqueles que param um shopping center enquanto tentam comprar cuecas novas.

Coloquei cuidadosamente o ingresso sobre a cama e parti para a pequena caixa, destravando sua tranca com um cuidado

MIGUEL VAZ

cirúrgico. Ouvi um pequeno estalar de metal e senti uma das tampas se afrouxar. Abri a caixa num misto de receio e curiosidade.

Não é possível... Mas como!?

Minha cabeça rodou e senti meu corpo formigar. Em seu interior, um objeto pequenino me transportou de volta à infância, muitos anos antes, mais de uma década, diria eu. Era como se fechasse os olhos por um instante e, quando os abrisse, estivesse dentro de uma loja da Gucci em Milão, vestindo uma camisa recortada branca e uma calça cáqui, meu rosto se iluminando tímido diante de esmeraldas cravejadas em um pingente de sapo harmoniosamente suspenso por um colar prateado.

Não sei quanto tempo encarei o pingente de sapo. *Não pode ser uma coincidência... porra, não é possível...* Tentei elaborar dezenas de teorias que explicassem *como* Lorenzo sabia da existência daquele colar e sua relação comigo. Nada fazia sentido. *Pode ser uma puta de uma coincidência...*, cogitei, contrariando meus pensamentos iniciais. Lembrei das milhares de cartomantes, dos videntes e charlatães que sobreviviam dos acasos que a vida proporcionava. *Uma puta coincidência...* era no que eu queria acreditar.

Segurei o colar em minhas mãos e me aproximei da janela, aproveitando a fresta de luz do sol para percorrer cada detalhe seu. As duas esmeraldas nos olhos do sapinho salpicavam o teto com pontinhos cintilantes como estrelas. De fato, era o mesmo colar que eu havia provado, uma década antes, ou pelo menos um modelo igual. Corri ao espelho e o coloquei em meu pescoço. Como era bonito... Eu me senti uma debutante se preparando para o baile de formatura, com exceção do vestido, que na ocasião era o camisão velho e amarrotado que me servia de pijama. Quando o espelho pareceu se enjoar do meu riso bobo, tratei de não testar sua paciência e devolvi o colar à caixa. Foi quando notei um pequeno pedaço de papel dobrado ao meio em seu interior.

Para você usar no dia do show em Milão.

CHEIRO DE SUOR E VINHO

Sem dúvida, a letra era de Lorenzo. Do outro lado do papel, o número de seu telefone, seguido de um "me ligue se quiser!". Achei a sua estratégia bem pretensiosa, *me ligue se quiser...* Mais uma vez eu tinha em mãos um convite para um show seu, mas nenhum pedido de desculpas.

Ir ou não ao seu show?

Foda-se, havia tempo para decidir. Eu teria todo o caminho de Vernazza naquela manhã para pensar a respeito, apesar de Lorenzo não ser nem de perto o que mais me atormentava os pensamentos. Eu conseguiria um emprego na cidade e acalmaria os ânimos e as palavras de papai, e até melhoraria o humor de mamãe, já que era nítida sua preocupação com as contas de casa.

Foi difícil fazer a lambreta amarela funcionar. Seu motor parecia o meu estômago pela manhã: preguiçoso e acostumado a não trabalhar antes do meio-dia. Apesar de os ponteiros do relógio ainda marcarem nove horas, o calor já castigava, em um típico dia de verão, daqueles em que suor escorria pelas costas e perdia-se nas curvas baixas do corpo. Enquanto cruzava a estrada de terra, tentei não pensar em Lorenzo. Retribuir seu presente era uma obrigação que eu não gostaria de ter; o cheiro de bebida fermentada voltava à lembrança e eu revisitava a puta ocasião em que fui dispensada por ele nos fundos de um pub qualquer.

E quem, em sã consciência, gostaria de relembrar um fora!?

Então pensei em Vittoria. Será que estava se acostumando aos costumes turcos? Imaginava que sim, ela era um camaleão, sempre se adaptava a tudo e a todos. Cheguei ao centro de Vernazza minutos depois, onde o asfalto dava lugar aos paralelepípedos dos becos e à amplitude dos horizontes, com algumas montanhas ao fundo, abrindo espaço para as casinhas de dois andares que pareciam engolir o caminho dos carros e pedestres. A cidade entrava em seu período de bonança, que aqui chamávamos de meses mágicos. Turistas de camisas floridas e chapéus

MIGUEL VAZ

panamá vindos de todas as partes do mundo tomavam conta dos pequenos restaurantes, cafés e quitandas pelos próximos sessenta dias, que coincidiam com as férias escolares. Até o pub do sr. Galifiakis tinha as portas abertas às dez horas da manhã. Perto do píer, pessoas se dividiam entre embarques, desembarques e algumas poses para fotos. Havia até quem se aventurasse nas águas frias e depois descansasse na prainha que se formava entre o deck e a costa.

Como é fácil reconhecer um turista...

Todos pareciam ter saído de um mesmo forno, assados na mesma forma. Tinham um semblante alegre que beirava o tosco e levavam no rosto o excesso de exposição ao sol. Não era raro ver uma ou outra pessoa com a face besuntada de protetor solar, como se estivesse pronta para ir à guerra e enfrentar as poucas nuvens do céu azulado e a sensação sufocante do mormaço.

Deixei a lambreta em um pequeno estacionamento na entrada da cidade e decidi caminhar. Seria mais fácil desviar dos pedestres despreocupados. Rumei diretamente para locais que eu já conhecia. A Panetteria Romana, um aconchegante local no centro de Vernazza e cuja proprietária, Dona Maria, era uma velha amiga de mamãe, tinha algum movimento em suas mesinhas do lado de fora, mas nem de perto se parecia como a de anos antes, quando era responsável por abastecer de pães toda a cidade, além de oferecer aos turistas alguns belos doces que ficavam expostos nas vitrines como um chamariz. Tortinhas de morango, docinhos de pêssego e bombas de chocolate com avelã eram a especialidade da casa e me traziam boas lembranças de quando eu, papai, mamãe e Ida passávamos as tardes de domingo nos entupindo de doces.

– Dona Maria... – chamei envergonhada. A senhora, que procurava algo dentro de algumas gavetas abaixo da caixa registradora, se levantou rapidamente, me impressionando com sua

CHEIRO DE SUOR E VINHO

agilidade. Seus olhos por detrás dos óculos, no entanto, demoraram a me reconhecer.

– Você é a filha de Antonietta? – Suas sobrancelhas flexionadas entregavam uma recordação antiga e empoeirada.

– A própria. – Fiquei aliviada.

– E não mudou nada. – Dona Maria abriu um sorriso frouxo. – O que a traz aqui, querida?

Voltei a ficar envergonhada. Nunca foi fácil pedir um emprego...

– Bem... eu estava passando aqui na frente... – tentei deixar a história mais convincente – e pensei em perguntar à senhora – as palavras saíam com custo da boca – se está precisando de alguém para ajudá-la na *panetteria*.

Dona Maria me encarou fundo nos olhos e pude sentir pena em seu olhar.

– As coisas não andam fáceis, não é, minha jovem? – Ela se inclinou sobre o balcão a fim de me observar melhor. Eu assenti sem encará-la. – Este país não se recuperou desde a última crise...

Ela estava certa, os últimos anos tinham sido difíceis para nós, italianos. Instabilidade política, corrupção, a máfia infiltrada em todos os negócios – o pai de Vittoria que o diga. Uma geração sem muitas pretensões ou desafios. Havia os que largavam os estudos, que era o meu caso. E havia também os que permaneciam mais quatro anos na faculdade e, por fim, se lançavam no mercado de trabalho. Quer saber a ironia? Nem um, nem outro conseguia emprego. Quando muito, algum bico aqui, outro ali.

– A estiagem será muito ruim para os negócios de papai. Quero ajudá-lo...

– Infelizmente há outras estiagens, querida. – Dona Maria apontou para as mesas do saguão interno, todas vagas. – Passam por aqui rapidamente. Ficam uma manhã. Poucos dormem. Depois continuam suas luas de mel, seus mochilões, suas aventuras... parecem não ter tempo para adoçar a boca com alguma bomba de chocolate. Nas demais 44 semanas, apenas os amantes dos velhos vinhos visitam a cidade, para depois seguirem caminho até os vinhedos e vinícolas.

Dona Maria tinha razão. Tirando os milionários, que ostentavam seus iates e barcos de milhões de dólares, com deck duplo e heliponto, poucas pessoas visitavam Vernazza fora da época de verão. Havia os amantes de vinho, a quem sempre agradecíamos as visitas esporádicas que engordavam o orçamento de casa, mas passavam em pequenos grupos e com mais frequência durante o inverno e o outono, quando as temperaturas eram mais convidativas.

– E vinho nunca combinou com bombas de chocolate, não é, querida?

Meu sorriso sem graça acompanhou-me até a saída da *panetteria*, onde agradeci dona Maria, que me desejou sorte. Voltei à rua com destino certo, a Cucina Tre Montagne, um pequeno restaurante de pastas ao lado do pub do sr. Galifiakis. Era aconchegante, com pequenas mesas de madeira do lado de fora e uma cobertura vermelha, já desbotada pelo sol; tinha uma pequena placa de "aberto" em sua porta e, pelo cheiro que rescendia até a rua, o almoço de algum cliente estava sendo preparado. Entrei pé ante pé, tomando cuidado para não chamar a atenção. Apenas duas mesas estavam ocupadas. Um casal sentava-se próximo à entrada e, mais ao fundo, um senhor, que talvez buscasse privacidade. Um rapaz magro, que deduzi ser o garçom, veio ao meu encontro. Vestia um avental grená e trazia nas mãos um pequeno bloco de notas.

– Bem-vinda à Cucina Tre Montagne! Não prefere se sentar para fazer o pedido?

Vocês servem emprego à parmegiana?

Evitei seus olhos, como se fosse uma ofensa o que estava prestes a perguntar.

Maldita imaturidade que me assombra...

– Na verdade – tentei ser breve –, não gostaria de fazer um pedido.

O garçom me encarou confuso.

– Por acaso há alguma vaga disponível para... trabalho?

O garoto abriu um sorriso desconcertado, como se também fosse uma ofensa responder a minha pergunta.

– Infelizmente não. Na verdade, eu ocupei a última vaga. – O garçom se aproximou de mim como se estivesse prestes a confessar um crime. – Apesar de ganhar pouco, antes aqui do que em lugar nenhum.

Após agradecê-lo, percorri quase todos os comércios de Vernazza. A resposta parecia ensaiada: não há empregos aqui. Quem os tinha, agarrava com unhas ferozes, quem não tinha, vagava cabisbaixo pelas ruas, como eu. Quando já me dava por vencida, disposta a aceitar os ditos de papai, Vittoria me veio à cabeça e, com ela, uma última oportunidade. Era isso! A banca de flores de sua mãe, Rosa! Certamente estaria aberta, apesar da partida de toda a família para a Turquia. Sua localização, no meio da orla, era boa demais para não ter tido interessados em assumir o negócio.

Disparei para o cais ignorando o calor que amolecia as juntas e tornava a caminhada custosa. Sentia minha nuca suar e meus sapatos queimavam ao sol. *Pelo menos alguma brisa para rebater o calor...* Nutri esse pensamento como incentivo, já que a maresia era mais forte na pequena orla de Vernazza.

À medida que me aproximava do mar, as ruas se transformavam em becos apertados, claustrofóbicos e verticais, onde turistas anestesiados com as belezas da vila paravam para conversar e apenas algum xingamento desaforado os trazia de volta à realidade, geralmente de algum morador montado em sua lambreta pedindo passagem. Fui me desvencilhando das pessoas até alcançar a ponta do deck. Mais alguns passos adiante, poderia enfim descobrir se a banca de flores estava aberta novamente. Respirei fundo. Suas portinholas estavam escancaradas, como se a banca também precisasse respirar para amenizar o calor. Uma rápida alegria tomou conta do meu corpo, como se apenas o fato de estar aberta já me garantisse uma vaga de emprego. Viajei ao futuro e, embarcando na esperança, vi papai pagando suas contas e eu auxiliando-o com meu primeiro salário. L'Orso estava feliz e sua aparência aquecia meu coração. Apesar da estiagem, seriam justamente as flores que dariam alento aos nossos bolsos.

Desci a pequena escada aos saltos, avancei sobre os ladrilhos que formavam a orla e me aproximei da estrutura metálica. Nenhuma flor estava exposta do lado de fora. Reduzi o passo, desconfiada. Ao lado da vendinha, dois homens grandes como armários e de aparência duvidosa faziam guarda. Fingi buscar por ali o melhor enquadramento para uma fotografia da orla. Havia mais alguém dentro da pequena vendinha. Não pude ver quem era, mas ouvi alguns sons vindo de seu interior, arrastares de móveis, outros estalados, um quebrar de vidro. Eu me aproximei com cuidado, tentando descobrir se ainda restava algo da velha banca de flores. Os dois homens que estavam de fora pareciam bem mais amedrontadores de perto. Meu coração acelerou mais uma vez. *Porra, estou testando-o muito em apenas um dia...* Continuei fingindo fotografar os barcos que se aproximavam do cais. Ouvi passos pesados às minhas costas. Um dos homens tinha parado *bem* atrás de mim.

– Quer que eu tire para você?

Sua voz soou em meus ouvidos e trazia um sotaque que entregava sua origem forasteira. Meu corpo gelou e nem sequer tive tempo de raciocinar direito. As primeiras palavras que saíram de minha boca, por sorte, não levantaram suspeitas.

– Não, obrigada! É que os penhascos pontiagudos ficam bonitos daqui.

CHEIRO DE SUOR E VINHO

Aqueles caras decididamente não são vendedores de flores...

O homem cerrou os olhos, denunciando uma leve miopia. Tentava identificar as pontas rochosas que tomavam os céus. De sua boca saiu um som incompreensível, que deduzi ser um consentimento. Ele tinha comprado a minha desculpa e aquilo me bastava.

– Não é bom andar por estes lados. Ainda mais uma garota sozinha.

Eu me afastei o quanto pude, tomando cuidado para não soar desrespeitosa. *Sabe-se lá o que esses caras são capazes de fazer...* Dentro da banca, coisas continuavam a ser movimentadas de um lado para outro e algo de vidro era quebrado novamente. Da penumbra de seu interior, um terceiro homem saiu coçando os olhos, incomodado com a claridade.

– Aquele filho da puta não deixou vestígios...

Quando meus ouvidos receberam as palavras do homem que saía da banca de flores, meus olhos se fecharam sem que eu desse o comando. Dizem por aí que vemos as situações da vida com mais clareza de olhos fechados, pois é quando escutamos nosso coração. E o que meu coração me dizia era que eu estava a menos de dois metros de três possíveis criminosos que faziam justiça com as próprias mãos. E justiça nem seria a palavra apropriada, já que todos ali, sem exceção, eram tudo menos justiceiros. De toda forma, era preciso dar-lhes nome. Eu estava diante da máfia italiana. Meu corpo tremeu. Se eles soubessem que eu conhecia quem procuravam, possivelmente estaria em maus lençóis. Iria para a estatística dos sumiços inexplicáveis que aconteciam por toda a Itália nas últimas seis décadas. Isso se não virasse um pequeno pedaço carbonizado dentro de um porta-malas qualquer.

– Garota! – disse com voz rouca o terceiro homem.

Eu não me virei de primeira, porque ainda tinha alguma esperança de que não era a mim quem ele chamava. *Mas que porra...*

eu sou a única imbecil por aqui... A banca de flores ficava após a entrada do píer e por isso era pouco visitada, a não ser por quem quisesse, de fato, presentear a pessoa amada com um buquê de rosas. Toda cidade turística tinha um cantinho que, por mais que ficasse no olho do furacão, não era atingido pela massa crescente de turistas. Passava ileso, resistindo aos efeitos do verão.

– Garota! – A voz ecoou impaciente pelo calçadão de pedra.

Eu estava muito assustada para conseguir encarar seus olhos. Apesar de nenhum dos três saber sobre meu vínculo com Vittoria e sua família, acontece algo muito interessante em nossa mente quando temos algo que pode nos comprometer. *Como putos ratos, nós corremos para a ratoeira...*

– Ora, ora... – o homem riu – eu não mordo. – Sua camisa preta estava encharcada de suor, provocando certa repugnância. Havia uma cicatriz em seu rosto que corria pela testa, cruzava o supercílio e terminava no meio da bochecha esquerda.

Maldito dia para procurar um emprego...

– Você tem fogo aí? – Ele puxou uma carteira de cigarros do bolso.

– Eu não fumo – respondi timidamente.

– Eu sei que não. – O homem tirou um isqueiro do outro bolso e acendeu um cigarro, puxou o ar com satisfação e soltou a fumaça em seguida. – Uma linda garota como você não gastaria seus belos pulmões com cigarros. – Sua cicatriz parecia se mover quando falava. O homem apontou para as pontas das rochas acima das casinhas coloridas de Vernazza. – São belas, não?

Eu não fazia a mínima puta ideia de aonde ele gostaria de chegar com aquela conversa.

– De fato... uma bela paisagem. Pena que alguns moradores estragam a reputação daqui. – Deu mais um trago no cigarro, apagando-o em seguida com os próprios dedos. Ele esperou que eu me apresentasse.

Porra, eu perderia a vida numa inocente busca por emprego...

– Elisa.

Eu até *pensei* em mentir meu nome, mas não me pareceu uma boa opção. Sábia decisão. Atrás dele, os outros dois homens observavam tudo sem interferir. Ficou evidente que ambos lhe deviam obediência. O homem puxou mais um cigarro do bolso.

– Por pura coincidência – deu mais um trago –, eu olhava pela janela pequenina desta banca quando a vi esticar o pescoço... Ia comprar flores?

Minha pressão baixava a cada palavra do mafioso.

– Rosas? – Cortou-me antes que eu pudesse responder.

Puta que pariu... Será que ele sabia que o nome da mãe de Vittoria era Rosa? Estaria ele jogando comigo?

Mais um trago em seu cigarro... O homem parou ao meu lado, contemplando a vista.

– Sabe, srta. Elisa, nós não somos – ele acenou brevemente com a cabeça para os outros dois homens ao fundo –, digamos, as melhores pessoas do universo. Mas também não somos as piores, muito menos as mais idiotas.

Ele continuou:

– Claramente você não se aproximou porque queria fotografar algo...

Não havia uma *puta* gota de sangue em meu corpo, nem palavras em minha mente.

– O que me leva a pensar o seguinte: ou a senhorita é uma puta desafortunada por estar no lugar errado, na hora errada...

Ele terminou mais um cigarro, soltando uma espessa nuvem de fumaça que logo se dissipou com a brisa litorânea.

– Ou a senhorita é uma puta mentirosa, que veio atrás das mesmas pessoas que nós e, portanto, as conhece. E isso muito me interessa. – Sua voz ficou mais baixa que o comum. – Ainda assim é uma desafortunada por estar no lugar errado, na hora errada.

MIGUEL VAZ

Um rápido filme passou pela minha cabeça. Era a constatação de que estava próxima da morte. Dizem que somos mesmo capazes de nos lembrar de todos os momentos significativos de nossa vida quando estamos prestes a entrar no caixão. Eu me lembrei de papai, mamãe, Ida, a velha *azienda* onde fui criada, cada canto seu, meu quarto e as estantes de livros, as estradas de terra até Vernazza, a vila e suas casinhas disformes e coloridas, a Scuola Elementare Piero Gobetti e suas paredes cor de tijolo. Recordei-me de Vittoria e suas diversas aparências ao longo dos anos. Estaria ela comigo até o fim de minha vida? Na verdade, seria ela um dos motivos para o fim precoce de minha existência? Eu me lembrei das tardes intermináveis de calor e das noites insuportavelmente frias. Meu celular... lembrei-me do dia em que o perdi em meio à poeira da estrada. *Aquela noite...* O pub do sr. Gali me veio à cabeça. *Maldita tequila... como me esquecer?!* Eu me lembrei da Macchina Rotta. Cada integrante. Lorenzo, o colar com pingente de sapo... *Mas como!? Porra, vou morrer sem saber se era coincidência ou não...*

– A pessoa que procuro andou por aqui. Ottoni é seu nome. Estimo que saiba de quem estamos falando.

Permaneci em silêncio, mais por pânico que por algum ato de bravura.

– Vamos, srta. Elisa, pense. – O homem acendeu seu terceiro cigarro em cinco minutos. – Em uma cidade pequena como esta, todos se conhecem.

Meu silêncio começou a entediar os outros dois homens, que descruzaram os braços e começaram a se aproximar do homem com a cicatriz.

– Nem um passo a mais! – disse rispidamente aos dois. – Quero conversar a sós com a srta. Elisa.

O homem continuou encarando as ondas que quebravam suavemente na praia. Os barcos seguiam seu curso ordenado em busca de espaço no cais, em um emaranhado de boias e cordas.

79

CHEIRO DE SUOR E VINHO

Nenhuma alma ousava andar por aquelas bandas. A pessoa mais próxima estava acima das escadas que desciam para o cais a cinquenta metros de distância, no mínimo. Eu me perguntava como aquele *filho da puta* tinha conseguido me ver esticar o pescoço em direção à banca de flores...

– Giorgio. Giorgio Armezzo. Meu nome.

O homem da cicatriz estendeu a mão. Mais uma vez eu hesitei em corresponder.

– Vamos, srta. Elisa, não seja rude. – Sua mão se manteve estendida aguardando a minha. Na orla, o calor se intensificava, apesar da leve brisa que revoava os fios mais expostos dos cabelos. Algumas gotas de suor escorriam da testa de Giorgio e deslizavam por sua cicatriz, formando um pequeno canal.

– A senhorita se parece muito com minha filha...

O homem me puxou para perto, segurando com força minha mão. Meu corpo instintivamente se encolheu e continuei a não encarar seus olhos. Com a outra mão, tirou de meu rosto uma pequena mecha de cabelo que acobertava meu pânico.

– Sim, definitivamente você se parece com minha filha.

Seus lábios se contraíram e seu olhar penetrou minha alma. Eu sentia o calor de seu corpo tomar aos poucos o ambiente e um sentimento angustiante escapar de seu semblante.

Ele achava que, de fato, eu era sua filha...

Eu precisava ganhar tempo. Pelo menos tentar lutar. Fisicamente? Impossível. Mas talvez pudesse mexer com sua cabeça.

– Sua filha – tentei esconder a ansiedade –, que idade tem?

Giorgio, o homem da cicatriz, abriu um sorriso carregado de orgulho.

– E por acaso mortos ainda têm idade, srta. Elisa?

Meu sangue gelou. Melhor seria não ter ouvido sua resposta.

Pense, Elisa. Pense.

Eu era capaz de sentir o cheiro de cigarro que saía de sua boca. Aquilo me enojava. Sua camisa estava úmida e uma pequena mancha de suor ameaçava brotar também do centro de seu peito.

– A senhorita acredita em destino? – Giorgio olhava diretamente em meus olhos.

– Prefiro as coincidências. – Eu não fazia a mínima ideia do que falava e tentava apenas ganhar tempo até que alguém pudesse me ajudar.

Seus lábios perderam a tensão e deixaram escapar uma breve risada.

– Pois deveria, srta. Elisa. Pois deveria. – Ele acendeu outro cigarro. – Não é coincidência encontrar alguém tão igual a ela.

Eu estava nervosa demais para entender as entrelinhas do seu comentário.

– Cada traço – suas mãos passearam pela minha pele –, cada expressão. Você é idêntica a ela.

Giorgio não falava comigo. Estava em um diálogo interno que eu desconhecia, perdia-se em um passado inacessível, revirava memórias dolorosas. Eu me recolhia a cada toque de suas mãos, era tudo que conseguia fazer. Ao fundo, seus capangas observavam com atenção cada gesto seu.

– Ottoni Zaratti – suas mãos apertaram meu maxilar –, diga-me se o conhece e por que *caralhos* está mentindo desde que chegou aqui...

Eu sentia as gotículas de saliva saírem de sua boca e molharem meu rosto. Nunca havia sentido tanto nojo de alguém... Pensei em abrir o jogo e dizer que o sr. Ottoni, o pai de Vittoria, estava na Turquia e já não havia nada que pudessem fazer a não ser procurá-lo em terras estrangeiras. Mas não havia limites para a máfia. Possivelmente o achariam e acertariam as contas. E eu teria entregado seu paradeiro, colocando em risco sua família, inclusive minha melhor amiga.

– Sr. Giorgio – as palavras saíram com dificuldade –, me solte!

Senti suas mãos afrouxarem levemente meu rosto. O mafioso sorriu com o canto da boca.

– Oh, não! Eu não a mataria, srta. Elisa. Peço desculpas pelos meus modos grosseiros. – Seus dentes rangiam próximos ao meu ouvido. – Não ainda. – Ele pegou uma mecha do meu cabelo e levou-a ao nariz. – Mas tenho que admitir, é necessário certo autocontrole para não serrar a sua cabeça ao meio. – Afastou-se ligeiramente, como se quisesse me observar melhor. – Já lhe falei que se parece muito com minha filha?

Apesar de não saber aonde o sr. Giorgio queria chegar com aquele olhar perturbado, eu não tinha dúvidas sobre o destino que me esperava. Eu nem sequer conseguia me manter de pé diante dele. Meu corpo inteiro tremia e, se já não estivesse infartando, muito em breve sentiria a puta dor fina que arrancava até o brilho dos olhos.

– Respire, srta. Elisa. Temos muito o que conversar.

Instantes depois, eu caminhava sob a mira de um revólver apontado para o meu rim direito, pensando em tudo e nada ao mesmo tempo, amaldiçoando a falta de sorte própria dos que saem para buscar um emprego e regressam num caixão. Desejava apenas que meu fim fosse breve e sem dor. Só não esperava que o destino tão bem falado pelo sr. Giorgio também sorrisse para mim.

14

—**N**em pense nisso. – O sr. Giorgio acertou minhas costas com sua pistola. – Se pensar em gritar, eu juro que furo a porra da sua cabeça até deixá-la como um regador de flores. – Ele não brincava.

Seguimos abraçados como namorados, sob os olhares atentos dos capangas do mafioso, cruzando becos e ruas estreitas. E ninguém, repito, ninguém, nenhum puto turista sequer achou estranho uma garota de dezenove anos na companhia de alguém com idade para ser seu pai.

Talvez estivessem acostumados com os bilionários de meia-idade que atracavam seus iates em Vernazza e desfilavam com garotas como se fossem um troféu.

Eu não fazia ideia de onde Giorgio me levava. O medo me consumia e limitava meus pensamentos às torturas que a máfia era capaz de submeter quem se atrevesse a cruzar seu caminho. Continuei cambaleante ao seu lado, enquanto o sol castigava nossas cabeças. Saímos da orla e da multidão de turistas e seguimos até uma rua menos estreita, que eu reconheci no exato instante em que nela pisei. Pouco mais à frente, o Hotel La Constellazione erguia-se na esquina.

– Coloque seu melhor sorriso de vadia. – Giorgio vociferou. – Não quero suspeitas da recepcionista.

Eu voltava ao hotel de minha infância, ao centro de minhas lembranças felizes ao lado de Ida, o lugar que abrigou meus

CHEIRO DE SUOR E VINHO

sonhos e aventuras. Obedeci ao sr. Giorgio e sorri brevemente para a recepcionista, que sequer levantou a cabeça quando entramos no pequeno saguão e continuou lendo sua revista por cima dos óculos. Acabava ali, na sua desatenção, minha última esperança de socorro.

Apenas eu e o sr. Giorgio entramos no vagaroso e pequeno elevador. Os outros dois capangas ficaram no saguão, não sei se por ordens do mafioso ou por já darem por completa a missão. Quando as portas metálicas se fecharam, senti o cano de sua pistola deixar minhas costas. Virei-me para ele, ainda sem forças para encará-lo nos olhos.

– Por que me trouxe aqui? – Observei o número 1 piscar no visor do elevador.

O sr. Giorgio fungou o nariz e, com uma das mãos, puxou meu rosto até que fosse impossível não o encarar.

– Digamos que arrancar dentes ou um dedo que seja não é uma prática comum de quem vai à praia, srta. Elisa. – Sua voz arrastou-se por minha nuca. – E há certo romantismo nas torturas. Tudo fica mais instigante dentro de quatro paredes. – Seus olhos sugavam o medo que meus poros exalavam. – Já cheguei a comentar que a senhorita se parece muito com minha filha?

Eu estava diante de um psicopata. Sua risada carregada de prazer fez o elevador parecer menor do que já era. Suas palavras consumavam minhas suspeitas e desaguavam em meus olhos lágrimas de desespero. Nem sequer notei quando a porta do elevador abriu após alcançar o terceiro andar do hotel. Quando dei por mim, já estava no corredor, com Giorgio ao meu encalço. Nada tinha se modificado ali, os mesmos quadros pendurados, o mesmo carpete encardido, com exceção das paredes, cuja cor parecia ter deixado o reboco alguns anos antes.

– Por favor – supliquei –, eu não faço ideia de quem o senhor procura!

MIGUEL VAZ

Giorgio, que caminhava ao meu lado, escarrou no carpete, limpou a boca com a manga da blusa e sorriu para mim. Mesmo sem usar palavras, seu semblante dizia: é o que veremos.

– Srta. Elisa, o medo sempre entrega a verdade. Há vinte anos ele tem me ensinado que não existe lealdade na iminência da morte. – Ele respirou alto. – Entre!

Diante de mim estava a velha porta do quarto de número quinze. Giorgio girou a maçaneta rangente e empurrou-me para dentro de seu interior. Tudo estava como há uma década e meia, ouso dizer que até os forros de cama eram os mesmos, com pequenas carpas avermelhadas em um fundo preto. Limpei as lágrimas dos olhos, tentando afastar da mente as lembranças de criança. Divaguei em pensamentos até estar novamente em frente à banca de flores naquela manhã. "Você acredita em destino, srta. Elisa?" "Prefiro as coincidências."

Eu mentira. Não, eu não acreditava em coincidências. Se meu destino me trazia ao passado, era porque algo ali decidiria o meu futuro. Percorri o quarto de número quinze com um olhar disfarçado, cada canto, cada friso, sua cama, o velho guarda-roupas, até chegar ao que me importava de fato.

Diga-me que ainda está aí...

Uma fraquíssima luz opaca descia do teto do banheiro e mal clareava o sanitário amarelado pelo tempo.

A velha claraboia!

Uma forte onda de calor percorreu meu corpo. *Não seria coincidência...* Cheguei a me esquecer do sr. Giorgio por alguns segundos. Ele, no entanto, não se esqueceu de mim. Antes que eu pudesse me virar novamente, suas mãos seguraram minha nuca com tamanha força que quase me tiraram do chão.

– Srta. Elisa... ah, srta. Elisa. – Seu peito sibilava. – Sinto interromper o seu momento, mas há coisas que preciso saber e, para isso, você precisa falar.

Antes que meus pés tocassem novamente o chão, Giorgio me alçou sobre a poltrona e a mesa de canto. Caí sentada sobre o estofado, já esperando um segundo ataque seu. Sua voz, no entanto, amansou.

– Sente-se.

Giorgio sentou-se na cama e tirou os sapatos. Eu analisava cada gesto seu da poltrona em que fora jogada, espreitando-o como um felino, acuada e indefesa. Sua postura mudara em segundos, como se tivesse se libertado da raiva que o acometia. Suas expressões faciais agora eram brandas e até paternais. Eu me recompus na poltrona e observei de canto de olho a mesa atrás de mim. Sua pistola descansava sobre a madeira, ao alcance de meu braço.

– Nós dois sabemos que você conhece quem eu procuro. Infelicidade? Talvez. – Giorgio levantou-se da cama, caminhou até a única janela do quarto e acendeu mais um cigarro. – Mas, se pudesse opinar sobre a sua falta de sorte, diria que ela a acompanha desde o seu nascimento. Deus, como você se parece com Lia!

Minha ansiedade se confundia com suas palavras desconexas. *Lia... Porra, do que ele está falando!?* Tentei manter a calma enquanto buscava coragem para avançar o braço até a pistola.

– Sua filha, sr. Giorgio... o que aconteceu com ela?

Giorgio deixou a janela e me encarou com o cigarro na boca.

– Já me basta olhá-la, srta. Elisa, para que ela me venha à memória. Ainda pretende trazê-la com palavras e perguntas desesperadas!?

O mafioso deu um trago longo em seu cigarro, espalhando toda a fumaça pelo quarto em seguida. Aproveitei a nova escalada de sua raiva para avançar sobre a pistola, a envolvi em minhas mãos e apontei o cano diretamente para seu peito. Giorgio não esboçou reação alguma.

MIGUEL VAZ

– Vá em frente. – Ele terminou seu cigarro, apagando-o com o pé descalço. – Puxe o gatilho. – Um sorriso amarelado brotava por detrás da fumaça. – Adoro quando subestimam minha inteligência.

Giorgio tirou de seu bolso traseiro algumas balas, que escorreram entre seus dedos e dispersaram-se pelo chão. Eu estava paralisada. A arma tremia em minhas mãos e tudo parecia rodar à minha volta. Corri até a porta do quarto. Estava fechada. Sua risada tomou conta do ambiente.

– Esta é a minha parte favorita. Quando vocês correm como ratos. – Ele voltou a se sentar na cama.

Rodei a maçaneta. O trinco impedia a abertura da porta.

Giorgio mostrou a chave em suas mãos.

– Por favor. – O suor escorria de minha testa.

– Já se cansou de nosso jogo, srta. Elisa? – Ele colocou os pés em cima da cama, como se apreciasse meu desespero. – Estou lhe dando a chance de sentir o gosto da liberdade pela última vez. Aproveite, vagabunda. Nunca me fizeram essa gentileza. Um minuto!

Giorgio encarou o relógio em seu braço. O sorriso amarelado continuava estampado em sua cara. Sua respiração alta fazia o colchão ranger. Quanto a mim, continuava acuada entre a parede e a maçaneta da porta. Tudo aquilo me soava tão absurdo que por vezes imaginei que me bastava fechar os olhos e abri-los novamente para que acabasse o pesadelo em que vivia.

– Cinquenta segundos – disse calmamente –, em cinquenta segundos arrancarei de sua garganta o paradeiro de Ottoni Zaratti.

O ar abafado do quarto misturado à fumaça de cigarro custava a entrar em meus pulmões. Percorri com os olhos novamente todo o ambiente. A porta do banheiro estava logo ao lado, poucos metros à minha direita. *Não seria coincidência...* Giorgio divertia-se comigo como um predador que brincava com sua presa antes de matá-la. Para ele, tudo estava sob controle. Não havia saída,

CHEIRO DE SUOR E VINHO

uma vez que a única porta para o corredor estava trancada e a chave descansava no colchão ao seu lado.

– Quarenta segundos. – Sua voz rouca tomou conta do quarto novamente.

Eu tinha que tentar. Não me restava outra opção. Corri até o banheiro e tranquei a porta por dentro, escorando-me em sua madeira. Giorgio sabia que eu correria para lá, ele *deixava* que eu mesma pendurasse a corda em meu pescoço.

– Previsível. Muito previsível, srta. Elisa. Trinta segundos!

Tentei recuperar o fôlego. Acima de mim, mal se via a claraboia, seu vidro estava totalmente opaco e pouca luz passava pela sujeira e poeira. *A camuflagem perfeita...* Tudo também estava como antes, e me alegrei ao visualizar mentalmente a pequena escada que se formava pela disposição da mobília do banheiro. Tirei os sapatos silenciosamente, sentindo com os pés o chão frio.

– Vinte e cinco segundos. Em vinte e cinco segundos eu me levantarei desta cama, arrombarei essa porta e arrancarei de você a verdade e alguns dedos de suas mãos – disse Giorgio.

– Por que não me mata logo, filho da puta!? – Meus pés descalços tocavam a louça fria do vaso sanitário.

Fez-se um curto silêncio entre o quarto e o banheiro.

– Quinze segundos – Giorgio sibilava, parecia reflexivo. – A pergunta certa não é essa, srta. Elisa.

Saltei do sanitário para a pia e da pia para o armário no canto oposto, tentando não fazer barulho e rezando para que a mobília aguentasse meu peso. Gotas de suor escorriam de minha testa.

– Dez segundos. – Quase não ouvi sua voz. – A pergunta correta seria: *Quantas vezes eu a mataria por se parecer com minha filha?*

Suas palavras me cortaram ao meio e por pouco não me desequilibrei de cima do armário. A claraboia estava ali, ao alcance de minhas mãos. Puxei sua trava. Estava destrancada.

– Cinco.

Meu coração saltava pela boca.

– Quatro. – Sua voz também entregava a ansiedade.

Respirei fundo.

– Três.

Ouvi o ranger de molas do colchão. Giorgio estava se levantando.

– Dois.

Fechei os olhos.

– Um. – Senti sua presença logo atrás da porta.

O rosto de Lorenzo brotou da escuridão de meus pensamentos. Sorria para mim, enquanto eu me perguntava o que fazia ali. *Aquele era o meu momento.* A porta se desfez em pedaços no mesmo instante em que o vidro da claraboia. Os olhos de Giorgio me fuzilaram pela pequena abertura no teto. Não tirou o sorriso do rosto, e tive a impressão de que mordera tanto o lábio inferior que algumas gotas de sangue mancharam de vermelho seus dentes. Permaneceu em silêncio, imóvel, vendo-me sumir pela claridade acima de sua cabeça. Quanto a mim, desci a velha escada de emergência com a clareza de que nada seria como antes. Iniciava-se uma caçada, uma puta caçada que eu não poderia colocar na conta das coincidências, afinal, nunca tivera tanta certeza do destino. Apenas não sabia qual destino a vida me reservava. Ficar em Vernazza não era mais uma opção.

15

Antes de morrer em seu escritório, Tommaso Romano, o "Tommi", escreveu o nome Giorgio Armezzo na parede, com o próprio sangue que saía de suas vísceras. Desceria sim ao inferno, o destino inevitável de todo mafioso do clã Camorra, mas não sem antes entregar a identidade de seu assassino. Alguns passos adiante, o corpo de sua amante, Lia Armezzo, manchava o tapete persa recém-comprado.

Giorgio escapou pelos fundos da mansão, deixando um rastro de sangue por onde passava. Tinha cortes de faca na barriga e no rosto. Precisou se embrenhar na floresta das redondezas para despistar os seguranças da família Camorra. Sabia que assim seria a sua vida a partir daquele momento, fugindo... Ele havia assassinado o filho do *capo*, o chefe, Emilio Romano. Não se importava com as consequências e que explodisse em caralhos a sua cabeça a prêmio, ela não estava mais sobre o seu pescoço mesmo. Seu pensamento estava todo em Lia, amor e ódio, ira e devoção, arrependimento e resignação. Ruminou todos os segundos daquele dia, refez na memória todo o trajeto desde sua casa até a fuga pela floresta, buscando na legítima defesa a justificativa para ter matado a própria filha.

Giorgio conheceu Lia enquanto realizava uma tarefa dada por Emilio, o chefe da máfia: assassinar a família de um devedor seu. Cumpriu a missão pela metade, pois não teve coragem de matar a filha do casal. Levou a garotinha para casa e a criou como se fosse sua, escondendo-a da família Camorra. Dezoito anos depois, quando soube que Lia estava se envolvendo com Tommi, Giorgio amaldiçoou o destino, seu esforço em protegê-la tinha sido em vão. Ele fez de tudo para que o romance não fosse para a frente, afinal, conhecia bem a família Camorra. Tinha trabalhado os últimos vinte anos de sua vida para Emilio, o pai de Tommi, tempo suficiente para entender que as mulheres eram descartáveis para todos aqueles filhos da puta da máfia. Em algum momento, sua filha voltaria para casa embalada em uma caixa ou dentro de um porta-malas.

Lia estava determinada a seguir seu caso com Tommi. A serpente da paixão doentia tinha cravado suas presas sobre sua pele. Primeiro saiu de casa, instalando-se em um dos quartos de empregados da família Camorra sob o disfarce de camareira – ela era a amante, não nos esqueçamos disso –, depois cortou todo e qualquer contato com o pai. Giorgio, no entanto, trabalhava para Emílio e, sempre que chamado à mansão, aproveitava a ocasião para lembrá-la de quem era. Na primeira vez que se encontraram, Lia cuspiu em seu rosto. Giorgio não desistiu. Na segunda ocasião, ela deixou as marcas dos dedos em sua cara.

– Da próxima vez, meto a faca e não as unhas entre os seus olhos.

Giorgio virou um desconhecido para Lia. Durante os três meses seguintes, a filha ignorou sua presença. Só voltou a falar com o pai quando, sem mais nem menos, o convidou para um jantar na própria mansão dos Camorra. Toda a família do clã havia viajado para uma casa de veraneio nos Alpes italianos, só ficaram ela e alguns outros funcionários. Giorgio aceitou o convite, apesar de desconfiado. Na pior das hipóteses, teria mais uma chance de convencê-la a abandonar os Camorra. Chegou pontualmente às nove horas da noite. De fato, a mansão parecia estar vazia, nenhum carro em suas garagens, apenas uma luz acesa no andar dos quartos e escritórios.

CHEIRO DE SUOR E VINHO

Lia o recebeu à porta e o guiou até a sala, onde dois pratos vazios aguardavam sobre a mesa. Não trocaram uma palavra sequer, como se tudo já tivesse sido dito. Antes que pudesse se sentar, Giorgio sentiu a faca cortando sua carne. Era Tommi, que havia se escondido atrás da cristaleira, e o apunhalava pelas costas. Cambaleou, mas teve reflexo suficiente para desviar da segunda facada do filho do patrão. A sala virou do avesso quando entraram em luta corporal. Conseguiu roubar a faca da mão do mafioso, mas não a tempo de lhe devolver o ferimento. Tommi desvencilhou-se e deixou a sala com Giorgio em seu encalço. Subiu as escadas pulando os degraus e meteu-se dentro do escritório do pai. Que inocência a sua, querer resolver à moda antiga os problemas da amante, melhor seria ter acabado com sua vida como faziam os mafiosos, uma bala em sua cabeça. Só não contava com a agilidade de seu desafeto, que, mesmo ferido nas costas, o alcançou no exato momento em que abria a gaveta da escrivaninha para retirar de seu fundo uma Beretta APX, a pistola do pai. O primeiro golpe foi certeiro em sua jugular, o segundo rompeu sua barriga. Lia, que vinha logo atrás, acertou o rosto de Giorgio com um castiçal de prata, abrindo seu supercílio como uma flor que desabrocha. Mesmo com as vistas turvas, o homem acertou um golpe certeiro no coração da filha, que já caiu sem vida. Tommi, que agonizava encostado à parede, viu Giorgio fechar os olhos de Lia enquanto cochichava algumas palavras em seu ouvido.

– Eu sabia que poderia me matar. Só não sabia que poderia me matar tantas vezes durante a vida.

Giorgio deixou a mansão sob o olhar assustado das camareiras e da cozinheira e passou meses fugindo da vingança dos Camorra. Sabia que não descansariam até que o encontrassem, assim era a máfia. Quando o líder da Cosa Nostra, o clã rival dos Camorra, soube do assassinato de Tommi, deu a ordem a seus capangas.

MIGUEL VAZ

– Achem-no antes! Ele nos será útil.

Três meses depois, Giorgio estava à frente de Enrico Rossi, o *capo* da máfia rival. Sentou-se, limpou o suor que escorria de sua testa até a cicatriz do rosto e aceitou o café que lhe ofereceram, rezando para que não estivesse com veneno.

– Isso não é vida, é?

Giorgio permaneceu em silêncio.

– Desperdiçar os dias como uma ratazana, de buraco em buraco, escondido.

Enrico sabia o que queria, Giorgio também. O chefe da Cosa Nostra buscava informações privilegiadas sobre os Camorra, coisas que apenas alguém que trabalhara tantos anos com Emilio saberia. Já Giorgio buscava abrigo, a chance de recomeçar sua vida.

– Tenho uma oportunidade para você.

Enrico deu um trago no cigarro entre seus dedos e jogou uma pasta cor de vinho sobre a mesa. Queria testá-lo. Giorgio colocou os papéis embaixo do braço e saiu em silêncio. O *capo* o acompanhou com o olhar, deu um gole em seu uísque, ordenou que dois homens de sua confiança o acompanhassem na tarefa e divagou em seus pensamentos, por vezes se perguntando o que mais seria capaz de fazer um homem que assassinara a própria filha. Dentro da pasta vinho, havia o nome de Ottoni Zaratti, o pai de Vittoria.

16

Retornei à velha *azienda* ainda sob grande tensão. Nossa casa tinha todas as janelas e portas abertas. Papai lia seu jornal na varanda, em um de seus raros descansos depois do almoço. Subi os dois degraus que separavam a varanda do pequeno jardim decidida a não o encarar. Soaria grosseira a minha passagem, mas que papai creditasse a falta de palavras ao meu fracasso em conseguir um emprego e não ao meu desespero por ter me envolvido com a máfia.

– Elisa. – Ouvi sua voz me chamando de volta.

Eu o respondi sem palavras, em um meio sorriso. Papai estava certo, ali não mais me convinha, mas por outros motivos. Permanecer em Vernazza seria arriscar a vida da minha família. Subi as escadas e me joguei em minha velha cama, sujando a fronha branca com meus pés descalços da fuga e espalhando pelo chão o presente de Lorenzo, pingente, ingresso e pequeno recado. Alguns pássaros passavam pela janela antes de mergulharem em rasantes pelo gramado, as árvores altas sibilavam com a passagem do vento e um cheiro de terra seca invadia minhas narinas. Era a despedida de minha querida *azienda*.

Segurei o choro quando papai foi me ver, minutos depois. A adrenalina ainda corria por meu sangue, e toda vez que fechava os olhos a imagem de Giorgio me observando pela claraboia invadia minha escuridão. Papai deitou-se ao meu lado e em silêncio permanecemos por vários minutos. Era o nosso momento.

– Quando eu tinha a sua idade – papai respirou fundo –, meu maior sonho era deixar o parreiral e viver a vida dos meus amigos mais próximos. Todos já haviam se mudado para Roma. – Seu olhar perdia-se nas rachaduras do teto. – Todos menos eu.

Eu permaneci em silêncio, escutando.

– Meu pai percebeu minha tristeza. Trabalhávamos juntos e, mesmo sem poder abrir mão de meu serviço na colheita, permitiu que eu partisse.

– E como foi? – Minha voz arrastou-se pela garganta.

– Uma merda. Aquilo era para eles, não para mim. Voltei para a *azienda* duas semanas depois.

Virei-me para encarar o seu perfil contrastado com a luz que entrava pela janela.

– Bem encorajador para quem quer convencer a filha a deixar Vernazza.

Papai me olhou, sereno.

– E é exatamente essa a moral da vida – disse, enquanto eu aguardava seu desfecho. – Se não der certo, porra, volte!

Observei papai até seu sorriso se desfazer. L'Orso me deu um beijo na testa e se levantou da cama com certa dificuldade. Antes de ficar a sós novamente, recebi com carinho as suas palavras de "eu te amo". Quando a tarde já caía por detrás das grandes colinas, notei o velho pingente de sapo no chão. Suas pequenas esmeraldas cintilavam o avermelhado que entrava pela janela. Ao seu lado, o ingresso e o pequeno recado de Lorenzo também estavam coloridos de rubro. Peguei-os nas mãos, não sem antes decifrar sua caligrafia sobre o papel.

Para você usar no dia do show em Milão!

Dois dias depois, eu desembarcaria na La Lampugnano, em Milão. Não por causa de Lorenzo. O motivo apenas eu e Giorgio sabíamos.

CHEIRO DE SUOR E VINHO

Naquela noite, Vittoria atendeu minha ligação de primeira, ansiosa para contar suas impressões sobre a Turquia, mas eu fiz questão de interrompê-la. Durante os vinte minutos seguintes, ela ouviu em silêncio todos os frescos detalhes que minha memória guardava do encontro inesperado com o mafioso e em silêncio permaneceu, até que sussurrasse algo, que imaginei ser o nome Giorgio, com seu pai.

– Quero que me escute bem – disse com voz tensa. – Você precisa deixar Vernazza.

– E papai, mamãe, Ida!?

Vittoria conversava com alguém do outro lado da linha. Após alguns segundos, voltou com a resposta da minha pergunta.

– Por enquanto não. Papai cuidará da segurança deles, não é preciso alarmá-los. O que o preocupou mesmo... – Vittoria hesitava. – Com quem Giorgio disse que você se parecia!?

– Sua filha. Falou dezenas de vezes.

Vittoria silenciou-se mais uma vez, o que me irritou.

– Porra, Vittoria! Já me basta ter estado com uma arma apontada para a cabeça, não preciso também de suas pausas dramáticas.

– Ele matou a própria filha – Vittoria interrompeu-me, cirúrgica.

Meu estômago embrulhou-se e senti meu quarto rodopiar. Dessa vez fui eu que fiquei em silêncio e foi preciso que Vittoria me trouxesse de volta à realidade. Ela não entrou em detalhes sobre os boatos que chegaram até seu pai, meses antes, de que um mafioso conhecido havia assassinado a própria filha e seu amante, o filho do *capo*. Despedi-me de Vittoria mais receosa ainda, mas com a promessa de que seu pai mandaria informantes para descobrir o paradeiro de Giorgio, e que em Milão eu estaria segura. Liguei para titia em seguida, e depois de dez minutos ela já se preparava para fazer cópias da chave da porta de seu apartamento no dia seguinte.

96

– Meu amor, você é como uma filha para mim. A minha casa é sua também!

Estava consumado. Eu deixaria Vernazza e moraria em Milão, mais especificamente no Quadrilátero da Moda, bairro das famosas boutiques de grife. *Lembra-se da loja da Gucci?*

Quase cochilei durante o banho enquanto tentava limpar a sola de meus pés depois da fuga do Hotel La Constellazione. Já com a cabeça no travesseiro, encarei a janela aberta e senti em minha pele o vento passeando. Adormeci com a certeza de que não sonharia, pois até para sonhar é preciso energia. *E estava plenamente esgotada.* Mas, para minha surpresa, Lorenzo me visitou durante a madrugada.

Sonhei que estava dentro do ônibus com destino a Milão. E, como nos sonhos, não havia sentido algum nas coisas que se passavam ali. Estava sentada em uma das primeiras fileiras do veículo e todas as demais poltronas estavam ocupadas por minhas malas. *Porra, e eu achei que era minimalista...* O ônibus avançava veloz, e via as árvores passando rapidamente pela janela. Anoitecia, era fato. Uma leve luz indireta projetava sombras no lado oposto ao meu. Da cabine do motorista podia-se ouvir uma melodia discreta que se assemelhava a "Sugar", do Maroon 5.

Porra, onde estão todos?

Minha cabeça doía, algo como uma leve ressaca de tequila. Será que havia bebido como no dia em que fui ao pub do sr. Gali? Eu sabia que estava dentro de um ônibus, mas sentia o cheiro azedo de bebida fermentada, o mesmo odor dos corredores abafados onde havia se apresentado a Macchina Rotta.

Nada daquilo fazia sentido...

A porta entre a cabine e o corredor se abriu repentinamente e dela saiu uma comissária empurrando um carrinho de bebidas.

Caralho... serviço de bordo em um ônibus...

CHEIRO DE SUOR E VINHO

A sorridente moça de lenço no pescoço e saia até os joelhos se aproximou, passando com dificuldade o carrinho com garrafas de vodca, uísque, refrigerante, água com gás e até suco de tomate por entre as poltronas. *Quem gosta de suco de tomate!?* Sua maquiagem era carregada e, ao vê-la de perto, era evidente que já tinha certa idade.

– Bebida, senhorita?

Eu a encarei, confusa. Repentinamente, os lugares antes ocupados pelas malas agora acomodavam pessoas aleatórias da Scuola Elementare Piero Gobetti, algo como uma excursão de fim de semana do colégio.

– Puta, alguma bebida? – A comissária de bordo deu lugar a Vittoria que, ironicamente, vestia o mesmo traje da mulher, saia e camisa de botão azul. Disfarcei o sorriso com a mão, pois Vittoria não se vestiria assim, seria conservador demais para ela.

Ela não estava na Turquia?

– Hidrate-se bem! Não conseguiremos buscar bebidas depois que o show começar. – Vittoria tirou do carrinho uma garrafa de água. *O que caralhos está acontecendo?* – O show. Chegaremos em cima do horário. – Vittoria leu meus pensamentos.

– De que show estamos falando? – Nada ali fazia sentido.

– Macchina Rotta. Roma. Nos gramados do *Circo Máximo*. Onde está sua cabeça!?

Um show da Macchina Rotta!? Ok, Elisa. O seu sonho não está tão distante assim da realidade... Você está cogitando ir a um show da banda depois da insistência de Lorenzo.

Olhei a janela à minha direita. As luzes do ocaso já haviam se dissipado e apenas alguns poucos pontos iluminados, talvez postes e casas, conseguiam furar a película escura da janela do ônibus. Virei-me novamente para continuar o assunto com Vittoria. Levei um susto. Todo o interior do ambiente estava diferente, mais escuro do que antes. Agora eu estava a bordo de uma van e nem as malas, nem meus colegas da Scuola Elementare Piero Gobetti, nem Vittoria me faziam companhia ali. Eu estava sozinha. Ao menos era o que pensava.

– Chegaremos em breve. Está pronta? – Uma voz rompeu o silêncio, vinda dos fundos da van.

Eu conheço essa voz...

– O que achou da roupa? – Um sorridente Lorenzo andava pelo corredor do meio. Vestia uma jaqueta jeans e uma camisa regata preta por dentro. Suas calças, também pretas, tinham rasgos na altura das coxas. – Vamos, pule de assento. Quero me sentar ao seu lado.

O que Lorenzo fazia ali? E toda aquela intimidade, de onde vinha? Tínhamos nos encontrado uma vez apenas, quando me trocou por Vittoria.

– Quebramos o recorde de público. Cinquenta mil pessoas... Sabe o que é isso?

Havia uma alegria incontida que desaguava nos olhos de Lorenzo, dando a eles um brilho peculiar. Sua fala também era animada, como se as palavras disputassem entre si para ver quem escapulia primeiro da boca, desrespeitando toda e qualquer ordem gramatical.

– Hum... isso deve ser bom, não? – respondi sem muita confiança, como qualquer pessoa que cai de paraquedas em um assunto.

Minha cabeça não me ajudava nem em meus próprios sonhos...

– Isso é excelente, Elisa! Excelente! É um dos maiores públicos da cidade!

Lorenzo exalava presença, e não me refiro ao perfume que ele usava. Não sabia qual era, mas agradava meu olfato exigente. A parca luz de fora ainda tinha forças para projetar em seus traços finos e sua barba um pouco de brilho. Sua barba bem-feita me atraía bastante... A estranheza de vê-lo em meus sonhos

CHEIRO DE SUOR E VINHO

deu lugar a um pequeno desejo. Estávamos novamente sozinhos, como quando o conheci.

– Mario me disse que há uma banheira na suíte do hotel. Que tal aproveitá-la depois do show? – Lorenzo apalpou minha perna e abriu um sorriso mal-intencionado.

Suas palavras cortaram o ar e me acertaram no queixo, em um nocaute que fez minhas pernas tremerem e incendiarem meus hormônios. *Puta que pariu...* Nós estávamos juntos, eu e Lorenzo, pelo menos em sonho...

– Ou talvez – Lorenzo avançou sobre mim – podemos começar as coisas aqui mesmo!

Sua língua andou vagarosa pela lateral do meu pescoço. Senti sua respiração ofegante ao pé do ouvido. Suas mãos apertaram com mais força minha coxa. Reagi puxando seus cabelos revoltos.

O espaço entre minhas coxas ardia em febre... uma febre deliciosa...

Segurei mais forte seu cabelo, deslocando sua boca até a minha. Desta vez, era a minha língua que queria explorar o seu beijo, enrolando-se à dele. Eu entregava toda a vontade que gritava por dentro, tê-lo dentro de mim. *Sim, eu queria fodê-lo*, sem meias palavras e sem brigas de gênero. Afinal, por que era sempre a mulher a fodida? Eu queria fodê-lo, deixá-lo sem forças.

E foda-se se em sonho apenas, eu estava presente de corpo e alma, e sim, para que não reste dúvidas, *queria fodê-lo.*

Avancei sobre o seu colo, em uma dominação que a Elisa da vida real desconhecia. Entrelacei meus dedos atrás de sua nuca e enrosquei mais uma vez a minha língua à dele em um intenso beijo molhado. Suas mãos me seguraram pela cintura, como se dissessem "é aqui que você tem que estar". Senti a pressão da ponta de seus dedos me segurando por cima da blusa. Eram como garras, fincando sua vontade em minha pele, só que ali não se sabia quem era caça e quem era caçador. Lorenzo era hábil com as

100

mãos e rapidamente encontrou um jeito de desabotoar meu sutiã, mesmo que por baixo da blusa. Senti o bojo descer por meus seios, endurecendo-os levemente.

Aquilo estava muito bom...

O fogo entre minhas pernas irradiava estímulos por todos os lugares imagináveis e inimagináveis do meu corpo e até o sopro do ar-condicionado eriçava minha pele sensível. Meu quadril cavalgava no mesmo ritmo de sua respiração ofegante, enquanto a ereção de Lorenzo me pressionava sobre sua calça preta. Pela janela, alguns holofotes riscavam o céu nublado, iluminando as nuvens acima do local do show. *Estamos chegando...* Precisaríamos acelerar... *Porra...* Tirei a blusa, misturando vontade e pressa. Lorenzo continuava por baixo de mim, segurando com firmeza meus seios. Com uma das mãos, puxou minha nuca para si, beijando-me com tesão.

– Você me provoca de jeitos inimagináveis. – Sua voz saía rouca de tesão, enquanto suas mãos continuavam rijas em meus seios e seus dedos passeavam pelos bicos, fazendo círculos que me tiravam o ar.

Não sei se você sabe, mas a sua voz abafada também me deixa louca...

– Precisaremos ser rápidos. – Abri um sorriso safado enquanto me inclinava para desabotoar o botão de suas calças. – Quero fazer com você tudo o que suas fãs mais pervertidas têm vontade.

Caralho... às vezes nem eu mesma me reconhecia naquele sonho...

Abri o zíper de sua calça. Lorenzo respirou fundo. Eu lhe fazia um puto favor em afrouxar suas calças, dando espaço para sua ereção. Suas mãos rapidamente se posicionaram atrás de minha nuca, na tentativa de trazer minha boca até o volume em sua cueca. Ah, mas apesar do pouco tempo que tínhamos, eu queria provocá-lo. Impus resistência ao seu apelo, negando com a cabeça.

– Não ouse encostar em mim agora!

CHEIRO DE SUOR E VINHO

Lorenzo afrouxou as mãos, colocando-as acima da cabeça. Estava entregue. De certa forma, minhas palavras o excitaram mais. Acariciei vagarosamente o volume em sua cueca, sentindo seu pau pulsar dentro do tecido branco, que começava a ficar úmido na ponta.

Fazer tudo devagar definitivamente aumentava meu tesão. Minha respiração estava alta e ofegante, enquanto Lorenzo engolia em seco. Continuei acariciando-o com uma das mãos, sentindo o calor de seu pau toda vez que me aproximava de sua cueca. Era tentador arrancá-lo ali de dentro e apreciá-lo com a boca, mas eu estava gostando de ver em seu rosto um leve sofrimento com pitadas de desejo. *Homens*, pensei. Vão do zero ao cem em segundos.

– Por favor, Elisa – Lorenzo suplicou.

Abaixei o elástico de sua cueca sem desviar de seu olhar. Lorenzo gemeu aliviado enquanto seu pau saltou para fora do tecido branco.

– Melhor assim?

Lorenzo acenou positivamente. Percorri as veias do seu pau com os meus dedos. Minha boca salivava e minhas pernas se contorciam, apertando uma coxa à outra, de forma que pudesse sentir todas as contrações.

Este definitivamente é o sonho mais gostoso que eu já tive.

– Elisa. – Lorenzo revirou os olhos.

Aproximei minha boca de seu pau, encaixando minha mão por toda a sua circunferência. Lorenzo começou um tímido movimento com sua pelve, indo e voltando, de forma que ele, independentemente do deslizar de minhas mãos, simulava uma punheta.

Não, Lorenzo. Esse ainda não é o presente que eu reservo a você...

– Você vai me fazer gozar apenas com esse olhar de safada.

Lorenzo parecia apreciar uma obra de arte. Apoiei os cotovelos na poltrona e percorri seu pau com a ponta da língua, provocando nele um gemido de prazer.

– Começaremos por baixo. – Desloquei minha língua, que salivava de pingar, até a base. Minha língua aproveitou o caminho das veias para subir até o início da cabeça... Lá fora, as luzes cruzavam a janela mais aceleradas que nunca, era possível notar de canto de olho.

– Ah, Elisa...

Lorenzo se entregava a mim. E, antes que suas pupilas dilatadas buscassem novamente meu olhar, envolvi seu pau quente com a minha boca molhada, indo e voltando. Sua pele era entrecortada por gotículas de suor e refletia opacamente a luz que vinha de fora. Suas mãos atrás de minha cabeça ajudavam o ritmo dos movimentos e tudo se acelerava... as luzes pela janela, o vaivém de minha boca devorando-o, o calor entre nossos corpos, o intervalo entre nossos gemidos, o tesão, sim, tudo acelerava, as luzes, o sexo, os gemidos, a vontade, a explosão de sentidos, sim, tudo acelerava, mais rápido, mais rápido, mais rápido...

Quando despertei, ainda nos últimos minutos da madrugada, jurei ter visto pela minha janela as mesmas luzes fugitivas percorrendo o horizonte. Eu tinha dormido por dez horas seguidas e estava molhada de suor – era o tesão. Sim, definitivamente Lorenzo tinha passado por ali, e talvez mais fisicamente do que se tivesse invadido meu quarto durante a noite. Eu era capaz de sentir o seu cheiro em minha pele sem nunca o ter tocado intimamente. Românticos apelidavam aquilo de encontro de almas. Eu não sabia ainda, mas meus sonhos antecipavam meu destino, revelando meus desejos mais lascivos.

17

Ônibus para Milão sairia da pequena rodoviária de Vernazza pontualmente às sete horas da manhã. Arrumei apenas uma mala pequena, era o que o prazo apertado me permitia. Viajaria com o básico para me instalar na casa de titia Francesca – algumas camisetas, duas calças, dois pijamas, meias e calcinhas, um livro de Saramago, *A viagem do elefante,* e o colar com pingente de sapo, presente de Lorenzo. O resto de minhas coisas papai mandaria por meio de um serviço de mudanças *express.* Com sorte, tudo estaria em Milão antes do final de semana.

Tomei um banho rápido. Estava há praticamente 36 horas sem comer nada e meu estômago nem sequer protestava. Seguia o torpor do vapor quente pelo banheiro; já meu coração ia na direção contrária, acelerado. A água me varria o sono, mas não era capaz de levar para o ralo as lembranças amargas com Giorgio, o mafioso. O medo de encontrá-lo na partida para Milão fez com que eu organizasse um pequeno plano mental. Apenas papai me deixaria na rodoviária, enquanto as devidas despedidas em família faríamos na velha *azienda.* Lorenzo também passou por minha cabeça, muito embalado pelo último sonho, confesso. Uma sensação estranha me percorreu o corpo, como se as diminutas gotas de água do banho fossem, cada uma, pequenas mãos, *mãos de Lorenzo,* que me tocavam a pele. Desliguei o chuveiro e conferi o relógio no quarto, ao fundo. Estava atrasada.

MIGUEL VAZ

O quarto tinha uma energia febril que refletia o caos em minha cabeça. A luz fraca do sol, que ainda não tinha despontado por detrás das grandes colinas, deixava tudo mais denso. Eu me despedia do meu canto. E por todos os cantos, meu quarto também se despedia de mim. Eu sabia que, se lá voltasse, tudo seria diferente, porque o que entendemos por lugar é um conjunto de coisas que extrapolam a simples noção do físico. Meu quarto era os nove metros quadrados no andar de cima de minha casa, mas também era as lembranças que lá cultivei, era o tempo, os segundos que passavam vagarosos antes do amanhecer, era as pessoas que lhe davam a noção de lar, era meu refúgio, era o meu canto.

Mamãe, papai e Ida me esperavam na cozinha; meus pais claramente mais acordados que minha irmã. Mas, apesar de seus olhos mal abrirem, sua língua já trabalhava com eficiência.

– Mande fotos de todos os homens gostosos que encontrar pela rua!

Mamãe, apesar de conservar um sorriso tímido no rosto, teve dificuldade para aceitar minha mudança repentina. Eu ouvi quando ela discutiu com papai na noite anterior. Para ela, tudo fora decidido rápido demais.

– Sua tia ligou animada. – Mamãe mantinha seu olhar maternal em mim. – Já trocou as roupas de cama para recebê-la.

– Titia só não nasceu de cinco meses porque não daria tempo para formar a língua. – Ida destilava a sua acidez. – Metade da cidade já deve saber que você está de mudança para lá. – Riu.

Encarei a sombra das árvores sobre as cortinas. O dia clareava rapidamente, aumentando a ansiedade dentro de mim. Eu não poderia perder o lugar no ônibus para Milão. Papai também notou que os ponteiros do relógio sobre o micro-ondas trabalhavam rapidamente. Com seu jeito gentil, acelerou as despedidas, me poupando de mais uma ou outra piada sem graça de Ida.

CHEIRO DE SUOR E VINHO

Compartilhei com mamãe algumas lágrimas. Enxuguei meu rosto na manga da blusa e entrei no Fiat 94 de papai, não sem antes roubar da fruteira uma maçã. *Menos por fome, mais por sobrevivência*, pensei.

A rodoviária de Vernazza seguia a linha de construção da maioria das casas e pequenos prédios: tijolos marrons e paredes pintadas de um amarelo creme, de gosto duvidoso. Tinha apenas três baias, duas ocupadas por um ônibus comercial e outro de turismo. As poucas lojinhas em seu interior ainda não tinham aberto suas portas, apenas uma lanchonete mais ao fundo, que nunca fechava e, talvez por isso, estivesse aberta. Constatação evidente.

– Milão... a terra da moda e dos prazeres – disse papai, como se pensasse alto, ao estacionarmos à frente da rodoviária.

– Ótimo. Comecei bem – ironizei. – Sou inimiga da moda e meu maior prazer é passar a tarde mergulhada em um livro.

– Talvez esteja na hora de você conhecer alguns outros prazeres e mandar todos aqueles estilistas com cara de nojentos *se foderem*. – Papai raramente falava palavrões. – Em meu tempo de jovem, Milão era o palco de nossa libertinagem.

– Libertinagem!? – Eu ri de papai. – Que palavra cafona.

Papai me respondeu com uma risada gostosa.

– Você acha que seu pai não aproveitou a vida?

– Não foi isso que eu quis dizer...

Mas a verdade era que sim. Sempre achei papai muito parecido comigo. Recatado, certo por natureza e um benfeitor compulsivo.

– Oras! Seu pai já roubou presuntos das *mallecerias* e vinhos dos velhos depósitos. Dirigíamos embriagados e algumas vezes fumamos um ou outro baseado.

– Vocês?

– Sim, eu e alguns amigos da época. Saíamos de Vernazza e passávamos o fim de semana em Milão. Bons tempos... antes de partirem todos para Roma.

106

Papai estava nostálgico.

– Espero corresponder à altura – respondi com um sorriso entre os dentes, meio sem graça. – Mandarei uma foto do primeiro salame que roubar.

Eu me despedi de papai e esperei seu Fiat 94 se distanciar para me aproximar do guichê da Omio. Andei como se mil olhares me seguissem, por mais que apenas um me tirasse a tranquilidade. Nascia ali um sentimento que me acompanharia por vários meses, anos talvez. Cobri meu rosto com o capuz do moletom e coloquei os óculos escuros para entrar no ônibus. Gastei 25 euros na passagem.

A viagem durou cerca de cinco horas, com direito a duas paradas para ir ao banheiro e tomar um café. Fiquei em meu assento em ambas, tentando ser o mais discreta possível. Não me levantei nem mesmo para jogar no lixo o resto da maçã que comi. Quanto menos me movimentasse, mais passaria despercebida.

Fazia um dia bonito e quente, com poucas nuvens no céu. Graças ao ar-condicionado do ônibus, não suei até chegar a Milão. Somente ao desembarcar em La Lampugnano, tradicional rodoviária da cidade, o calor insuportável me nocauteou. Fui apresentada à minha nova realidade. Diante de mim, centenas de pessoas iam e voltavam, apressadas.

A cidade grande...

Os pedestres pareciam formigas embriagadas e todos os sons do mundo concentravam-se em um único lugar. Sirenes policiais, choro de criança, centenas de conversas, buzinas de automóveis – os motoristas deviam estar emputecidos pra caralho com alguém –, a voz irritante da atendente da rodoviária no sistema de som informando as próximas partidas. Era tanto, tanto barulho, que senti minha cabeça dar voltas.

A chegada perfeita...

CHEIRO DE SUOR E VINHO

Avancei rapidamente pelos portais da rodoviária, ainda em alerta. Estar longe de Vernazza me tranquilizava, mas não o suficiente para me fazer esquecer a fuga pela claraboia. Nem o sonho picante que tive em seguida com Lorenzo conseguiu tirar Giorgio do meu radar. Mas se o mafioso parecia me perseguir com movimentos pensados, esquivos e ocultos, Lorenzo fazia questão de gritar aos meus olhos. Lá estava ele, com sua barba alinhada fio a fio, no centro dos demais integrantes da banda, estampado em cartazes que anunciavam o show da Macchina Rotta na cidade. Estava em todas as colunas sólidas de concreto que sustentavam o emaranhado de ferro retorcido do teto. Tinha um sorriso sacana, o que, aos desavisados, passaria apenas por sexy, mas eu sabia que havia algo a mais. Era a mesma foto do ingresso que ele tinha me enviado junto com o pingente de sapo, dias antes, e que agora descansava no fundo de algum dos bolsos da mochila em minhas costas.

Puta que pariu... cartazes em TODOS os lugares!

Após passar pelo décimo cartaz na rua, que fazia com que todas as esquinas parecessem iguais, questionei o motorista do táxi que havia tomado, um simpático senhor de meia-idade e bigode provençal.

– Esse show anda bem falado por aqui, não? – puxei assunto como se desconhecesse a banda.

– Macchina Rotta – ele me respondeu sem pestanejar –, o nome é horrível, mas fazem um bom som, admito. Minha filha adora. Você já ouviu?

Acenei negativamente com a cabeça. Ao ver minha expressão pelo retrovisor, o motorista bradou em alto e bom som:

– Siri, tocar Macchina Rotta no Spotify.

Em poucos segundos, o celular iniciou uma música calma, que crescia à medida que se aproximava do refrão. Fiquei maravilhada com o som, a letra e a forma nada óbvia que me tocava

108

MIGUEL VAZ

os sentimentos. Seu nome era "La Luna". Simples e direta. A lua que embalava minhas noites calmas em Vernazza, pelo visto, era a mesma lua que Lorenzo admirava em suas noitadas por Milão. A *inspiração perfeita*.

– É tão... bonita.

– Está subindo nas paradas italianas. Os milaneses têm orgulho em dizer que saíram daqui, destas ruas. – O motorista apontou para a rua em que passávamos.

Eu não podia acreditar...

A bandinha que havia se apresentado há menos de um mês em um barzinho de Vernazza conquistava o coração da cidade grande.

– *Non posso lasciarti andare, non questa volta* – o motorista ensaiou cantar alguns versos do refrão.

Não posso te deixar escapar, não dessa vez... Aquelas palavras, como chiclete, grudaram em minha cabeça e desejei de maneira tímida que seus versos tivessem sido escritos para mim. Lorenzo tinha vacilado comigo, era evidente. Mas seria motivo suficiente para abastecer a mágoa que eu sentia? Ou no fundo eu apenas desejava um pouco mais de atenção? Lorenzo corria atrás do prejuízo, insistentemente me convidando para uma apresentação sua. Seria o meu orgulho capaz de aceitar o seu convite?

A Elisa insegura continuava me assombrando...

Titia me recebeu com um abraço apertado que me estalou as costas. Achei bom porque as poltronas do ônibus, por mais que espumadas, não reclinavam tanto e endureciam as articulações.

– A casa é sua, querida!

– Obrigada, titia! Estou muito feliz de estar aqui.

Eu mentia para titia em nossa primeira conversa. Apesar de meu sorriso, eu sabia que, por dentro, tudo estava mal resolvido. Como ficaria minha família? Eu não me perdoaria se a máfia fizesse algum mal a eles. Será que eu me adaptaria à cidade grande? Milão era infinitamente maior, mais barulhenta, movimentada e poluída que Vernazza. Eu me despedia das serras, dos parreirais sem fim, do cantar dos pássaros que deslizavam sobre a brisa da tarde, das casinhas agrupadas à beira dos penhascos, do mar azulado, dos locais onde cultivei memórias boas e ruins. Estava nua, e me sentia assim, recomeçando uma história sem ter certeza se, de fato, teria vivido outra antes, muito porque, em putos dezenove anos, não tinha vivido nada que preenchesse três páginas de uma biografia não autorizada.

Titia me apresentou ao que seria o meu quarto a partir daquele instante. Era o antigo escritório do tio Luciano, que estava desocupado. Meu novo espaço era ligeiramente menor que o de Vernazza. Uma janela tomava toda a parede oposta, presenteando-me com uma vista da avenida Sant'Andrea. Do sexto andar, conseguia observar nitidamente as pessoas que transitavam com suas sacolas de compras, entrando e saindo da Jimmy Choo, da Saint Laurent, da Prada Milano e de outras boutiques. A cama parecia me envolver quando me deitava. Não era de casal, mas também não era de solteiro, algum meio-termo que titia chamava de *enrolada*, em um discreto eufemismo. Se fosse Ida, chamaria a cama de *putaria desregrada*.

Era assim que minha irmã entendia a vida de quem não estava nem solteiro nem casado.

Do lado oposto à cama, uma penteadeira fina e um guarda--roupas acomodavam-se rente à parede. Olhei sem muito interesse para ambos, pois não teriam muita utilidade até que chegassem de Vernazza as minhas roupas e calçados. Apenas uma gaveta do guarda-roupas foi o necessário para acomodar tudo que trazia em minha mochila e coube ao seu fundo o esconderijo para o pingente de sapo. Enquanto terminava a arrumação, um cheiro de comida gratinada invadiu o quarto, o puto aroma inconfundível de uma lasanha ao forno. Senti fome. Por sorte, meu olfato compensava a ineficiência de meu apetite. Às vezes

MIGUEL VAZ

eu passava o dia todo em jejum e só me atentava para a falta de comida quando já estava prestes a desmaiar.

Um pouco de comida no estômago lhe faria bem! Assinado, seu bom senso.

Enquanto houve lasanha em nossos pratos, titia e eu conversamos. E foram tantos os assuntos resgatados que não vimos a tarde passar. Titia continuava a mesma de minha memória de criança. Tinha aptidão para piadas ruins – mas não tão ruins quanto as de Ida – e trazia no rosto a conhecida alegria italiana e nas mãos os gestos exagerados, e parecia reger uma orquestra quando se interessava por algum assunto. Revisitamos lembranças de todo tipo, vagas e vívidas, que nos arrancavam sorrisos do rosto e nos deixavam nostálgicas. Juntas, recordamos o dia em que usei o colar com pingente de sapo na loja da Gucci. Omiti apenas o básico e desinteressante: que o mesmo puto pingente agora descansava dentro de uma gaveta no guarda-roupas de titia.

Contém ironia, ok?

Com quatro pedaços de lasanha devidamente acomodados em meu estômago, nem sequer notei meus olhos pesarem. Eu me arrastei até o quarto na certeza de que dormiria por meses; pura inocência: estreei a nova cama com o pior dos sonos, o leve, e, para completar, despertei esbaforida, confusa e suando dos pés à cabeça. Eu havia sonhado com Giorgio, era a única certeza que eu tinha, já que nada era lúcido e claro. Aos poucos o pesadelo se apresentava para mim em forma de flashes, e apenas quando a lua apareceu por detrás dos prédios acinzentados consegui juntar o que me afligia tanto – eram as imagens do quarto de hotel, de mãos atadas, dos gritos de socorro, de papai e mamãe, de Ida, de Lorenzo.

O que meu subconsciente queria me dizer?

Ter a máfia em seu encalço já era motivo suficiente para perder o sono por cinco anos seguidos. Mas Lorenzo!? O que ele

CHEIRO DE SUOR E VINHO

havia feito de tão marcante para povoar minha mente dessa maneira? Ele merecia uma segunda chance? Levantei-me da cama e fui até o guarda-roupas, meio que sem saber por quê. Peguei o colar com pingente de sapo em minhas mãos. Suas esmeraldas refletiam a luz artificial que vinha de fora da janela. Talvez quisesse que meus sentidos me ajudassem na tarefa de convencer meu coração a dar a ele uma chance de se redimir. Li o pequeno bilhete que acompanhava o presente.

Para você usar no dia do show em Milão!

A escrita de Lorenzo parecia bem menos feia sob a luz noturna. Na extremidade do papel, outra frase sua, seguida de seu número de telefone. *Me ligue se quiser!* Fui à janela com o papel nas mãos. Já beirava a meia-noite, mas alguns poucos carros e pessoas ainda andavam de um lado para outro, talvez voltando do trabalho ou de algum *happy hour*...

Fiquei ali por alguns bons minutos escorada na janela, respirando a brisa acalorada que trazia um restinho de fuligem às narinas. Tudo em Milão parecia mais sério que o normal, como se a cidade grande me impactasse com sua falta de cores. Desejei a vista do quarto no terceiro andar do Hotel La Constellazione, mas a vista de minha infância – o mar tímido ao fundo, a maresia carregando para dentro de meus pulmões uma felicidade infantil, papai, mamãe e Ida à minha volta, as lembranças gostosas –, e não a última vez em que lá estive. *Foi arriscado, sério e, digamos, uma puta cagada estar viva e com todos os dez dedos das mãos.* Descobri naquele instante que as ocasiões mudavam o espaço de tal forma que eu era capaz de, ao mesmo tempo, desejar e refutar a bela vista da janela do hotel. Uma buzina de carro me trouxe de volta ao presente, agora era a vista do Quadrilátero da Moda que me preenchia o olhar. Reli o pequeno papel. *Me ligue se quiser!* Um telefonema poderia não representar nada para o curso da minha vida ou poderia mudar tudo. Dependia de mim. Dependia de

112

MIGUEL VAZ

Lorenzo. Senti tanto medo quanto no dia anterior, quando tinha uma arma apontada para minhas costelas.

Se ter uma arma apontada para sua cabeça exige coragem, imagine se entregar aos desejos da alma?

Sentia como se um exército inteiro esperasse o digitar do celular para, enfim, descarregar todo o seu arsenal diretamente em meu coração. Eu seria fuzilada antes de conseguir sorrir. Era o medo de me apaixonar.

18

Sua visão nunca foi das melhores, mas piorou significativamente depois que Lia, sua filha, quase abriu sua cabeça com um castiçal, poucos segundos antes de ser morta por ele com uma facada no peito. A luz matinal, somada ao reflexo do mar, também não o ajudava. Giorgio acreditou estar sonhando, ou melhor, ter visitado o inferno, quando jurou ser a filha morta quem se aproximava da banca de flores. Sentiu sua barriga reclamar, como se fossem dele as tripas reviradas, e não de seu algoz Tommi, o filho do *capo* da máfia, a quem assassinara naquela fatídica noite na mansão do clã Camorra. Respirou fundo e avançou para fora da banca, tentando não demonstrar na cara a fraqueza que assumia o controle de suas pernas.

— Esse filho da puta não deixou vestígios! – exclamou para os outros dois capangas que o esperavam na orla.

Não confiava neles, e o sentimento era recíproco. Giorgio sabia que estavam ali mais para contê-lo que para ajudá-lo; era um procurado atrás de outro procurado, e se por acaso falhasse ao encontrar Ottoni Zaratti, seu destino não seria tão diferente das dezenas de pessoas que assassinara a mando do *capo*.

De perto, a garota era ainda mais parecida com sua filha, os olhos, o formato curvo da boca, a forma como expandia as narinas quando tinha medo. Fumou um cigarro atrás do outro para conter a ansiedade em visitar um passado que não mais lhe cabia. Questionou-se várias vezes por que o destino trazia de volta quem o condenara, justamente quando buscava a absolvição. Seria muito pedir um recomeço para sua vida? Estava há quase três meses no encalço de Ottoni, correndo atrás de pistas que levavam a outras pistas, desde que recebeu das mãos do *capo* do clã rival uma pasta vinho com seu nome. Sabia que lhe testavam, e sabia também que não iriam tolerar o fracasso.

Em sua mente, tudo se apresentava tão claro quanto as águas azuladas que banhavam aquela cidade minúscula que fora obrigado a visitar. Aquela garota, por obra do destino, conhecia quem ele procurava, era o que seu faro aguçado indicava depois de mais de vinte anos trabalhando para a máfia. Com sorte, arrancaria a verdade de sua garganta e, se ela resistisse, a torturaria com a paciência dos anjos. Era um sádico, já se conhecia o suficiente para saber que o medo era o combustível para seus prazeres e seus hormônios não se saciavam até que o cheiro ferroso de sangue invadisse suas narinas.

Giorgio dispensou os capangas, que o acompanhavam a distância, quando chegou acompanhado de Elisa ao Hotel La Constellazione. Subiram os dois no elevador e, por Deus, como a garota se parecia com Lia! Por alguns instantes, até esqueceu que sua cabeça estava a prêmio. Ter a chance de torturar quem o colocara naquela situação era um presente a ser degustado com calma, apreciando cada sabor, lambendo todos os dedos. Deixou que Elisa se acocorasse pelos cantos do velho quarto de hotel, aquela era sua parte favorita, *quando corriam como ratos*. Degustou cada segundo de seu desespero e quase gozou ao ver o fio de esperança evadir do semblante de Elisa quando ela se deu conta de ter em mãos uma arma descarregada. Deixou que a garota se escondesse no banheiro, aquele puto cômodo sem ventilação nem janelas, assistindo-a colocar a corda no próprio pescoço. Deitado na cama, de olhos fechados, imaginou como seria prazeroso matar

CHEIRO DE SUOR E VINHO

dois coelhos de uma só vez, para descobrir o paradeiro de Ottoni era questão de minutos.

Giorgio arrombou a porta com seus hormônios em festa. Como cães de guarda, eles farejavam o medo. Sentiu uma dor fina no coração, daquelas que só nos acometem quando somos traídos pelo mais valioso amigo. Não havia se dado conta da pequena claraboia, escondida em meio à sujeira. Não deixou de sorrir quando viu Elisa sumir pela claridade da abertura no teto. Deus, como se parecia com sua filha! Até no jeito de amaldiçoar sua vida eram idênticas!

19

Quem é?

Aquelas duas palavras chegaram ao visor do meu celular dez minutos após fechar a janela do quarto, visitar a cozinha, me despedir de titia e escovar os dentes. Apesar de ter acabado de tomar um copo de água, senti minha garganta secar. Meu coração disparou, como se largasse para uma corrida que não estava disposto a perder. Já deitada, continuei encarando as teclas do celular, procurando nelas algum caminho que me explicasse o magnetismo de Lorenzo.

Adivinhe.

Quis manter o suspense. Sua resposta não tardou.

Isto é um jogo? Gosto de jogos, mas não à meia-noite.

Pena, respondi, monocórdica.

Preciso de dicas. É o justo. Posso estar perdendo meu tempo com algum vagabundo desempregado e sem nada para fazer.

Impressionou-me Lorenzo continuar a conversa. Se fosse eu, não perderia um minuto de sono.

Começou mal. Nada de vagabundo. Desempregada, talvez. Deixo a dúvida. E, por fim, conjugue certo o gênero dos substantivos.

Eu me senti como minha professora de italiano da Scuola Elementare Piero Gobetti.

Me perdoe, queridA, Lorenzo corrigiu-se.

Bem melhor. Merece uma dica pela gentileza.

Aguardo ansiosamente.

Melhor, vamos de charada.

Talvez um jogo mais irônico me confortasse o ego ainda ferido.

Meu jogo preferido. Tem minha atenção.

Você quis minha amiga, e me quis também. E não ficou com ninguém. Quem eu sou?

Sua resposta demorou mais dessa vez.

Espere. Você não está falando sério... Elisa? Elisa Rizzo?!

Usar charadas para descontar frustrações e decepções era mais um puto exemplo da minha incapacidade de colocar homens babacas em seu devido lugar, independentemente de suas filhadaputagens comigo. Em resumo, eu era o eufemismo em pessoa, transformando cagadas de elefante em minha cabeça em singelas evacuações de pombinhas brancas. Por mais que as pessoas fodessem comigo, sentia que elas gozavam daquele direito.

Posso te ligar?

A mensagem de Lorenzo chegou instantaneamente.

Não. Já estou deitada.

Eu fui MUITO otário. E, apesar de não alterar o fato, tenho uma justificativa. Gostaria de explicar a você pessoalmente.

Talvez um pedido de desculpas fosse melhor que tentar se explicar.

Porra, eu tinha mandado bem na mensagem...

Preciso que conheça ambos: meu pedido de desculpas e a justificativa.

Vou pensar se merece.

Era o charme que antecedia o sim. Merda, todas as pessoas do mundo conheciam o que significava. Mais uma vez eu abria mão do amor-próprio para embarcar em desejos confusos.

Tenho um dia de folga amanhã. Posso ir a Vernazza.

Não vai ser preciso. Estou em Milão.

Milão!? O que faz em Milão? Férias, passeio, compras? Ah, o show!

Todas as opções e talvez nenhuma. Nem eu sei ao certo. Para me encontrar, talvez.

MIGUEL VAZ

Soou filosófico e era, de fato, uma decisão que ainda não contava com respostas claras. No entanto, fugir da máfia e preservar minha família era o elo mais forte da corrente que agora me atava à cidade grande. Lorenzo demorou em sua resposta. Talvez também refletisse sobre minhas palavras.

Um café, amanhã? Conheço alguns bons em Milão.

Verei em minha agenda superlotada.

É sério?

Não. Hahaha. Mande o endereço e a hora.

Quando dei por mim, trazia no rosto um sorriso. Eu havia oficialmente escolhido ouvir o diabinho ao invés do anjo. Não era oficialmente um *date*, mas, para quem nunca tinha vivido um, qualquer café já era um avanço. E eu nem gostava de café.

Combinado. Mas antes de tudo... preciso saber como caralhos você sabia do colar.

Tudo em seu tempo. Essa história fica melhor pessoalmente. Acredite.

E eu acreditei. Acordei em Vernazza e fui dormir em Milão, recheada de inseguranças, medos, mas com um encontro marcado. Seria às dezesseis horas do dia seguinte, na Caffetteria Cova Montenapoleone. E sabe aquele diabinho? Às vezes ouvi-lo é a melhor coisa que pode lhe acontecer, pois há desejos do amor que combinam mais com o calor, a chama e a pele que com a santidade dos querubins.

20

Fui despertada por um buzinaço na rua cinco minutos antes das nove horas da manhã. Eu estava acostumada a acordar com o cantar tímido dos pássaros e o farfalhar dos galhos no vidro da minha janela e, quando muito, o ronco do motor do velho Fiat 94 de papai levando-o para a cidade.

Levantei preguiçosa, espiando pelo vidro se havia algum acidente que dificultava a circulação dos carros, desencadeando a fúria dos motoristas. Nada. Apenas a normalidade de uma manhã movimentada em Milão. Titia já estava de pé e me convidou para tomar café em sua companhia. Apesar de não sentir a mínima fome durante a manhã, aceitei por educação. Omeletes descansavam sobre o fogão e uma baguete exalava uma discreta fumaça, sugerindo que titia tinha voltado havia pouco da *panetteria*.

– Dormiu bem, querida? – Titia baixou a folha de jornal, sorrindo por cima de seus óculos.

– Perfeitamente, titia. – Tentei esconder a cara amassada.

– A cidade desperta cedo. – Titia indicou a janela da cozinha com a cabeça. – Às vezes acho que todos acordam antes da hora necessária. – Riu.

– Um pouco diferente de Vernazza, eu diria.

– Muito! Mas você se acostumará. Tome. – Titia ofereceu-me uma rosquinha de açúcar e eu, por educação, continuei aceitando.

O dia seria longo para mim. Titia havia acionado seu ciclo de amizades que, por sua vez, garantiu-me três entrevistas de emprego: em um restaurante japonês, um escritório de advocacia e uma boutique de grife.

Meu primeiro compromisso seria às onze horas da manhã no escritório de advocacia I Fratelli, localizado em Broletto, um bairro próximo. Os sócios, dois irmãos sicilianos chamados Frederico e Gianluca Barone, tinham sido colegas de trabalho de tio Luciano e lhe deviam muita gratidão. Foram os primeiros a atender o pedido de titia. A outra entrevista de emprego estava marcada para as treze horas, e aconteceria no restaurante Huramaki, também localizado no bairro de Broletto, mas no extremo oposto do escritório. O lugar aparentemente pequeno tinha ganhado o segundo maior prêmio da culinária mundial, as duas estrelas do Guia Michelin, quatro anos antes. Quem quisesse desfrutar de suas iguarias teria que aguardar semanas em uma fila de espera. O restaurante contava também com excelente localização, sendo vizinho da Pinacoteca di Brera, um dos maiores museus de arte italiana.

Durante meu almoço de boas-vindas no dia anterior, titia tinha me confidenciado não saber quantos milhares de euros já tinha deixado naquele local. Mas, segundo ela, tudo valia a pena: a comida, o ambiente, o serviço e o chef, seu amigo pessoal, que era muito generoso e estava disposto a me ajudar. A última entrevista de emprego seria às dezesseis horas para o cargo de vendedora na loja TUMI, conhecida por suas malas e bolsas rigorosamente caras.

Titia me entregou um pequeno papel com todos os endereços e nomes, além de me oferecer mais algumas rosquinhas. Desta vez recusei, receando vomitar por ter comido tanto. Tomei um banho e me aprontei, vestindo a única muda de roupa limpa que ainda me restava. As malas trazendo o restante de meu guarda-roupas estavam previstas para chegar naquela tarde. Conferi a bateria do celular e abri duas mensagens que haviam chegado

CHEIRO DE SUOR E VINHO

enquanto tomava café, uma de Lorenzo e outra de Vittoria. Abri primeiro a de Lorenzo, ignorando o peso da amizade com Vittoria.

Bom dia. Não se esqueça! 16h Caffetteria Cova Montenapoleone. Bjs.

Puta que pariu... minha última entrevista de emprego estava marcada para a mesma hora, eu havia me esquecido completamente. Antes que pudesse raciocinar, um conhecido espírito procrastinador tomou conta de mim, ignorando o fato de que eu estava desempregada. Não ir ao encontro com Lorenzo seria pior que continuar desempregada sem um puto euro no bolso, por isso desejei do fundo de minha alma que obtivesse sucesso em alguma das duas primeiras entrevistas para que não precisasse desmarcar com ele.

Eu não sabia o que me movia a esse encontro. Lorenzo era a personificação do proibido, a contraindicação ao meu bom senso. Mas também representava uma chance. Uma chance de ousar além dos meus limites e talvez, se sorte tivesse, de viver uma vida diferente da que se apresentava para mim. Ele era um rio caudaloso, enquanto eu era uma nadadora principiante.

Eu era uma pessoa normal e possivelmente passaria toda a vida sendo exatamente assim: mais um número no cadastro social italiano com um emprego mediano, um salário medíocre, dotada de pensamentos limitantes, uma pessoa sem grandes aspirações cuja autossabotagem fazia questão de me trazer de volta ao eixo da vida comum. Era exatamente assim que me sentia, como se houvesse uma esquizofrenia entre soltar e me ater, ousar e retrair, tentar e desistir. Lorenzo era a resistência a todos os demônios que atentavam meus brios e me prendiam ao medo. Eu não tinha me dado conta daquilo, mas aquele sentimento confuso – um misto de raiva e desejo, instigação e receio – que nutria por ele poderia me lançar ao protagonismo de minha própria vida.

Não se atrase a ponto de esfriar meu café!

Aquela foi a minha resposta para seu SMS, irônica e decidida, tudo que eu gostaria de ser. E foi exatamente naquele dia que notei algo muito interessante se aplicando a mim: por mais que soubesse que não era aquela personagem assertiva e dona de si, cada vez que me dava a liberdade de fingir, minha cabeça entendia aquela simulação como um desejo íntimo e trabalhava a favor daquele sentimento. *Porra, se ela está fingindo tanto ser esse tipo de pessoa, deve ser porque gostaria de ser assim*, era a minha consciência tomando consciência de que eu desejava ser algo que não era ainda. Era necessário mudar o disco em busca de novas melodias para a Elisa.

Segui pelas ruas de Milão escondendo-me embaixo do capuz de meu agasalho. O medo de encontrar Giorgio era evidente, mas não tanto como se estivesse em Vernazza. Avancei as esquinas no ritmo de meu *All Star*. Eram dez e meia da manhã e ainda me restavam trinta minutos para me apresentar à secretária – que possivelmente teria cara de poucos amigos – do escritório de advocacia I Fratelli.

O Quadrilátero da Moda era, de fato, um pequeno pedaço que já valia por toda a cidade de Milão. Ali estavam localizadas as principais lojas de grife, boutiques, perfumarias e lojas de departamento, que tinham em cada revista de moda e estilo a sua propaganda estampada, com belíssimas modelos internacionais dentro de roupas carésimas, usando sapatos com saltos de 23 centímetros. Um mundo teoricamente perfeito, que se refletia também na vestimenta da maioria das pessoas dali. Bastavam três segundos ou uma virada de pescoço até a outra esquina para se deparar com alguém muito estiloso e, de quebra, famoso, pelo menos era a impressão que eu tinha quando passava pelas mulheres elegantes e seus óculos maiores que a própria cara, suas echarpes de seda enlaçadas pelo pescoço e seus sobretudos e

CHEIRO DE SUOR E VINHO

botas rigorosamente limpos. Todas faziam das calçadas suas próprias passarelas de moda e resistiam bravamente ao calor.

O choque de realidade entre seu estilo refinado e o meu estilo provincial, para não dizer desleixado, abalou minha confiança. Eu tinha em meu guarda-roupas apenas um par de camisetas e calças, contando com as que já vestia. E, mesmo se minhas roupas já tivessem vindo de Vernazza, não chegavam nem perto do estilo dos trajes que meus olhos observavam. A forma como as pessoas me ignoravam nas ruas também era cruel. Ali eu tinha a mesma importância de uma mosca. Cada passo que me aproximava do escritório de advocacia era uma antítese do meu coração. Nada em mim parecia se encaixar nos padrões milaneses, do cabelo às roupas. Sobrou até para a maquiagem, aparentemente básica demais. Queria me trancar em meu mundo, como sempre fazia em Vernazza, e fodam-se todas aquelas vadias bem arrumadas. *Mas eu não estava em Vernazza.* Não havia meu quarto nem os meus livros para me afundar entre suas páginas e esquecer o que me incomodava.

O escritório de advocacia I Fratelli ficava no sexto andar de um prédio chique, cuja portaria era adornada por colunas coríntias e alguns afrescos de gosto duvidoso. Subi os seis andares encarando o teto do elevador, para que meus olhos não confrontassem meu reflexo no espelho. *Nada como a doce constatação do desleixo...* Cogitei dar meia-volta, mas seria uma oportunidade a menos de conseguir um emprego e uma forma velada de dizer à titia: "estou cagando para os seus esforços". Fui recebida pelos irmãos Barone em uma de suas dezenas de salas de reunião. Gianluca e Frederico vestiam ternos de linho azul-marinho e evidentemente eram gêmeos, uma constatação óbvia até para os mais míopes entrevistados. Ambos aparentavam ter quarenta e poucos anos, com cabelos ondulados e a pele bronzeada artificialmente. Eu não sabia a qual vaga de emprego estava concorrendo nem se preencheria

124

todos os requisitos para trabalhar ali, e isso aumentou meu nervosismo. Mas, ao final de quase quarenta minutos, a entrevista não passou de uma breve conversa, em que ambos os irmãos – *diga-se de passagem, muito bonitos* – se deram por satisfeitos apenas com respostas a perguntas retóricas. Saí do escritório atordoada, sob a promessa de que me ligariam no dia seguinte avisando o resultado da entrevista.

Quando tomei novamente a rua, o sol do meio-dia castigava mais do que em Vernazza. Para fugir do calor, pulei de marquise em marquise buscando suas sombras. O ar carregava uma letargia silenciosa e não havia uma brisa sequer alvoroçando os vestidos das madames ou despenteando seus coques finos. Quando muito, uma forte porém curtíssima rajada de vento canalizava-se por entre os prédios e levantava uma ou outra folha de jornal na rua e varria uma sujeira aqui, uma embalagem de chocolate descartada lá. Nada o bastante para abrandar a sensação de ser cozida viva.

Aproveitei que a fome começava a cutucar meus brios e pedi um sanduíche de presunto parma com pesto de azeitonas como almoço em uma lanchonete de esquina. Enquanto terminava de comer, apreciei rapidamente a cidade e seu balanço, com seus carros – a maioria de cor preta ou cinza – e seus pedestres, que levavam a tiracolo pastas e bolsas Chanel ou Prada.

Papai e mamãe nunca se encaixariam aqui...

E nem eu. Se havia algo que eu detestava era a obrigação de aparentar ser o que não era. Eu me recordo que na Scuola Elementare Piero Gobetti, enquanto as garotas da minha série recheavam seus olhos com delineadores, sombras, e coloriam as bochechas com *blushes* e mais *blushes* – tudo para impressionar Andreas, o aluno recém-chegado –, eu mantinha meu total desinteresse em esconder minhas espinhas. Ironicamente, foi comigo que Andreas se deitou.

CHEIRO DE SUOR E VINHO

Por onde ele andaria? Será que já tinha me perdoado?

Meu pensamento divagou entre o passado e as preocupações do presente. Finalizei o sanduíche em uma rápida mordida, limpando as mãos em alguns guardanapos de papel de seda que mais pareciam sujar do que ajudar na limpeza. Enquanto esperava o troco do atendente, percebi o letreiro que se estendia por quase trinta metros do outro lado da rua: *Caffetteria Cova Montenapoleone.*

Saber que horas mais tarde estaria novamente cara a cara com Lorenzo, o garoto pelo qual meu sentimento vagava entre curiosidade, mágoa, interesse e uma pitada de desejo, fez meu coração acelerar. Não sei por quanto tempo admirei sua fachada, toda adornada em estilo clássico. Era belíssima! Por suas janelas amplas, cortinas vermelhas pendiam do teto ao chão. Havia também um lustre pendurado sobre cada mesa, acrescentando um ar intimista ao local. *Caralho. Definitivamente eu não tenho roupa para entrar aí.* Decorei o lugar para não esquecer o caminho de volta e me pus a andar até o restaurante Huramaki, atenta a toda e qualquer pessoa que cruzava meu caminho ou que me acompanhasse na mesma direção por mais de vinte segundos.

O restaurante não era grande e sua decoração era o oposto do estilo clássico da *caffetteria.* Ali, o minimalismo imperava. Uma luz pontual clareava somente as poucas mesas, que por sua vez se dispunham sempre nos cantos do restaurante, deixando um espaço considerável ao centro. Apesar de a porta estar aberta, não havia nenhum cliente na casa, e minhas suspeitas foram confirmadas após ler o pequeno letreiro acima da bancada: aberto de segunda a quinta a partir das 18 horas. Sexta, sábado e domingo a partir das 11 horas. Avancei pelas mesas até chegar ao fundo do restaurante. Logo à minha frente, cercada por vidros, uma cozinha inteira se apresentava, limpa e graciosa, descansando à espera de mais um dia de trabalho. *Não seria uma má ideia trabalhar aqui...*

Em minha cabeça, restaurantes japoneses eram onde casais apaixonados comiam antes de transar. E, para o meu azar, nunca tive quem me levasse para comer no pequenino restaurante japonês de Vernazza e me comesse depois. Faço esse jogo de palavras com certa vergonha, afinal, palavras tão explícitas e que vão direto ao ponto são especialidades de minha irmã Ida, não minhas. Torci para que a vaga de emprego não envolvesse nenhum ato de cozinhar – *seria esperar demais de uma oportunidade de emprego em um restaurante!?* –, afinal, meu repertório gastronômico era sofrível. Pigarreei, tentando chamar a atenção de alguma vivalma que estivesse escondida entre os *freezers*, panelas e armários. Nada. Olhei os ponteiros do relógio na parede. Dez para as treze. Eu estava adiantada. Pigarreei novamente.

– Alergia? – Uma voz calma ecoou em minha direção. Um homem pequeno, entre seus setenta e oitenta anos, veio em minha direção, arrumando o cabelo e ajustando seu avental branco sobre o corpo. Usava óculos de hastes vermelhas e lentes espessas. Respondi negativamente, morrendo de vergonha.

– Desculpe, não quis incomodar. – O homem sorriu, tornando mais difícil saber se seus olhos ainda se abririam.

– Você deve ser Elisa Rizzo. Francesca falou muito bem de você – disse com sotaque carregado.

À minha frente estava Jyn Katsumi, o famoso chef de cozinha do Huramaki. O sr. Katsumi gozava de muito prestígio, afinal, assumira um restaurante à beira da falência e o colocara na lista dos melhores estabelecimentos de gastronomia japonesa do mundo, com direito a duas estrelas Michelin, cuja placa via-se pendurada na parede próxima à entrada.

– Desculpe. Cheguei um pouco adiantada.

– Esta é uma bela virtude, srta. Rizzo. Ouso dizer que anda em falta por aí.

Seu rosto de feições arredondadas destilava bondade. Após constatar sua identidade, eu me senti envergonhada por tê-lo feito abrir o restaurante mais cedo para a entrevista.

– Não se preocupe, eu já tinha que organizar algumas coisas aqui, não é apenas por sua causa.

Porra, ele parecia ler minha mente...

Mantive a postura defensiva, com os braços cruzados para trás, tentando ocupar o mínimo de espaço possível. Katsumi se aproximou de mim e, estendendo a mão, enfim apresentou-se.

– Katsumi. Jyn Katsumi. Por favor, sente-se. – Apontou para uma mesa próxima. Eu obedeci de pronto, tentando relaxar à altura do conforto que ele me proporcionava. A conversa, desta vez, foi mais direta que no escritório de advocacia. Katsumi me explicou rapidamente como funcionava o restaurante, listando suas exigências. Foi incisivo sem perder a doçura nipônica em suas palavras: admitia-me como *hostess*, uma palavra chique que substituía recepcionista no vocabulário restaurantês. O início seria imediato, no dia seguinte, com direito a um mês de treinamento, condição essencial para aprender as regras de etiqueta que mantinham as duas estrelas Michelin brilhando na entrada de seu restaurante. Deixei o local retumbante e animada: estava contratada e não precisaria mais da terceira entrevista de emprego. Eu poderia, enfim, voltar minhas atenções a Lorenzo.

21

Pontualmente às dezesseis horas, um rapaz esguio vestindo camisa preta e calça jeans entrou pelas portas da Caffetteria Cova Montenapoleone. Era Lorenzo. Ele usava óculos escuros e parecia recém-saído do banho, seus cabelos ainda estavam úmidos e escorriam pela lateral de seu rosto. Havia nele certo ar de desdém, que interpretei como segurança.

Vê-lo novamente confirmou minhas suposições – eu não sabia o que sentia por ele. Tudo estava embaralhado e nada fazia sentido, e apenas meu coração foi mais direto que eu: senti uma leve taquicardia descompassar minha respiração. Lorenzo demorou a me identificar entre duas mesas ocupadas por quatro senhoras, cada uma mais estranha que a outra. Quando enfim me viu, de seu rosto brotou um sorriso que me lembrou o dia em que nos conhecemos no pub do sr. Gali.

– Veja só, você está adiantada ou eu estou atrasado? – Lorenzo continuava sorrindo.

– Digamos que ambos – respondi envergonhada.

Lorenzo parecia mais magro. Nada que fosse motivo de preocupação dos nutricionistas, talvez apenas o reflexo de sua intensa rotina de shows. Seu corpo, no entanto, continuava musculoso.

Ele definitivamente goza de boa saúde...

CHEIRO DE SUOR E VINHO

Antes que me levantasse por completo, Lorenzo envolveu-me em um abraço apertado, como se revisse uma amiga de longa data.

– Reencontrá-la em Milão estava em meus planos. – Lorenzo apontou para a direção do caixa, onde um pequeno encarte anunciando a apresentação da Macchina Rotta contrastava com o estilo clássico da *caffetteria*. Era o mesmo cartaz que tomava as ruas da cidade. – Mas não esperava rever você tão cedo, afinal, ainda falta uma semana – completou.

Sua camisa preta destacava o branco de seus dentes. Definitivamente Lorenzo trazia consigo um ar de segurança. Tudo à volta da cadeira em que se sentou pareceu mais denso, próprio daqueles que se acham o centro do mundo. Mas não me parecia esnobe, apesar de sua última fala associar minha vinda a Milão ao show.

– Eu não vim por sua causa – disse com certo deboche.

Seu sorriso continuou impassível e não consegui notar nem ao menos uma pequena contração de seus lábios indicando surpresa. Suas sobrancelhas, no entanto, não seguiram o mesmo caminho e o traíram, arqueando-se levemente.

– Espere... por essa eu não esperava. – Lorenzo estava *mesmo* convicto de ser o motivo da minha vinda.

– Todos os artistas de rock se acham donos do mundo? – respondi com desprezo, acrescentando um sorriso de canto de lábio.

Um garçom se aproximou para que pudéssemos fazer nossos pedidos. A quebra de atenção, por mais que delicada, pareceu incomodar Lorenzo, como se ele tivesse sido privado de um direito de resposta em um debate presidencial.

– Logo falaremos disso – respondeu baixo.

Lorenzo pediu um cappuccino duplo cremoso com avelãs enquanto eu preferi uma soda italiana que, por motivos óbvios, escrevia-se apenas soda no cardápio. Enquanto o garçom nos informava sobre os lanches da casa, percebi que algumas pessoas sentadas nas mesas vizinhas nos olhavam com certa frequência. A princípio, julguei ser por causa da minha roupa, que obviamente não estava à altura da *caffetteria*.

Porra... aquilo minava minha autoestima já abalada...

Algumas cochichavam entre si, outras esticavam o pescoço até sua coluna vertebral relembrá-las com uma pontada dolorida que não eram corujas, mas pessoas, e como bons seres humanos, existiam limites anatômicos intransponíveis. Talvez houvesse também regras e costumes próprios de lugares chiques que eu não estava cumprindo e, também pudera, a tediosa etiqueta *démodé* não era algo com que uma garota vinda do interior se preocuparia. Quando dei por mim, Lorenzo me encarava como se estivesse esperando alguma resposta. E de fato estava.

– Pode ser? – Sua expressão intrigada deixava seu olhar mais sexy.

– Claro! – respondi sem saber caralhos o que estava decidindo.

Tomara que não seja para dividir a conta.

– Duas baguetes então! Mozzarella e tomate pelati.

Respirei aliviada. Lorenzo apenas pedia o lanche. Meu pouco dinheiro estava seguro, por hora. Os olhares estranhos, no entanto, continuavam fuzilando minha confiança. Percorri todo o meu corpo, roupas, cabelo, braços e mãos, em uma avaliação criteriosa dos olhos. Até a parca maquiagem fiz questão de conferir, observando timidamente meu reflexo na faca que o garçom acabava de colocar à mesa.

– Não se preocupe. Devem estar querendo uma foto. – Lorenzo lia a minha agonia e, ao contrário de mim, mantinha o semblante sereno, como se passasse por aquilo há tempos. – Basta um corajoso ou corajosa vir que todos os demais o acompanham. – Não havia nada além de sinceridade em seu comentário. Nenhuma arrogância. Apenas o fato por si só.

Caralho... ele está mesmo fazendo sucesso...

CHEIRO DE SUOR E VINHO

– Desde que "La Luna" alcançou as paradas de sucesso italianas, as coisas mudaram um pouco para nós quatro... Olhe, lá vem – Lorenzo sussurrou para mim.

Poucos segundos depois, uma tímida menina que acompanhava a mãe na *caffetteria* se aproximou e pediu uma *selfie*. Lorenzo a atendeu prontamente. A garota abriu um sorriso de orelha a orelha, claramente emocionada. Lorenzo retribuiu com um sorriso verdadeiro, próprio daqueles que ainda se emocionavam com o carinho do público, não se enfadando com interrupções na hora do seu café da tarde. De repente, eu me vi rindo tanto quanto a garotinha. Ela voltou para sua mesa saltitante e contente e comemorou sua conquista com dois soquinhos no ar. Estava leve, nas nuvens, realizada e feliz.

– Você já se acostumou?

– Com o quê? – Lorenzo voltou seu olhar para mim.

– A fama. Deve ser legal ter várias pessoas babando por você.

– Eu não sou famoso. – Percebi Lorenzo se envergonhar, como se tivesse sido acusado de cometer um crime. – Quer dizer, algumas pessoas nos reconhecem, mas isso é tão recente que às vezes eu nem acredito, sabe? O que essas pessoas estão vendo em nós? – Ele deu um gole tão grande em seu cappuccino recém-chegado que sua língua reclamou, sopitando queimada. – Mas mudemos de assunto. O que você faz em Milão, Elisa Rizzo, já que não veio por causa do meu convite?

Para essa pergunta nem eu tinha a resposta. Apesar de poder citar duas dúzias de justificativas, incluindo a mais bizarra delas – fugir de um criminoso da máfia –, optei pela resposta que me poupava explicações.

– Estou atrás de um emprego, mas isso não vem ao caso. Não sou eu quem devo explicações, é você.

– E um pedido de desculpas – Lorenzo me cortou, suas mãos procuraram as minhas. Tocar sua pele me provocou uma

152

descarga elétrica por todo o corpo. – Sim, eu lhe devo desculpas por ter sido o maior filho da puta do universo.

– Sim, você foi – emendei –, digo, não há problema algum em se interessar pela minha amiga, mas por que então me gerar expectativas?

Lorenzo assentiu, concordando com cada letra que saía de minha boca. Era nítido que queria se explicar, mas não era nem louco de me interromper naquele momento.

Nunca interrompa uma mulher quando ela estiver abrindo o seu coração! Dica preciosa!

– Eu tinha bebido um pouco. Então, digamos, estava sensível. Mas você sabe que me deu expectativas.

– Vou lhe contar a verdade. – Lorenzo foi cirúrgico. Seu semblante endureceu, trocando seu sorriso branco característico por um nítido constrangimento.

Outra pessoa se aproximou de nossa mesa, desta vez uma mulher. Com muita reserva, pediu uma *selfie* a Lorenzo, assim como havia feito a garotinha, momentos antes. Lorenzo foi mais uma vez educado e levantou-se para atendê-la.

– Não paro de escutar a música de vocês! – disse a mulher ao sair.

Era fato: eu tomava café com um futuro popstar da música internacional.

Ao se sentar, o sorriso de Lorenzo se dissipou rapidamente.

– Eu fui um babaca, Elisa. Um puto babaca.

– Sim, foi.

– E peço desculpas por isso. E você tem todo o direito de não aceitar, mas merece saber a verdade.

Lorenzo respirou fundo. Aquele assunto parecia envergonhá-lo profundamente.

– O sr. Galifiakis propôs dobrar o cachê daquela noite se fizesse você passar por algum constrangimento. Ele não me explicou ao certo o porquê de tanta raiva ou mágoa por você. Mas,

CHEIRO DE SUOR E VINHO

como eu não a conhecia, pareceu oportuno ganhar o dobro sem muito esforço.

As palavras soavam absurdas ao sair da boca de Lorenzo, e mais absurdas ainda chegavam aos meus ouvidos...

– Parece que o sr. Gali notou um clima entre nós. Você se recorda? No camarim? Ele entrou lá...

Eu nem sequer fui capaz de responder a Lorenzo. *O sr. Gali... por quê?* Minha cabeça alternava entre uma consulta ao passado e a indignação ao tomar conhecimento daquela história. *Tudo tão raso...*

– Ele foi categórico. Pagaria o dobro "se eu arrancasse o sorriso de sua cara". Estas foram suas palavras exatas.

– Mas por quê? – respondi desolada.

– Não sei, ele não me contou seus motivos. – Lorenzo parecia igualmente confuso.

– Eu não estou me referindo a isso. – Encarei firmemente seus olhos como se soltasse uma âncora no mar escuro de suas pupilas. – Por que aceitou machucar alguém por dinheiro?

Lorenzo se encolheu na poltrona de madeira e estofado verde como se tivesse sido sugado por um buraco negro. Suas palavras foram as primeiras a se esvair, tomando o rumo do desconhecido. Por fim, foi embora o brilho de seus olhos.

Aquela era a maior decepção em toda a minha vida. Senti pena de Lorenzo, daquelas penas amargas que beiram o dó. Enquanto ele se apequenava, crescia dentro de mim a vontade de descobrir os motivos do sr. Galifiakis. Eu nunca lhe havia feito mal algum, nem sequer trocamos palavras que pudessem ter sido entendidas erradas. Ele não me conhecia. Duvidava que soubesse quem eu era, já que não frequentava seu pub. Contava nos dedos as escapadas à noite. Aquilo não fazia sentido algum... Estaria Lorenzo mentindo? Era uma opção... Talvez a mais provável de todas.

134

MIGUEL VAZ

Lorenzo continuava me olhando de baixo para cima, como uma criança que pedia colo à mãe. Desde que eu o havia confrontado, nenhuma palavra tinha saído de sua boca e não lhe sobrava coragem nem mesmo para tomar um gole de seu cappuccino, que, apesar de adocicado, desceria amargo. Mas, como uma centelha, tudo se clareou em minha mente. Sim! Eu entendia tudo. Lorenzo não mentia e havia uma justificativa para o comportamento do sr. Gali, por mais que não concordasse com ela.

Sim. Fazia sentido.

22

ndreas abriu os olhos antes mesmo de o sol dar as caras no extenso quintal de sua casa. Não havia, porém, nenhuma garantia de que estivesse, de fato, acordado. A noite tinha sido longa e extenuante.

Só quem passa por uma crise de insônia sabe o quão arrebentado você desperta no dia seguinte...

Beirava as quatro horas da madrugada. Através de seus cabelos revoltos, buscou o celular na cômoda.

Nenhuma mensagem dela...

Seis horas tinham se passado desde que Andreas digitou pela última vez, uma mensagem simples, três palavras e um ponto. Mas ali estava todo o abismo que tomava conta de seu interior.

Você faz falta.

O sentimento que nutria por Elisa, todo o envolvimento, as tardes de calor, as folhas que lhes serviram de colchão, quando não mais se distinguia pele de terra e prazer de aventura. Um arrebatamento digno daqueles que amam pela primeira vez. Mas Elisa não era seu primeiro amor e, apesar da pouca idade, ele já tinha experimentado outras bocas e unido suores e gozos outras vezes. Nenhuma, no entanto, virava seu estômago e sua cabeça como ela...

Talvez esteja confusa. Ou fui precipitado. Talvez, talvez, talvez...

Sua cabeça doía de tanto pensar. Esse foi o motivo de sua insônia nas noites passadas. Andreas tinha um gosto amargo constante na boca, como se faltasse o adocicado hálito de Elisa.

MIGUEL VAZ

Sentia-se fraco, como se carecesse também da carne suave cheirando a maçã que só seus seios tinham. Bastava uma lembrança das tardes ensolaradas invadir sua cabeça que já se desconectava do mundo, vivendo uma eterna reprise do que julgou ser seu futuro. Se dependesse dele, sua escolha já estava feita: Elisa seria sua mulher e seu destino já estava escrito.

Em sua cabeça, travava-se de um debate ardiloso entre sua consciência e sua esperança. Fazia dias que Andreas perdia-se em seu mundo, esquecendo-se da vida real. Coisas básicas como comer, banhar-se e alinhar os cabelos desavergonhados e fugitivos estavam fora de cogitação. O externo refletia o interno, desaguando confusão em sua expressão, como se a tristeza cavasse a própria cova em seu rosto, abrindo olheiras que, de tão fundas, nelas facilmente se enterrariam dois elefantes.

Do outro lado da parede do quarto, seu pai, o sr. Galifiakis, também perdia o sono. O grego acompanhava de perto o martírio do filho, que nada lhe abria a não ser "estou apenas cansado, papai, me deixe". Por mais que buscasse a fundo o segredo do filho, nada conseguia. Nem os funcionários do bar, mais jovens e colegas de Andreas, sabiam o que lhe acometia a alma. A última informação passada pelo próprio Andreas datava de quando ainda sorria. Estaria conhecendo uma garota. Apenas isso. Nem sequer sabiam seu nome.

O sr. Galifiakis, daqueles gregos turrões que julgam estar acima de todas as fraquezas do amor e das dores do mundo, não concebia tanto abatimento por conta de uma garota, caso esse fosse mesmo o caso.

– Porra, quantas e quantas mulheres não entram pela porta deste pub? Basta que Andreas lhes pague uma bebida, como modo de falar, porque não tiraria do bolso um puto euro sequer, já que o pub é meu, caralhos – indignava-se o sr. Gali.

No entanto, nos últimos dias, sua preocupação se redobrou. Andreas nem mesmo saía do quarto para comer. O sr. Gali tentava

CHEIRO DE SUOR E VINHO

inutilmente arrancar a verdade à força, na esperança de expurgar também o mal que acometia o filho. Tentou puxar conversa duas ou três vezes. Na quarta, uma resposta malcriada feriu seu peito como um tiro.

– Deixe-me em paz.

Andreas se trancou mais uma vez e, encarando o celular, assim permaneceu, na justa esperança de que Elisa retomasse a comunicação e dissesse que tudo não havia passado de um mal-entendido.

Você faz falta.

Sua mensagem continuava sem resposta. O silêncio fazia seu quarto encolher. O ar se tornava mais denso à medida que as horas ganhavam a manhã e, apesar de seu estômago roncar, não sentia fome. Duas batidas na porta, seguidas de uma voz rouca, anunciaram o sr. Gali. O pai ainda estava acordado e percebeu a luz acesa escapando por debaixo da porta do quarto do filho. Andreas, porém, seguiu mais uma vez seu protocolo de solidão, pedindo que o deixasse em paz. Talvez fosse melhor que o pai arrebentasse a porta e lhe desferisse murros e pontapés que expurgassem à força a falta de Elisa. Mas não. A porta silenciou-se, assim como o sr. Galifiakis. E dizem as tradições gregas que esse silêncio é o mais doloroso do mundo. É na falta das palavras que se faz presente a mais cruel das mazelas: a impotência.

Andreas ouviu o ronco do carro do pai na garagem. Saía de madrugada. Seu celular bipou duas vezes, quase inaudível. A tela clareou-se também, anunciando a chegada de uma nova mensagem. Seus olhos ultrapassaram todos os fios de cabelo que estorvavam sua vista e uma forte emoção correu seu corpo, entalando na garganta. *Era uma resposta.* Uma resposta de Elisa.

Andreas pulou da cama. Suas mãos tremiam e sua boca estava seca. Lembrou-se de quando tomou seu corpo pela última vez com as mesmas mãos trêmulas. Ainda tinha na memória tátil as curvas de sua cintura, enquanto Elisa cavalgava sobre seu corpo. Conseguia sentir o calor de quando preenchia todos os seus espaços, suas contrações, seu suor tomando sua pele de maçã, enquanto o vento tentava inutilmente secá-lo antes que se transformasse em gotas. Ainda tinha guardado em seus ouvidos o seu gemido fino quando chegava ao orgasmo, abraçando-o, derrotada pelo prazer.

Por favor, não me procure mais.

Andreas leu, releu, buscou explicações, perdeu-se em devaneios e, por fim, se deitou novamente, como se as palavras o tivessem golpeado de fora para dentro. Não entendia o que havia acontecido, o que provocara o desmoronamento dos dias mais felizes de sua vida até então, todos na companhia de Elisa. Estava sem forças, atropelado pelos segundos do relógio, que pareciam dispostos a sugar sua vida em doses homeopáticas. Estava vivo de fora para dentro, mas morto de dentro para fora. Era isso. Estava consumado. Não sabia mais o que fazer para reverter toda a sua tristeza. E naquele momento, encarando o gesso do teto de seu quarto, decidiu que não cabia mais em Vernazza. Avisaria seu pai da partida e tentaria esquecer Elisa na Grécia, de onde não deveria ter saído, concluiu. Dias depois, Andreas partiu com os restos de quilos que ainda se penduravam em seus ossos, com olheiras no rosto e um silêncio sepulcral.

O sr. Gali sentia que Andreas estava partindo duas vezes e, durante os anos que se seguiram, mesmo com a melhora lenta do filho, suas noites de sono nunca mais foram as mesmas. Foi paciente, segurou seus ímpetos e guardou a curiosidade para o momento certo. Quando, por fim, Andreas superou Elisa e seu desprezo não mais feria sua carne como antes, as palavras saíram como um relato e não uma confissão. Era o que o sr. Gali suspeitava, as consequências desordeiras da paixão. Não sabia, porém, quem havia desmiolado o filho.

CHEIRO DE SUOR E VINHO

– Elisa, Elisa Rizzo, nossa vizinha na *azienda agricola*.

Lembrava-se bem da garota esguia de cabelos negros, por quem passava às vezes pela estrada. Não sentiu raiva dela, julgando não ser capaz de fazer juízo sobre as besteiras feitas e ditas em nome da paixão. Ele mesmo já havia passado por isso. Mas melhor que não a visse, pois o semblante da garota o recordaria da ausência do filho em todos aqueles anos. Tentou esquecê-la, assim como havia feito o filho. Mas por vezes se via procurando-a pelo caminho entre o bar e sua *azienda agricola*.

Quando reconheceu seu rosto no lugar mais improvável possível, os fundos de seu pub, o sr. Gali sentiu as vísceras revirarem. Aquela garota o provocava inconscientemente, visitando a intimidade de seu estabelecimento e de seus segredos. Sentiu raiva pois se lembrou do filho e dos anos e sorrisos que Elisa havia arrancado dele. Mapeou seus olhares, sentindo o cheiro de seus hormônios fervilhando, misturados à fermentação da cerveja derramada no chão. Lorenzo.

– Pago o dobro do cachê se arrancar da boca da garota o sorriso em vez de um beijo.

Lorenzo pareceu confuso. Era um pedido incomum, para não dizer absurdo.

– Não me pergunte o porquê. Se quiser o dobro, dispense-a.

Lorenzo hesitou por alguns segundos, mas, por fim, apertou sua mão, levando na cabeça uma interrogação que arranhava o teto por onde passava. Quando viu Elisa saindo apressada do pub, minutos depois, o sr. Gali sorriu. Não se tratava de vingança e, diga-se de passagem, viu-se como um tolo. Mas sustentou o sorriso e dormiu tão bem naquela noite como havia muito não dormia, balbuciando entre os devaneios da chegada do sono um ditado famoso de seu país natal: "Antes um idiota que sorri que um idiota carrancudo".

140

23

Lorenzo se escondia atrás da xícara de café, torcendo para qualquer palavra sair da minha boca. Em certo momento, tive a impressão de que até um xingamento seria melhor que meu silêncio. Quanto a mim, tudo parecia tão, mas tão absurdo – a reação do sr. Gali, Lorenzo se corrompendo por alguns euros a mais – que foi impossível controlar a gargalhada. Ela ecoou pelo salão, chamando ainda mais a atenção dos curiosos para nossa mesa.

– Isto é... simplesmente...

– A coisa mais idiota que você já ouviu na vida. Eu sei – respondeu.

– Espero que os euros a mais tenham sido suficientes para comprar uma consciência leve no mercado – disparei, ainda incrédula. Eu me levantei. Duas garotas sorridentes estavam diante de mim.

– Desculpe incomodar, mas podemos tirar uma foto com o seu namorado?

– Ele não é meu namorado – respondi com elegância, sem tirar o sorriso falso da cara. Saí antes de vê-las comemorando a solteirice de Lorenzo.

Em poucos segundos, voltei à mistura de sons das ruas. Eram dezessete horas da tarde e os trabalhadores dos prédios vizinhos voltavam para casa. Senti também aquele desejo. Meu quarto na velha *azienda agricola* me aguardava intacto, sempre disposto a perdoar meus abandonos.

– Elisa, espere!

A voz de Lorenzo se perdia entre as arrancadas dos carros e os ruídos da cidade. Não esbocei nenhuma reação e continuei andando, mesmo que sem direção.

– Elisa!

Frustrações fervilhavam dentro de mim. Se Lorenzo tinha sido capaz de me dispensar por dinheiro, o que mais poderia esperar? Eu não merecia nada daquilo. Aquela ideia se fixava rapidamente em minha cabeça.

Tudo isso é tão ridículo que beira o absurdo.

– Elisa, por favor!

Lorenzo continuava em meu encalço enquanto eu avançava as esquinas sem olhar para trás. Um metro nos separava, imagino. Um metro. Distância o bastante para que chegasse em segurança ao outro lado da rua. Lorenzo não teve a mesma sorte. Sob a placa que indicava a Via Monte di Pietà, um carro não teve tempo de desviar de sua desatenção, acertando-o no meio das pernas. Eu apenas ouvi a freada. Quando me virei, Lorenzo já tinha sido lançado alguns metros à frente. Meu corpo todo tremeu como se fosse eu a acidentada. Fiquei pálida e meus lábios arroxearam. Antes que qualquer pedestre também o fizesse, corri ao seu encontro com o coração na boca, já esperando o pior.

Puta que pariu! Não... eu não iria me perdoar...

Felizmente Lorenzo estava consciente, apesar de um corte na lateral de sua cabeça começar a tingir de vermelho o seu pescoço, descendo para o peitoral.

– Lorenzo! Lorenzo! – Essas eram as únicas palavras que meu vocabulário conhecia. Lorenzo gemia no chão e levava as mãos à perna esquerda. O motorista que o havia atropelado saiu do carro igualmente pálido, ainda sem entender o que havia se passado.

– Lorenzo! Você está bem? – murmurei chorosa.

Seus olhos castanhos encontraram os meus. Não traziam o mesmo desespero que havia em meu coração, apesar de ele estar visivelmente atordoado por conta do atropelamento. A pancada tinha sido forte o suficiente para alçá-lo até o meio da avenida perpendicular.

– Pode-se dizer que eu mereci, não é? – Lorenzo tentou esconder a dor com um sorriso amarelo.

– Cale a boca. Não é hora para discutirmos isso. – Havia um desespero tímido em minha voz.

Você foi a responsável por isso... você, Elisa!

Lorenzo carregava em seu rosto uma expressão de dor constante e não conseguia se colocar de pé; o osso de sua perna esquerda trincara, como descobriríamos depois, já no hospital.

– Elisa, eu sinto muitíssimo pelo que fiz você passar.

– Não falaremos disso! Você é minha preocupação agora!

Caralho, Lorenzo estava todo fodido no chão... Será que ele não percebia?

Lorenzo não tirou seus olhos de mim até que o som da sirene da ambulância cortasse o ar abafado das ruas. Àquela altura, as pessoas, que antes paravam apenas pela curiosidade e preocupação, passaram a cerrar os olhos, como se tivessem a ligeira impressão de que conheciam quem se acidentara. E de fato o conheciam. O que se viu em seguida foi uma onda de celulares sendo apontados para nós, seguido de um burburinho que abafava os sons da cidade.

– Porra, a apresentação... será na semana que vem. – Lorenzo estava desolado.

– Não se preocupe com isso. Você vai se recuperar a tempo – respondi, sem muita certeza do que falava.

Em poucos minutos, Lorenzo foi atendido e colocado na ambulância. Eu me identifiquei como sua colega e fui autorizada a

CHEIRO DE SUOR E VINHO

acompanhá-lo até o hospital. Ele, apesar de calmo, falava menos, sua perna latejava. Antes que as portas da ambulância se fechassem por completo, ainda pude ver alguns celulares apontados para a ambulância.

Que dia...

Minha cabeça doía e a soda italiana procurava seu caminho de volta, agarrando-se à minha traqueia como um alpinista à rocha. O hospital estava estranhamente vazio, apesar da hora. Lorenzo foi rapidamente levado para dentro, onde um médico e um enfermeiro já o aguardavam. Liguei para Mario, seu empresário, que chegou ao hospital esbaforido e com o olhar misterioso, dez minutos depois.

– O que ele aprontou dessa vez? – Mario abraçou-me.

Demorei alguns instantes para responder. Eu não esperava uma recepção afetiva de sua parte, e me sentia desconfortável para contar a verdade. "Eu o deixei falando sozinho em uma *caffetteria*. Ele saiu atrás de mim. Eu cruzei uma avenida. Ele não percebeu a aproximação de um carro e foi atropelado."

Não, definitivamente não seria bom. Que Lorenzo se explicasse depois...

– Digamos que um segundo de desatenção – resumi o ocorrido àquelas poucas palavras. Mario endureceu sua fisionomia, como se já esperasse de Lorenzo as maiores merdas possíveis.

– Nada diferente então. – Havia certa afetuosidade em sua crítica.

Poucos minutos depois, os demais integrantes da Macchina Rotta chegaram ao hospital e se juntaram a nós na sala de espera. Ugo, o baterista, abriu um largo sorriso ao me ver.

– Já posso dizer que você literalmente quebrou as pernas de Lorenzo? – Sua camiseta preta, de tão pequena, parecia não acomodar seu dorso.

– Eu não tenho nada a ver com isso – respondi.

De todos os integrantes, era por Ugo que eu nutria maior simpatia.

144

– Vamos, não minta. Lorenzo só falou de você nas últimas semanas. Eu lhe disse: "Cara, você está caidinho por ela!", só não esperava que esse tombo fosse deixá-lo manco. – Ugo riu de seu próprio trocadilho.

Eu era um dos assuntos nas conversas entre eles...

Aquilo ficou em minha cabeça, e não apenas pela péssima piada. Dividiu espaço com o passado revivido por Lorenzo em suas explicações na *caffetteria*, horas antes. Senti a boca amargar. Era tão intragável quanto um café temperado com sal, quando nos equivocamos com os temperos.

– Alina Rizzo, acertei? – Gaetano, que chegava com Pietro, abriu um leve sorriso.

– Prefiro Elisa – respondi.

– Elisa. O tesouro perdido de Lorenzo. – Pietro, que abria e fechava a tampa de um isqueiro, tirou do bolso traseiro um cigarro.

– Porra, não é possível! É sério isso? – indignou-se Gaetano.

– Não é aqui que nós, fumantes, vamos parar, no final das contas? – Pietro parecia igualmente indignado.

Mario veio ao nosso encontro.

– Nenhum cancelamento. Lorenzo cantará sentado na semana que vem. Nada de cirurgias.

– Melhor colocá-lo numa cadeira de rodas. Ele se mexe mais que criança no parto. – Ugo escolhia a dedo os piores comentários.

Uma médica veio até a porta que dividia a recepção do atendimento e nos informou com mais detalhes o que Mario acabara de falar. Lorenzo tinha trincado a tíbia, que, dos ossos da perna, era o que mais rápido se recuperava. Duas semanas bastariam. Disse também que Lorenzo já seria encaminhado ao quarto e ficaria em observação até sair o resultado da ressonância magnética.

– Pelo menos descobriremos o porquê de ele não bater bem da cabeça – disse Ugo.

Gaetano e Pietro tentaram forçar a entrada pela porta.

CHEIRO DE SUOR E VINHO

– Sinto dizer – a médica não gostou da ousadia de ambos, mas manteve a educação e não alterou o tom de voz –, infelizmente uma pessoa por vez. – E fechou a porta em seguida.

– Burro! Você acha que está num parque de diversões? – Pietro o repreendeu.

– Olha quem fala! Há menos de um minuto você queria acender um cigarro dentro de uma porra de hospital!

Era evidente que Gaetano e Pietro viviam se engalfinhando entre comentários ácidos e provocações.

– Eu vou primeiro.

Antes que qualquer um dos quatro se prontificasse, eu abri caminho entre os olhos surpresos dos rapazes. Quando a porta se fechou, já em outra sala, foi inevitável abrir um sorriso de canto de boca.

Eles não precisam saber das suas inseguranças, Elisa.

Lorenzo estava na penúltima sala da ala médica. É dispensável dizer como se parecia o hospital: um sem-fim de corredores e luzes brancas, piso liso e um cheiro angustiante de limpeza extrema. Quando fechei a porta às minhas costas, Lorenzo se mostrou tão surpreso que tentou se levantar da maca.

– Você está péssimo! Não se levante! – repreendi.

Lorenzo me olhava com profundidade. Apesar do cansaço, seus olhos brilhavam e não escondiam a alegria em me ver.

– Eu jurava que já tinha ido embora... Por quê?

– Por que o quê?

– Por que ficou?

– A polícia me manteve aqui como testemunha – respondi irônica.

Lorenzo gargalhou, sendo repreendido logo depois por uma das enfermeiras de plantão.

– E eu por acaso matei o carro com este corpo sarado aqui?

Era incrível como ele mantinha o bom humor, mesmo fodido...

146

– Talvez a lataria do carro fosse mais fraca que esses seus ossinhos de papelão aí.

Lorenzo continuou sorrindo com os olhos e um silêncio constrangedor tomou conta do leito.

– Eu não quero que se sinta culpada pelo que aconteceu.

– Mas eu não me sinto culpada.

Eu não falava a verdade.

– Digo, não precisa se preocupar comigo. Os rapazes cuidarão de mim a partir de agora.

Havia um tom de despedida em sua voz e, em seu rosto, a mesma feição de desalento da *caffetteria*. Deitado naquela maca de hospital, Lorenzo pareceu pequenino e frágil. Seus olhos baixaram e não encararam mais os meus.

Seria o medo da minha resposta?

Eu ainda estava machucada por dentro, era inevitável, uma dor fina que se irradiava pelo meu corpo até os confins do orgulho. Não era fácil aceitar o fato de ter sido apenas um trampolim para um cachê mais alto. Foi uma puta filhadaputagem. Ao mesmo tempo, minha raiva leonina se abrandava. Lembrei-me de Andreas e de como eu tinha sido covarde em não botar um ponto final digno à nossa história.

É a Lei do Retorno, Elisa.

– Não.

Aquela única palavra trazia mais significado do que apenas uma negação.

– Não o quê? – Lorenzo parecia confuso.

– Eu cuido de você.

24

Acredito que os rapazes da Macchina Rotta ficaram aliviados por não terem que cuidar de Lorenzo. Ugo possivelmente deve ter engatilhado alguma piada sem graça, Gaetano deve ter buscado no horóscopo o significado para minha disposição em ajudar alguém que pouco conhecia e Pietro deve ter acendido dois cigarros, um seguido do outro, em comemoração. Mario ofereceu pagar um táxi até o apartamento de titia, o que gentilmente aceitei. Eu ainda estava oficialmente desempregada em Milão, faltava-me apenas o sim do sr. Katsumi.

Deixei o hospital por volta das vinte horas. A cidade continuava efervescente, apesar de engolida pela noite. Já no táxi, observei as ruas passarem vagarosas à medida que o cansaço me alcançava. Os cartazes do show da Macchina Rotta alternavam-se com os de grupos sindicalistas anunciando uma greve geral dos metalúrgicos. Cheguei ao apartamento logo depois, e titia me esperava na sala, ansiosa para contar as novidades: minhas roupas tinham sido entregues e eu era a mais nova *hostess* do restaurante japonês Huramaki.

– Você começa amanhã, às 18 horas! Não é uma graça!?

Eu lhe agradeci com um abraço apertado. Fui ao quarto, abri o guarda-roupas e me deleitei com todos os espaços preenchidos com calças, camisas, camisetas, casacos, roupas íntimas, além de alguns calçados.

Porra, que felicidade!

MIGUEL VAZ

Coloquei o celular para carregar – dois por cento de bateria! – e me meti embaixo do chuveiro para refrescar as ideias e digerir tudo que havia se passado naquele dia. Eu teria alguns desafios pela frente. Como conciliar o novo trabalho e os cuidados com Lorenzo? Eu tinha dado minha palavra e aquele era meu desejo: cuidar dele. Ao mesmo tempo, haveria o novo emprego.

E eu não tinha o direito de frustrar todos os esforços de titia...

O jeito foi contar a ela sobre Lorenzo, sua apresentação em Vernazza, nosso reencontro horas mais cedo, o acidente e minha intenção de cuidar dele. Eu dividiria meus dias entre Milão e Monza, a cidade onde Lorenzo morava. Titia, sempre respeitosa, limitou-se a perguntar sobre seu estado de saúde e balbuciou algo incompreensível entre seu sorriso, que deduzi ser *ah, o amor...*

Monza ficava não mais que trinta quilômetros distante de Milão. Seriam quarenta minutos de viagem de táxi, já pago antecipadamente por Mario, sempre que preciso fosse. Apesar de ser considerada uma comuna italiana à parte de Milão, já não se distinguia o que pertencia a uma ou a outra. Era um emaranhado de casas, prédios e ruas, fundidos, unidos, como se fossem todos bairros de uma cidade maior.

Acordei às cinco e meia da manhã do dia seguinte, depois de alguns sonhos tumultuados envolvendo Lorenzo, Vittoria, o restaurante Huramaki, a máfia e o sr. Giorgio. *Só mesmo nos sonhos todos estariam juntos...* O sol começava a despontar no horizonte, colorindo de azul toda a infinitude acima dos prédios. A noite tinha passado galopante e eu trazia no corpo a impressão de que não havia descansado o suficiente – tampouco a mente. Aproveitei o café da manhã – não comi, obviamente, por falta de fome – para pedir a Lorenzo a localização de seu apartamento. Ele me respondeu instantaneamente, como se esperasse pela minha mensagem. Separei uma camisa de manga acetinada, sapatos de salto fechados – já preparando meu psicológico para o inchaço e

149

as dores nos pés – e uma calça social preta, a única em meu novo guarda-roupas.

Precisarei de roupas novas para trabalhar...

O dia estava quente e, como de costume, poucas nuvens dançavam no céu. A cidade despertava. Nas ruas, mais e mais cartazes da Macchina Rotta. *Eles devem ter investido muito nesse show...* Um táxi me aguardava na frente do prédio de titia.

– Às vezes eu tenho a impressão de que todas as rádios resolvem tocar a porra desta música ao mesmo tempo – disse o motorista, um jovem rapaz de cabelos desalinhados, visivelmente irritado, ao mudar a estação de rádio pela terceira vez. A canção a que se referia era "La Luna". – Se algum dia eu me encontrasse com alguém dessa bandinha, a primeira coisa que faria seria reclamar por monopolizarem nossos ouvidos.

Tentei amenizar sua frustração, guardando para mim o meu sorriso cínico. A Macchina Rotta já fazia parte da minha realidade.

– Ouvi dizer que um deles foi atropelado ontem. Parece que não está nada bem.

Caralho... as fake news...

Enquanto enterravam-no vivo, Lorenzo comia pipoca, ouvia música e tagarelava com Mario em sua sala de estar. *Quem em sã consciência come pipoca às nove da manhã!?* Entrei com cerimônia em seu amplo apartamento localizado no décimo andar, cujas janelas davam para o conhecido autódromo de Monza. Lorenzo morava sozinho ali, depois de ter perdido os pais em um acidente de carro, anos antes. O apartamento ficou-lhe de herança.

– Elisa! – Sua voz ecoou pelo ambiente.

Mario, que se sentava em uma das poltronas da sala, levantou-se aliviado.

– É todo seu. – Seu rosto carregava duas olheiras profundas, e seu corpo, as mesmas roupas do dia anterior.

Cambaleante, Mario despediu-se de nós e avançou no corredor dos elevadores. Ouvi sua voz cansada avisar-me de seu retorno às dezessete, quando teria que me apresentar no restaurante Huramaki para meu primeiro dia como *hostess*. Eu gritei de volta, dizendo que não se preocupasse com o turno da madrugada. Eu mesma cuidaria de Lorenzo, caso ele precisasse usar o banheiro.

– Sou um homem cuja perna está quebrada, e não um bebê, porra! – Lorenzo chateou-se.

Segundos depois, estávamos a sós. Diferentemente de nosso último encontro em Vernazza, não havia cheiro de bebida fermentada. Na verdade, todo o apartamento rescendia a pipoca e café torrado. Lorenzo fez questão de me mostrar o lugar, apesar de me acompanhar apenas com sua voz. Caso quisesse subir aos palcos na semana seguinte, deveria fazer repouso absoluto, sem mexer a perna.

Ele sabia o lugar de cada coisa em seu apartamento, mesmo sem ver.

Deixei minha mochila em um dos espaçosos quartos e voltei à sala. Durante as horas seguintes, conversamos sobre todos os assuntos possíveis. Não falamos, porém, de nosso último encontro na *caffetteria*. Por volta do meio-dia, chegamos à conclusão de que ambos os estômagos gritavam por comida.

– Quero cozinhar algo pra você – disse Lorenzo.

– Mas você não deve se levantar.

– Não será preciso. É só colocarmos esta poltrona de altura regulável perto do fogão. Você será minha *sous chef*.

Assim como *hostess*, *sous chef* era mais um eufemismo gastronômico para "ajudante". Lorenzo empolgava-se com a ideia de cozinhar para mim e, a ditar por sua animação, eu não conseguiria convencê-lo do contrário. Eu me pus então a preparar a cozinha. O lugar era amplo e, apesar de colocar uma poltrona entre o fogão e a mesa, ainda sobrava espaço para transitar. Lorenzo, que não tirava o sorriso do rosto, aos poucos fazia eu me esquecer dos aborrecimentos do passado.

– Faremos um macarrão à carbonara. Simples, porém delicioso.

Eu adoro macarrão à carbonara... Boa escolha, Lorenzo.

Sob seu olhar atento, retirei os ovos e o queijo pecorino da geladeira, e o macarrão, o sal e o azeite de um dos armários. Ele sabia o que fazia. Como um maestro que rege sua orquestra, me direcionava pela cozinha. Sua paciência desarmava meus medos e receios e, em pouco tempo, já nos divertíamos com a preparação do almoço.

– Neste caso, não usaremos bacon animal. – Lorenzo apontou o refrigerador. – Já comeu bacon vegetal?

Bacon vegetal era, para mim, tão antagônico quanto água e fogo. Uma impossibilidade do universo, uma antítese culinária. Abri a porta do congelador desconfiada, esperando mais uma piada sem graça. Mas, para minha surpresa, havia um embrulho retangular em cuja embalagem lia-se: bacon vegetal.

– Não me pergunte como caralhos isso fica com gosto de bacon. – Antecipou a minha cara de surpresa, ao ler na embalagem que era feito de sementes e cereais. – Precisarei de sua ajuda agora.

Lorenzo me indicou uma gaveta, de onde tirei uma faca bastante afiada.

– Corte o bacon em cubos – disse, enquanto abria espaço na poltrona.

– Não é preciso se mexer – respondi de pronto. – Há espaço para nós dois.

Sentei-me em um dos braços da poltrona, tentando achar a melhor posição de corte. A faca, porém, dançava em minha mão, e por vezes quase perdi a ponta do dedo ao fatiar o bacon. Lorenzo estava tenso e parecia arrependido do pedido.

– Venha cá, deixe-me ajudá-la.

Eu aceitei, assumindo minha falta de traquejo na cozinha. Com cuidado e delicadeza, Lorenzo passou seu braço direito por baixo do meu, acomodando seu corpo perfeitamente, de forma que eu conseguia sentir sua presença próxima às minhas costas.

– Cortaremos neste sentido – disse, enquanto suas mãos me envolviam como em um abraço.

Sua cabeça se acomodou próxima ao meu pescoço para que pudesse enxergar melhor a pia. Rapidamente meu corpo arrepiou-se: seu braço roçava sem querer em meu seio. Um movimento despretensioso o suficiente para tirar o fôlego de minha garganta.

Lorenzo...

– Agora cortaremos em cubos!

Lorenzo não tinha se dado conta de que sua presença e os movimentos inocentes de seu braço tinham me excitado *profundamente*. Enquanto o vaivém da faca continuava, eu comecei a pressionar mais o seu braço sobre o lado do meu seio, aumentando o atrito entre eles. Lorenzo permanecia casto em sua inocência.

– Quer tentar? Agora que já te ensinei?

Eu não consegui responder. Meus lábios se comprimiam de tesão.

Caralhos, Elisa... meio-dia, cozinha, um garoto enfermo, bacon vegetal? Estamos descobrindo um novo fetiche?!

Tudo o que eu mais queria no mundo era que aquela provocação secreta não terminasse. Lorenzo deu de ombros ao meu silêncio e continuou a cortar o bacon. Quanto mais cortava, mais eu me aproximava de seu corpo, sentindo o roçar de seu braço em meu seio.

– Acho que já está bom. – Lorenzo anunciou, contando mentalmente os quadradinhos de carne vegetal que se amontoavam pela tábua de madeira.

– NÃO! – A palavra saiu como uma lamúria recheada de prazer. Lorenzo se assustou com minha assertividade. – Eu gosto

CHEIRO DE SUOR E VINHO

de bacon. Podemos colocar mais. – Tentei contornar a situação. Lorenzo concordou e, mesmo confuso, continuou cortando o pedaço sobre a pia.

Elisa... o que está acontecendo com você?!

– Deixe-me tentar – falei em sussurro –, mas quero que fique com sua mão na faca caso algo aconteça.

Envolvi as mãos de Lorenzo com as minhas, enquanto ele continuava segurando a faca. Coordenei o movimento de acordo com a minha vontade, desejosa que aqueles minutos não passassem ou que minimamente não acabasse o bacon. Eu me sentia no comando, como alguém que cavalga sobre o corpo do outro durante uma noite de prazer. Seu braço roçava em meu seio, me fazendo remexer na cadeira. E, para piorar, sentia sua respiração em minha nuca.

Ele também está gostando de estar aqui, sob meus cabelos...

Cortamos juntos a última fatia. Meu corpo queimava, como se fosse eu a ser colocada na frigideira. Ondas de calor subiam por minhas pernas, algo inimaginável naquela situação. Após observar brevemente a montanha de bacon à frente, pedi licença para ir ao banheiro. Eu precisava respirar. Lorenzo não percebeu que tudo aquilo tinha me excitado. E com razão: para qualquer ser humano normal na face da Terra, não havia prazer sexual algum em cortar algumas tiras de bacon. Diante do espelho do banheiro, lavei o rosto, tentando conter o calor. Havia um singelo sorriso em minha boca cujo motivo eu não conseguia discernir.

Esse deve ser o real significado do termo porn food...

Mais equilibrada, voltei à cozinha. Lorenzo me esperava para finalizar o molho e o macarrão. Durante a meia hora seguinte, permaneci ainda meio entorpecida com as pequenas ondas de prazer que percorriam meu corpo, como um terremoto que, mesmo após seu abalo sísmico maior, ainda centelhasse doses homeopáticas de movimento, abalando as estruturas ritmadamente.

154

As minhas estruturas...

Após concluirmos o preparo, nos sentamos à mesa, um em frente ao outro.

– Tem fome?

Sim, de comê-lo.

– Normal – respondi.

– E gostou de aprender como se corta uma peça de bacon?

Gostei mais quando seu braço roçou em meu seio, endurecendo-o.

– Sim! Não me esquecerei mais.

Lorenzo me serviu, servindo-se depois.

– Vinho?

Prefiro beber outra coisa, se é que me entende...

– Não! Preciso trabalhar mais tarde. Será meu primeiro dia.

Lorenzo deu uma garfada generosa no macarrão.

– Está delicioso! – Lorenzo levou a ponta dos dedos à boca, estalando os lábios como em um beijo.

Sim, você é delicioso...

– Muito gostoso! – anunciei após provar a comida.

Trocamos assuntos enquanto havia macarrão em nossos pratos. Eu continuava aérea e meus pensamentos voltavam a Lorenzo me provocando, mesmo que sem querer. Recordei também o sonho que tivera com ele, dias antes, na véspera da minha mudança para Milão. *Sozinhos, eu e Lorenzo em uma van a caminho do show...*

Agora éramos eu e Lorenzo, sozinhos em seu apartamento. Mas havia outra diferença. Sua perna estava quebrada. Nada de movimentos, então. Quando nos demos por satisfeitos, não do macarrão, mas das cadeiras da cozinha, voltamos à sala. Já se aproximava das dezessete horas.

Porra, como o tempo tinha voado!

Eu me despedi de Lorenzo prometendo voltar à noite e tomei o táxi que me levaria até o restaurante Huramaki.

155

25

iorgio demorou a tirar o sorriso de dentes avermelhados do rosto. O sangue brotava tímido de seus lábios e, por vezes, foi necessário que sua língua limpasse as rachaduras que sua mordida provocara na carne. Fora traído por uma claraboia, uma puta claraboia imunda que passara despercebida aos seus olhos. Não desconjurou o destino, tampouco questionou sua inteligência em questão. Pelo contrário, sentia-se agora mais vivo do que nunca, apesar de os recentes acontecimentos o colocarem mais no corredor da morte que na fila de graças para o paraíso.

Sentiu seu corpo formigar. Era a mesma excitação que fluía em cada veia sua, quando agia como um deus, decidindo o destino, vida ou morte, dos desafetos da máfia. Conhecia aquele sentimento. Talvez fosse aquilo que buscasse quando se viu diante do *capo* do clã rival.

– Tenho uma oportunidade para você.

Foi o que Enrico Rossi – o *capo* dos Cosa Nostra – havia dito quando lhe entregou uma pasta vinho com o nome de Ottoni Zaratti, o ex-mafioso que ceifara a vida dos seus. Era o seu teste, sua chance de recomeçar.

Giorgio limpou a boca na pia do banheiro e voltou ao quarto, sentando-se na cama. Ali, tudo entendeu. O destino o trouxera a Vernazza não para voltar à máfia, mas para buscar o que inquietava sua alma. Sentiu-se novamente caçador, o puto sentimento

MIGUEL VAZ

que evaporara de seu corpo quando fugira pela mata, ainda com o sangue da filha incrustado em suas mãos. Percorreu na memória todas as missões que já havia feito ao longo da vida dentro da máfia. Nenhuma fora para si. Todas a mando de outros, para outros. Sorriu e percebeu que o sangue ainda escorria tímido de seu lábio inferior. Recolheu calmamente todos os projéteis que se encontravam no chão e recarregou sua pistola. Que sua última missão fosse para si, apenas para si. Já estava fodido mesmo, procurado por um clã da máfia; nada se agravaria tanto se dois clãs o procurassem agora. Deu-se a liberdade de recostar a cabeça na cama e fechar os olhos por alguns segundos. Viu Elisa, apenas Elisa. A garota que era idêntica à filha, a fisionomia que ressuscitava os mortos, a beleza que tanto tirou seu sono e o presenteou com pesadelos, agora o fazia sonhar. Um último sonho. Que o sangue dela escorresse antes do seu. Depois disso, poderia morrer em paz, a morte, de fato, aquela que nos cerra os olhos, já que Lia, a filha, o assassinara antes, quando jogou por terra os anos de cuidado e dedicação, deixando seu coração sangrando.

Giorgio acoplou um silenciador à pistola e esperou os dois capangas do *capo* visitarem seu quarto, decerto desconfiados por sua demora. A pequenina cidade de Vernazza tomou conhecimento dos dois corpos abandonados no quarto de número quinze apenas três dias depois, atestando a fuga de um assassino por entre suas ruelas e, de quebra, o péssimo serviço de quarto do Hotel La Constellazione.

157

26

As portas do restaurante Huramaki estavam fechadas. Como no dia anterior, eu entrei com receio. Dentro do salão principal, tudo já funcionava com certa graça. As luzes estavam acesas, e as mesas, dispostas. Pratos e hashis, os famosos palitos de bambu, se equilibravam no meio de adornados jogos de mesa. Algumas pessoas – que logo descobriria serem os garçons do Huramaki – andavam de um lado para outro, conferindo cada detalhe do restaurante, sua limpeza, a disposição vertical dos quadros, com seus dragões orientais se esparramando pelas telas, a transparência das janelas e o tom certo das lâmpadas. Tudo deveria estar perfeitamente disposto quando o primeiro cliente entrasse por suas portas.

– Você deve ser Elisa.

Uma moça de cabelos pretos e vestes rigorosamente passadas abordou-me enquanto a fina dinâmica dos funcionários me distraía.

– Muito prazer, sou Alice. O sr. Katsumi me pediu para recebê-la com todos os seus cumprimentos. – Havia um tom solene em sua voz. – A partir de hoje vamos treiná-la para estar à altura do Huramaki.

À altura do Huramaki... aquilo me dava medo...

Alice me contou brevemente a história do sr. Jyn Katsumi e de seu restaurante. Katsumi era mais um entre os milhares de japoneses que deixaram seu país quando a escassez de alimentos

MIGUEL VAZ

atingiu níveis críticos entre os anos 1970 e 1980. O jovem chegou a Milão em 1973 e conseguiu trabalho em um pequeno restaurante japonês, começando na limpeza. De lavador de pratos tornou-se *sous chef*, e quando o chef do restaurante foi acometido por uma enfermidade misteriosa, Katsumi se viu proprietário do estabelecimento. Aquele foi o último desejo do velho proprietário. A retidão de seus negócios e a paixão pela gastronomia lhe agraciaram com uma marca histórica: o restaurante Huramaki, o mesmo que, décadas antes, ele tinha herdado do antigo proprietário em seu leito de morte, tornou-se o primeiro restaurante japonês em toda a Itália a ser condecorado com duas estrelas Michelin.

– Seja bem-vinda! – Um dos garçons do Huramaki abriu um sorriso. Pela aparência, não tinha mais que 25 anos. Sua pele era bronzeada e cheirava a perfume Azzaro.

– Este é Gian. Um de nossos colaboradores. – Alice aguardou Gian se afastar para anunciar. – Um eterno *bon vivant*.

Durante as horas seguintes, acompanhei Alice no balcão de reservas, atendendo os clientes que chegavam. A princípio, não havia dificuldade alguma no serviço. O cliente era recebido em sua chegada, acompanhado até a mesa e saudado com um "volte sempre" ao deixar o restaurante. No entanto, havia uma condição que dificultava todo o processo. Como todo restaurante conceituado, exigia-se a reserva, as cobiçadas reservas, diga-se de passagem. Amantes da boa culinária, casais apaixonados e solteirões desiludidos se digladiavam por uma mesa, esperando semanas e até meses para poderem, enfim, se deliciar com sushis, sashimis, tempurás e guiozas que só o sr. Katsumi sabia preparar. Para garantir sua reserva, o interessado preenchia um cadastro com nome, sobrenome e uma foto de rosto. *Uma foto de rosto...* O motivo? O sr. Katsumi exigia que seus atendentes e garçons tratassem todos os clientes pelo nome. Ele mesmo, para dar exemplo, decorava diariamente mais de cinquenta.

159

CHEIRO DE SUOR E VINHO

Eu, de início, duvidei que aquilo fosse possível. Mas, ao acompanhar Alice na recepção dos clientes, constatei que ela, de fato, sabia o nome de *todos* os que entravam por aquelas portas. Só não sabia dar nome aos curiosos de plantão que volta e meia ingressavam no restaurante para bisbilhotar seus espaços e perguntar se havia mesas disponíveis para o jantar.

Eu estava fodida...

As horas passaram galopantes e, quando dei por mim, já nos despedíamos da última mesa. Alice tinha o cansaço estampado no rosto, mais da mente que do corpo. Nesse meio-tempo, conversamos pouco. Não havia brechas para distrações. Troquei de roupa no vestiário dos empregados e me despedi de todos, já receosa pelo dia seguinte, quando teria que decorar todos aqueles nomes...

Que nenhum russo ou grego venha amanhã... eles geralmente têm os piores sobrenomes...

Do lado de fora do restaurante, uma brisa leve varria as calçadas. Àquela hora, pouquíssimas pessoas ainda se aventuravam em seus passeios. Voltei ao apartamento de titia para pegar roupas, antes de deixar Milão com destino a Monza, sempre atenta a qualquer movimentação estranha. Já passava da meia-noite quando cheguei ao apartamento de Lorenzo.

– Estava te esperando! – Os olhos de Lorenzo saltaram ao me ver. – Há uma sobremesa para você na cozinha!

Lorenzo, que tentava a todo momento se mostrar grato pela minha presença ali, não media esforços também para me deixar à vontade. Eu gentilmente recusei a sobremesa, prometendo comê-la ao acordar.

Apesar de nunca tomar café da manhã...

– Elisa – Lorenzo parecia envergonhado –, Gaetano, que viria após a sua saída mais cedo, infelizmente teve um imprevisto. Você poderia me ajudar no banho?

160

Apesar do cansaço que me minava um pouco da energia, sorri ao ouvir aquela súplica. Lorenzo parecia um garoto de cinco anos, e eu, a sua mãe.

– Apenas se você tiver se comportado enquanto mamãe saiu para trabalhar.

– Hahahaha! Vá se foder! – Lorenzo se sentiu desafiado. – Parece ridículo, e é, mas eu não consigo passar a porra deste short pelo gesso!

Lorenzo me divertia.

– Pois bem, me dê cinco minutos.

Tudo ainda era muito confuso para mim. As mudanças, a cidade, a casa, o retorno de Lorenzo, o emprego novo. *Porra, eu estava no apartamento de Lorenzo...* A ficha parecia não ter caído, apesar dos sentimentos mistos. Havia dentro de mim um incontestável orgulho ferido pela forma como fui tratada por ele em Vernazza. Da mesma maneira, me subia pela garganta um fogo que me tomava os pensamentos. *Eu estava ali...* Notei minha respiração curta e me peguei mordendo os lábios enquanto assistia às luzes da cidade cintilarem em concorrência com as estrelas do céu de Milão, pela janela do quarto reservado para mim.

– Tenho uma ideia melhor.

Lorenzo assustou-se com minha chegada repentina à sala.

– Em vez de ajudá-lo apenas com as roupas, que tal com o banho todo? – Aproximei-me e beijei seus lábios.

Lorenzo parecia ter sido atropelado novamente. Se o carro o havia alçado aos ares, o encontro de nossas bocas, mesmo que tímido, o lançou à estratosfera.

– Elisa... eu queria me desculpar mais uma vez por...

– Cale a boca! – Coloquei meu indicador sobre seus lábios. – Não há espaço para desculpas. O que passou, passou. Venha.

O banheiro era amplo, de granito do chão ao teto. Havia uma televisão em frente ao sanitário.

– Meu pai. Não me pergunte o porquê. – Lorenzo se adiantou ao ver a perplexidade estampada em meu rosto.

Ajudei Lorenzo a entrar no box, sentando-o em uma cadeira que havia retirado da cozinha. Apenas a sua perna engessada ficou estendida para fora, acomodada em uma pequena banqueta.

– Não vá fugir! – Meu sorriso era largo e, apesar do cansaço, eu estava feliz.

– Engraçadinha...

Tirei primeiro a sua camiseta. Lorenzo tinha ótima forma física, diga-se de passagem. Fez-se um silêncio entre nós, o que não nos incomodou; não precisávamos de palavras para aquele momento. Notei que Lorenzo também tinha a respiração curta. Coloquei-me por detrás dele, passeando minhas unhas sobre a pele de suas costas, massageando seus ombros levemente contraídos e tensos. Retirei minha camisa, o que instantaneamente provocou em Lorenzo um impulso para virar-se.

– Quieto.

Porra, eu descobria como era estar no comando...

– Olhos para a frente.

Aproximei meu corpo do seu. Meu sutiã encostava em suas costas, estremecendo-o e a mim também. Mordisquei discretamente sua orelha esquerda, enquanto pressionava minha pele contra a sua. Havia um resquício de perfume em sua nuca... Lorenzo respirou alto. Retirei meu sutiã e continuei as provocações pelas costas. Agora meus seios passeavam por sua pele, pressionados pelo peso do meu corpo. *Aquilo me dava muito tesão...* Sentei-me no espaço que sobrava da cadeira, logo atrás de Lorenzo. Sua cabeça inclinou-se ligeiramente para a esquerda, ele tentava me observar melhor. Aproveitando que seus lábios tinham se tornado presa fácil naquela posição, preenchi sua boca com minha língua, sentindo nossos corpos incendiarem. Os movimentos se tornaram mais intensos, suas mãos seguraram firme minhas coxas, que envolviam os seus

MIGUEL VAZ

lados. Cravei minhas unhas mais fundo em sua carne a cada onda de prazer que nos consumia.

– Ligue o chuveiro – ordenou Lorenzo, com voz rouca.

Eu também amava sua assertividade quando queria comandar...

Obedeci prontamente. A água rapidamente preencheu os espaços vazios entre nossos corpos. Logo minha calça e os shorts de Lorenzo estavam molhados. Os bicos dos meus seios endureceram com o primeiro jato do chuveiro, mais frio que os seguintes. Lorenzo continuava exposto, rendendo-se aos comandos e voltas de minha língua sobre o seu pescoço, e a água, agora quente, era incapaz de levar para o ralo o nosso tesão. Pelo contrário, acendia minhas vontades. Seus shorts molhados marcavam com perfeição a sua ereção, fazendo escapar um gemido fino da minha boca. Minhas mãos agora tinham um novo alvo, seu pau.

Coloquei-me ao seu lado e, com cuidado, despi Lorenzo por inteiro, mantendo apenas sua perna esquerda engessada para fora do box, a salvo da água. Seu pau estava duro e sensível a cada gota do chuveiro que pingava em sua cabeça. Minha vontade era de devorá-lo, sentir todo o seu volume em minha boca, mas contive o impulso e me dirigi novamente para suas costas, abraçando-o por trás.

Eu ainda queria provocá-lo mais...

O silêncio não nos incomodava. Pelo contrário. Cada gemido que escapulia de nossas bocas nos dava mais certeza de que era necessária a ausência de palavras para se fazer ouvir a voz de nossos corpos. Mordendo novamente sua orelha, passeei minhas mãos por seu abdômen, sentindo cada músculo de seu corpo.

Ele é muito gostoso... puta que pariu...

Lorenzo respirava alto e meu toque parecia lhe fazer cócegas por onde passava. Ao descer por sua virilha molhada, meus dedos buscavam sozinhos o caminho. Quando segurei com firmeza o seu pau, minha garganta não conteve um gemido de prazer, que reverberou em Lorenzo, que gemeu também. Acariciei a cabeça

163

com uma das mãos enquanto a outra buscava suas bolas. A essa altura, eu já havia me esquecido das horas, das mágoas, preocupações e medos. Estava totalmente entregue ao desejo de tê-lo o mais dentro possível de mim.

Comecei a masturbar Lorenzo, contando com a lubrificação da água que continuava caindo sobre nós. Seu corpo estremecia e eu estremecia junto, sentindo o latejar do sangue circulando por seu membro. Seus gemidos se tornaram frequentes e graves, e eu sentia que seu tesão aumentava proporcionalmente à força com que segurava minhas coxas.

– Continue assim... – Sua voz rouca quebrou o silêncio entre nós.

Meu corpo, no entanto, reagiu às suas palavras. Acelerei os movimentos de minha mão, sentindo seu pau cada vez mais grosso entre meus dedos. Lorenzo gemia ritmadamente e eu o acompanhava, suspirando em seu ouvido. Acelerei os movimentos mais uma vez e, segundos depois, vi Lorenzo gozar. Eu quase gozei junto, só de vê-lo assim, tremendo, cheio de porra em seu abdômen, que escorria em meio à água do chuveiro.

Eu preciso senti-lo... puta que pariu... como preciso...

Dei a volta em seu corpo e lambi cada gota de porra que era levada devagar pela água. O salgado se diluía na alcalinidade da água e todo o sabor de Lorenzo agora buscava abrigo em minha boca sedenta. O orgasmo ainda reverberava em seu corpo, tal qual abalos sísmicos. Eu me ajoelhei entre suas pernas – e havia espaço para isso, já que uma delas estava para fora do box – e senti com a boca o que já havia sentido com as mãos. Seu pau endureceu novamente e, sob a água, o devorei até fazer o mesmo em minha boca, em mais um orgasmo que fez suas pernas tremerem. Lorenzo se recuperou após alguns segundos e ordenou que eu tirasse minha calça. Eu o obedeci prontamente, até porque jeans não combinavam com água. Poucos segundos depois, estava nua em sua frente e Lorenzo me encarava extasiado.

– Você é linda, Elisa Rizzo. Você é linda.

Ele me abraçou e beijou minha barriga, estrategicamente na altura de sua boca. Mais calafrios romperam meu corpo. Suas mãos rapidamente seguraram cada nádega minha e eu me contorcia a cada mordida sua na lateral de meu corpo. Eu estava entregue. Lorenzo podia fazer o que quisesse comigo. Eu estaria ali, me deliciando de prazer.

– Sente-se.

Meus olhos encararam os seus e eu senti seus dedos resvalarem suavemente entre meus grandes lábios, antecipando o caminho das suas vontades.

– Não vai ser incômodo para você? – Meu olhar se desviou para a perna engessada fora do box.

Lorenzo riu.

– A última coisa que penso neste momento é em minha perna, garota.

Senti suas mãos me puxarem para mais perto de seu corpo. Passei as pernas por cima das suas, pronta para me sentar em seu colo. A água continuava caindo sobre nós, o que aplacava a ligeira brisa fria que corria janela adentro. Encarei novamente seus olhos e, em troca, senti algo que nunca havia sentido antes. Era palpável, físico, e ao mesmo tempo nuvioso. Não conseguia nomeá-lo, mas tinha a certeza de que era o começo de algo grande, intenso, que tomaria conta dos meus instintos, desejos, neurônios e pensamentos. Beijei Lorenzo apaixonadamente, sentindo-o penetrar meu sexo e o coração. Cada movimento era como se entregasse algo de mim. E sentia o mesmo dele. Abracei seu corpo, enquanto o vaivém me preenchia por dentro. E ali, às duas horas da manhã, sob os olhares das pedras de granito e da lua, que timidamente espiava pela janelinha basculante do banheiro, gozamos juntos, abraçados, e assim permanecemos até o amanhecer, quando o sono e o frio nos venceram.

27

Despertei com a luminosidade que entrava pelo quarto. O sol já estava a pino. Tínhamos dormido mais que o costumeiro. Onze e dezessete, um pequeno rádio-relógio na cômoda ao lado da cama decifrou a pergunta que rondava minha cabeça.

Quem ainda tem um rádio-relógio em casa!?

Lorenzo, apenas. E, por falar nele, onde estaria? Seu lugar na cama estava vazio, o que me intrigou e assustou ao mesmo tempo. *Poderia ter ido ao banheiro, em um pé só*, pensei.

Não, da cama era possível ver o banheiro vazio...

Talvez tivesse se arrastado para a sala e estivesse assistindo à televisão...

Também não. O apartamento estava em total silêncio...

Será que ele caiu da cama, bateu a cabeça, ficou desacordado e não conseguiu mais subir?!

Menos, Elisa... Menos...

Por desencargo de consciência, espreitei o lado de sua cama. Lorenzo não estava lá, por sorte. Eu me levantei e me pus a procurá-lo por todo o apartamento, sala, banheiros, corredor, nada. Apenas a cozinha restava, e tinha suas portas fechadas. Entrei na ponta dos pés e lá estava Lorenzo, equilibrando-se entre a mesa e a geladeira.

– Porra. Não fui rápido o suficiente. – Lorenzo frustrou-se ao me ver ali.

– E o que exatamente você está aprontando fora da minha supervisão? – Beijei o canto de seus lábios. Lorenzo mantinha uma expressão travessa e novamente o enxerguei como um garoto arteiro sob minha tutela.

– Um café da manhã. Na cama. Pra você. – Ele estava *realmente* frustrado pelo plano descoberto.

– Não é todo dia que vemos um aleijado fugitivo. Fugitivo e romântico.

Eu havia descoberto outro prazer indescritível: provocá-lo.

– Precisará ser mais rápido da próxima vez, Lorenzo. Lorenzo... *Caralho... eu não sei seu sobrenome!*

– Bianchi. Lorenzo Bianchi. Transa comigo e não sabe sequer meu sobrenome.

– Não se preocupe, depois de usá-lo vou devolvê-lo à Centrale. – Ri, abraçando-o. Centrale era um bairro nacionalmente conhecido pela indústria do sexo.

– Você não teria dinheiro para isso, Elisa. Elisa... – Lorenzo tentou devolver a brincadeira.

– Para você é apenas Elisa. Não lhe dei intimidade.

– Se aquele banheiro falasse, diria que está errada. Muito errada, Elisa Rizzo. – Lorenzo me puxou para seu colo e ali nos beijamos, entre a mesa e a geladeira aberta.

Dizem que o amor nos desnuda de todas as coisas irrisórias do mundo, mostrando apenas o que de fato importa. Eu não sabia se amava Lorenzo, era muito cedo. Mas sentia como se a vida começasse a circular por minhas veias sob o olhar de uma lente mais permissiva, leve e digna de ser vivida a plenos pulmões. Lorenzo correspondeu o beijo e me segurou pelo pijama. Ele queria me possuir, seu toque em minha pele dava o recado. E, não diferente dele, eu também desejava possuí-lo. Rapidamente arranquei sua camiseta e passeei com minha boca por seu corpo.

O café da manhã perfeito...

CHEIRO DE SUOR E VINHO

Embalada pelo tesão, me despi sem que Lorenzo pedisse, tomando cuidado apenas para que o vizinho do prédio da frente não almoçasse assistindo a um pornô por sua janela. Por sorte, o prédio em frente ficava a uma distância considerável.

Pena, vizinho...

Virei-me de costas para Lorenzo e sentei-me em seu colo. Rapidamente algo se avivou dentro de seu pijama. Ele segurou meus cabelos, trazendo minha nuca até seus lábios. Ali, me provocou de todas as maneiras possíveis, de chupadas no pescoço a palavras safadas e xingamentos que, diga-se de passagem, adorei escutar. Lorenzo manteve uma de suas mãos segurando firmemente meus cabelos em um rabo de cavalo improvisado, enquanto a outra mão passeava por meus seios e barriga.

Isso... isso, Lorenzo...

Já entregue à vontade de senti-lo dentro de mim, nem sequer notei quando meus quadris começaram a fazer movimentos curtos, como se cavalgassem sobre seu corpo. Uma de minhas mãos desceu pela virilha até o clitóris e me masturbei, intercalando movimentos suaves e lentos, em um vaivém que me revirava os olhos.

Caralho... eu estava muito molhada...

E foi ali, de costas para Lorenzo, enquanto ele se deliciava com meu pescoço, que uma forte onda de prazer me percorreu o corpo e entreguei-me ao sentimento, mole, rendida, arfando, molhada, viva. Lorenzo respeitou meu momento e delicadamente alternou seus carinhos para toques mais suaves, arrastando os dedos das mãos por meu corpo afora, e cada deslizar seu me eletrizava a alma. Não tardei a me recuperar. Agora era a sua vez. Ainda sentada de costas, levantei-me apenas o necessário para arrancar seu pijama. Sua ereção já estava ali, pronta para me penetrar e me alçar a novos prazeres. Meus quadris novamente se movimentavam, ansiando pelo momento em que pudessem senti-lo dentro de mim. Rebolei comedida, encostando apenas meus grandes lábios, que se abriam graciosamente umidificados, a cada contato com seu pau.

– Devagar. Quero que me coma lentamente.

Lorenzo se desesperava por não conseguir colocar mais que a cabeça dentro de mim. Toda vez que o sentia me penetrando, levantava-me, abandonando-o em gemidos cada vez mais excitados. E, ciente de que minhas provocações teriam consequências irreversíveis, também enlouqueci. Meus grandes lábios pingavam quando decidi mudar a intensidade de nosso sexo. Lembrei-me dos xingamentos que Lorenzo fez em meus ouvidos, minutos antes.

Era o que eu queria ouvir...

– Se me xingar – disse eu, cerrando os dentes –, prometo sentar com toda força em você...

Eu enlouquecia de tesão. E, pelo visto, Lorenzo também. Senti suas mãos apertarem minha bunda de uma forma dolorosamente gostosa. Em seguida, me puxou novamente pelos cabelos e sua respiração invadiu meus ouvidos.

– Hoje eu quero... te comer... até deixar suas pernas bambas... seu corpo tremendo... e seus olhos revirando... *sua puta safada...*

E com aquelas três palavras e um único puxão Lorenzo me penetrou até o fundo. Um gemido alto de prazer irrompeu de minha garganta. *Sua puta safada...* Aquelas palavras me inflamaram. Eu era puro fogo. Sentei-me em Lorenzo com tanta vontade que a cadeira rangeu sobre o piso da cozinha. Minha visão se escureceu, meu corpo se eletrizou e me senti flutuando pelo cômodo. Lorenzo também gemia e, de sua garganta, pude ouvir alguns sussurros roucos alternando-se entre mais xingamentos e escapes de prazer. *Sua puta safada...* Sua voz ecoava em minha mente.

– Eu sou sua puta safada... Quero que coma a sua *puta safada*!

CHEIRO DE SUOR E VINHO

Lorenzo segurou minha cintura com as mãos, que me ajudavam a levantar, em um vaivém extenuante. Eu sentia seu pau me atravessar. *Sim*, aquela era a sensação, um misto de dor e prazer que eriçava todos os meus ralos pelos dos braços e me alçava às nuvens.

Eu estava quase gozando novamente...

Acelerei os movimentos, exigindo de minhas pernas toda a resistência que nunca havia cultivado na academia. Quando estava prestes à fadiga, senti Lorenzo preencher meus espaços em um gozo latejante. Sentindo o calor de sua ejaculação dentro de mim, gozei também e me lancei de costas em seu corpo, compartilhando suores, carícias e gemidos baixos. Entreguei-me totalmente a ele, sentindo-me sua, totalmente sua, em toda a totalidade que me cabia. Eu era Elisa, a mulher indecisa, confusa e de autoestima questionável, era a puta, safada, vagabunda e vadia, que durante o sexo descobrira o poder das palavras e da imaginação, e era também a Elisa romântica, apaixonada, devoradora de livros de romance e espectadora de séries apaixonadas da Netflix.

– Acho que o café esfriou.

Lorenzo olhou a pequena cafeteira aberta sobre a pia, arrancando risos dengosos de meus lábios. Comemos omeletes com café frio e depois tomamos banho juntos novamente. Entre alguns diálogos rasos pós-sexo, recebi com alegria um convite seu: acompanhar um ensaio da Macchina Rotta que aconteceria naquela tarde em um estúdio de música em Milão.

– Não lhe incomodaria a minha presença?

Eu entraria em seu ambiente... estúdios, músicas, cigarros, sabe-se lá se alguma droga... era a visão que todos os leigos tinham de uma banda de rock...

– Elisa... claro que não! – Minhas palavras pareceram ofender Lorenzo. – Desde que você não seja uma Yoko Ono e acabe com a banda, como ela fez com os Beatles. – Lorenzo ria enquanto eu

170

me preocupava. – Leve as coisas de maneira leve! Você não pedirá uma cama para se deitar no estúdio enquanto ensaiamos, e nós não somos os Beatles, *ainda*.

Eu amava a sua autoestima...

– Eu apenas não quero... incomodar – disse, enquanto meus pensamentos iam até os outros integrantes da Macchina Rotta.

– Elisa, se você não quiser ir, tudo bem, eu vou entender – respondeu Lorenzo. – Visitar um estúdio não é como fazer compras no shopping, ir a um restaurante caro, se divertir em um parque de diversões ou passar uma noite em claro transando...

Lorenzo visitava nossas memórias da noite anterior.

Permaneci calada, ouvindo-o.

– Mas, caso queira ir, não há a mínima chance de os garotos se incomodarem com sua presença.

Lorenzo parecia ler minha mente. Encarei-o, ainda indecisa. O mundo musical era novo para mim e eu não tinha a mínima noção de seus limites e regras, se é que existiam. Após alguns segundos refletindo, dei o veredito.

– Ok! Mas fica me devendo um café na cama.

Lorenzo sorriu e, em meio ao granito que adornava todo o banheiro, notei que seus olhos estavam mais claros que o preto usual. Uma hora depois, eu o empurrava sobre uma cadeira de rodas do saguão de seu prédio até a rua, onde um carro nos esperava.

O movimento das ruas ainda me deixava tensa. Sentia-me observada por Giorgio.

O estúdio ficava no bairro de Porta Ticinese, ao sul de Milão. Quem passasse por uma de suas ruas pacatas, algumas de mão única, onde milaneses estacionavam seus carros tanto do lado esquerdo quanto do lado direito do meio-fio, com prédios de tijolos vermelhos que se alongavam não mais que seis andares rumo aos céus, não imaginaria nunca que, no subsolo de uma pequena

CHEIRO DE SUOR E VINHO

construção, ao descer uma pequenina escada, haveria milhões de euros em equipamentos de gravação, instrumentos musicais e um renomado produtor musical, Giulio Macaronni. Ali se localizava o estúdio Armonia, onde a Macchina Rotta ensaiaria naquela tarde.

Aproveitei os minutos no carro para arrancar de Lorenzo algumas curiosidades: seu gosto musical – ele era fã de óperas e de Peppino di Capri. *Papai e ele teriam muito o que conversar –,* a razão de ter parado de comer carne – *sim, ele tinha parado enquanto eu achava impossível viver sem* – e a maneira como encarava a fama crescente.

– Isso tudo não é uma puta loucura? – Lorenzo acenou com a cabeça para mais um cartaz da apresentação da Macchina Rotta que passava por nós. – Em um dia você se apresenta para vinte pessoas, todas bêbadas, diga-se de passagem, em um pub qualquer... e, dois meses depois, três mil pessoas já compraram antecipadamente uma entrada para seu show e cantam todas as músicas do seu álbum...

– E como você se sente com tudo isso?

Lorenzo ficou em silêncio por alguns segundos, observando as esquinas, os cartazes, os carros e as pessoas. Eu não era capaz de perceber em sua feição qualquer traço de nervosismo, por mais que se aproximasse o grande dia.

– Às vezes... – sua voz refletia seu semblante reflexivo – eu não consigo sequer entender o que estou vivendo... ainda parece distante de todos nós, mas ao mesmo tempo... é como se alguém lá de cima dissesse: "Sim! Eu digo sim aos pedidos que vocês têm feito". – Lorenzo se silenciou. – Mas, por fim, é como se esse mesmo cara lá de cima fizesse uma pergunta que mudaria toda a sua forma de enxergar o seu sonho...

– Qual pergunta?

Lorenzo me olhou nos olhos.

– Você está preparado para isso?

Os cartazes continuavam passando por nós, numa sensação de *déjà-vu* eterno.

– Não sei – respondeu a própria pergunta. – Não sei se estou preparado para viver essa vida.

Eu não o entendia. Todo e qualquer artista busca reconhecimento e sonha com sua música sendo cantada por multidões, turnês internacionais meteóricas, *sold out* de ingressos e dinheiro, muito dinheiro no bolso. O que poderia ser melhor? Eu não compreendia o que o deixava pensativo...

– Mas vocês batalharam por este momento, não?

– Sim! Mil vezes sim. Só Deus sabe o que já passamos, de shows sem plateia e quilômetros e quilômetros rodando em uma kombi velha, cruzando o país de norte a sul, leste a oeste, dormindo onde desse, noites e noites em claro, decidindo o que fazer com o pouco que tínhamos ganhado, se abasteceríamos a Kombi ou se jantaríamos.

– E o que geralmente decidiam?

– Abastecíamos, na esperança de que a apresentação na próxima cidade nos rendesse mais do que alguns bifes congelados.

Lorenzo não exagerava nas palavras...

– Mas isso é passado, espero. – Um sorriso quebrou seu olhar tenso. – Somos uma banda promissora, eu sou um vocalista aleijado, todos já acham que somos ricos, mas a realidade é que continuamos fodidos.

Seu sorriso tornou-se risada e desatou também meu semblante sério. Lorenzo encostou seu nariz no meu, beijando-me. Minutos depois, o carro em que estávamos parou diante de uma pequena escada – havíamos chegado ao estúdio. Lá fora, algumas pessoas aguardavam a Macchina Rotta. Lorenzo foi o mais assediado, principalmente por conta de seu acidente.

CHEIRO DE SUOR E VINHO

– Nós achamos que íamos perdê-lo! – Uma garota se lançou sobre Lorenzo que, se já não estivesse sentado sobre a cadeira de rodas, teria se esborrachado no chão.

Deus, que exagero...

Foi a primeira vez que presenciei os comportamentos, digamos, exóticos e nada racionais das fãs da Macchina Rotta. E confesso, me diverti com elas. Os demais integrantes já aguardavam a chegada de Lorenzo dentro do estúdio. Ugo, Gaetano e Pietro conversavam alegremente na sala da técnica, sentados em um espaçoso sofá vermelho. Depois de cumprimentar a todos, fui apresentada a Giulio Macaronni, o produtor musical.

O ensaio correu tranquilo. Todos estavam animados com a apresentação que se aproximava. Até Lorenzo, que chegara pensativo por conta de nossa conversa no carro, fazia piadas e cantava com vontade, apesar de se tratar apenas de um ensaio. E quanto a mim, sentada na sala da técnica em silêncio, me diverti com as canções e as piadas sem graça de Ugo. Pietro tocava relaxadamente sua guitarra Gibson vermelha e tinha um cigarro aceso no canto da boca, pois, pasmem, era permitido fumar dentro do estúdio. Da sala da técnica, Giulio Macaronni passava suas impressões por um pequeno microfone.

– Melhor um lá bemol, Gaetano... deixe o acorde soar, Pietro... Lorenzo, mais melismas na última frase do refrão...

Caralho... eu entenderia com mais facilidade o mandarim de nativos de aldeias rurais da China que aquela comunicação caótica entre Giulio e os garotos da Macchina Rotta...

Todos pareciam entender perfeitamente seus conselhos, e apenas acenavam com a cabeça para, mais uma vez, voltarem aos seus mundos musicais. A última música a ser ensaiada foi "La Luna", que acabara de chegar ao topo das paradas de sucesso da Itália e subia rapidamente nas paradas dos países vizinhos.

– *Non posso lasciarti andare, non questa volta.* – Lorenzo segurava o microfone com as duas mãos, sentindo cada palavra.

Caralho, aquela música era muito boa...

"La Luna" tinha todas as qualidades que os críticos musicais italianos gostavam: melodia envolvente, letra marcante, *riffs* de guitarra e uma pitada de pitoresco. Aqueles senhores e senhoras levemente antipáticos que não sorriam nem para a própria mãe e que a tudo analisavam com as sobrancelhas franzidas ditavam com seus comentários ácidos o que se manteria no topo e o que não agradaria o público. Suas palavras envelopavam o sucesso ou o fracasso e, para sorte da Macchina Rotta, suas expectativas eram positivas e promissoras.

Lorenzo, quando não estava concentrado em acertar o tom das músicas e ouvir os conselhos de Luigi, tinha seus olhos em mim, e eu correspondia do outro lado do vidro. Quando os ponteiros marcaram dezessete horas, deixei o estúdio para encarar as listas quilométricas de nomes no restaurante Huramaki. Eu também voltaria para casa de titia que, diga-se de passagem, já devia estar preocupada com minha ausência. Lorenzo pediu alguns minutos de pausa aos colegas e cruzou a sala empurrando sua cadeira de rodas, desviando dos fios que se embaralhavam no chão.

– Estou pegando o jeito.

– Pois não se acostume – respondi. – São apenas mais alguns dias para voltar a caminhar.

Lorenzo se aproximou e beijou meus lábios.

– Eu passaria mais alguns meses sobre essa cadeira se você fosse me dar banho todos os dias. – Riu.

– Você, Lorenzo... Lorenzo... – Fingi esquecer seu sobrenome novamente.

– Não me venha com essa piada sem graça novamente. – Suas mãos seguraram minha nuca e meus lábios se depararam com uma mordida sua.

CHEIRO DE SUOR E VINHO

– Ai! Doeu! – reclamei, não muito convicta de que, de fato, tinha reprovado sua mordida. Lorenzo encarou meus olhos chateados e beijou-me com mais delicadeza.

Deixamos combinado o meu retorno para seu apartamento no dia seguinte após o almoço. Despedi-me já com saudade, e que puto sentimento louco era aquele, sentir falta mesmo quando os olhos ainda viam, o corpo reagia ao seu cheiro e minha pele ainda roçava na sua. *Deve ser amor*, pensei.

Porra. E era.

28

Porra, porra, porra, porra... *será que eu estava, de fato, apaixonada por Lorenzo?!*

O segundo dia como *hostess* no restaurante Huramaki foi muito mais desafiador que o primeiro. Alice me incumbiu de outras tarefas além de decorar a fisionomia e os nomes dos clientes que entravam pelas velhas portas de carvalho. E, para piorar, Lorenzo me vinha à mente toda vez que tentava empurrar um novo nome aos confins de minha memória. O mundo todo podia se resumir a Lorenzos... Seria mais fácil de decorar e não erraria nunca o seu nome durante o sexo. *Porra... nossa transa durante a manhã...* Minha cabeça viajava até sua cozinha, onde, mais cedo, gozamos juntos e descansamos entre suor, xingamentos e tesão, *muito* tesão.

– Elisa!? – chamou Alice, irritada. – Os clientes, pelo amor de Deus, os clientes!

Um casal já se encontrava no meio do saguão principal e eu não os tinha acompanhado desde a entrada até a mesa reservada, como mandava a regra do sr. Katsumi. Meu coração disparou e corri para recebê-los, torcendo o cérebro para lembrar seus nomes.

Mas eu me lembrava apenas de Lorenzo...

Minhas mãos suavam. Eu tinha a certeza de que havia conferido seus nomes minutos antes, suas fisionomias não me eram estranhas. Ela, loira, olhos castanhos e nariz excessivamente pontudo. Ele, um pouco acima do peso, cavanhaque feito à navalha, uma pequena cicatriz na testa. Praticamente um Harry Potter quinquagenário.

Caralhos... seus nomes... a porra de seus nomes...

Eu já sentia o olhar rapino de Alice me furando as costas. Encurtei o passo na tentativa de ganhar alguns centésimos de segundo providenciais. Buscava uma iluminação divina, qualquer santo que fosse, *caralhos...* que fosse San Lorenzo! Estabeleci contato visual com o casal com vontade de enterrar minha cabeça em algum lugar no chão.

É isso. Dois dias e o sr. Katsumi me demitiria. Eu decepcionaria titia e voltaria ao velho status de desempregada...

Coloquei meu melhor sorriso no rosto, mas por dentro queria chorar horrores. Alguns poucos passos me distanciavam do casal, e me faltavam ar nos pulmões e sangue no semblante.

Menos de dois metros e nenhuma ideia sequer de nome. Nada.

A mulher abriu um sorriso, seguida do homem.

Caralhos... PELO AMOR DE DEUS...

— Boa noite, temos uma reserva agendada para esta noite. — O homem adiantou-se.

— Sim, queiram me acompanhar. É um prazer recebê-los aqui no Huramaki, sr. Sanchez e sra. Sanchez.

Seus nomes emergiram à minha consciência no último instante. Respirei aliviada, com a certeza inconfundível de que meu corpo colapsaria a qualquer momento. Passado o susto, a noite de trabalho percorreu sem mais emoções, apesar da constante sensação de Alice me espreitando sobre seus ombros, convicta de que eu fracassaria e precisaria de sua ajuda.

Essa foi por pouco... obrigada, San Lorenzo...

Já no apartamento, titia me esperava na sala, distraída com a leitura de um exemplar de O *Pequeno Príncipe*, de Saint-Exupéry.

— Que bom que você chegou! — Encarou-me por cima dos óculos e lançou-me um sorriso acolhedor.

MIGUEL VAZ

Titia não havia sido figura presente em minha vida até então. Por conta da distância entre Vernazza e Milão, ela e tio Luciano pouco nos visitavam, assim como nós raramente passávamos um fim de semana juntos em Milão. Nossos encontros se resumiam a alguma data festiva, um aniversário aqui, outro ali. Mas seu olhar me desarmava dos receios pela falta de convívio; decerto, o mesmo com que me presenteou aquele dia, sentada em sua sala.

– Como foi seu dia, querida?

– Interessante! – Não consegui achar palavra melhor. – Assisti a um ensaio da Macchina Rotta. Eles têm uma energia incrível!

Titia ajeitou seus óculos para me enxergar melhor.

– Há uma notinha no *Il Fato Cotidiano* sobre o acidente de Vincenzo, li há pouco.

– Lorenzo, titia. Lorenzo. – Achei graça.

Ao menos havia certa semelhança entre os nomes...

– E a noite de trabalho, como foi?

Por um segundo pensei que meu breve desespero no restaurante tivesse chegado aos seus ouvidos. Será que Alice já havia me queimado para o sr. Katsumi? *Aquela vadia...* Minha ira foi mais rápida que meu bom senso.

– Cansativa. – Omiti também a tensão ao percorrer as ruas de Milão com receio de que Giorgio, o mafioso, pudesse me abordar a qualquer instante. – Mas tudo correu bem.

Titia deu-se por satisfeita com a resposta, o que distensionou meus músculos e minha consciência: nenhuma crítica chegara aos seus ouvidos, portanto. *Desculpe, Alice, você não é vadia.* Fui para o meu quarto e tomei um banho revigorante. Minhas costas e pés latejavam, como se tivessem sido puxados por elásticos tanto para cima quanto para baixo. Mas meus pensamentos, ao contrário do meu corpo fodido, pareciam efervescentes, era inevitável não se eletrizar ao lembrar de Lorenzo e de seu banheiro.

Menos eufemismos, Elisa. Lembrei-me de nossa foda deliciosa.

179

CHEIRO DE SUOR E VINHO

De repente, um medo fino percorreu meu corpo molhado, como se alguma instalação malfeita ou algum fio desencapado descarregasse sobre mim uma corrente negativa.

Estaria eu preparada para amar alguém?

Ao mesmo tempo, desejei sentir sua pele sobre a minha, grudadas novamente em suor. Eram as justas lembranças que me provocavam pavor e desejo. Assim como Lorenzo e suas incertezas sobre seu futuro profissional, eu também tinha os meus demônios. Estaria eu pronta para me envolver sem risco de magoá-lo? Eu já tinha sido uma bela de uma filha da puta com Andreas, não gostaria de repetir a dose.

Com relação a Lorenzo, queria apenas senti-lo dentro de mim. E de todas as maneiras possíveis. Senti-lo em meu coração, o relicário de todos os sentimentos, preenchendo meu lado sentimental, minha sensibilidade feminina e a doçura de minha alma. E literalmente dentro de mim, me enchendo de prazer, em movimentos lentos, acelerados, que me transportavam ao céu e ao inferno em um desejo carnal, e todos os meus sentidos desfrutariam de seu gosto, seu cheiro, seu toque a me apertar o pescoço, seus olhos a me perfurar de dentro para fora. E ali, em meio à água do chuveiro, já despida das vestes, fiquei nua também de pensamento, gozando com Lorenzo na memória, a única puta memória que eu admitia tocar minha alma.

Voltei mole para a sala. Titia ainda lia *O Pequeno Príncipe* em sussurros e não percebeu minha aproximação – o piso de madeira do apartamento abafava meus passos. Cruzei todo o cômodo em silêncio, fui à cozinha, bebi um copo d'água e refiz o caminho. Antes que eu fechasse a porta do quarto, pude ouvir sua voz diminuta dizendo: "Tu és eternamente responsável por tudo que cativas".

Maldito Saint-Exupéry! Lorenzo era responsável. E como era...

180

29

A grande apresentação da Macchina Rotta em Milão ocorreria no dia seguinte. Os dias passaram voando, estratosféricos, como o sucesso dos garotos que ganhavam destaque nos programas de televisão e na programação das rádios. "La Luna" tinha alcançado o primeiro lugar no Spotify, e as redes sociais da banda ganhavam centenas de seguidores novos a cada deslizar de dedo sobre a tela.

– Vinte e oito mil seguidores novos só nesta manhã – disse Lorenzo, animado e ainda deitado na cama. Eu observava o sol incidindo contraste às curvas de seu corpo nu, tal como fazia com as estradas sinuosas que cortavam os parreirais dos morros de Vernazza.

– Vinte e oito mil mulheres molhadas querendo dar pra você.

Lorenzo riu do meu ciúme, pedindo que me aproximasse dele. Nós havíamos acabado de fazer amor e sua pele suada refletia os raios de sol. Meus cabelos estavam molhados, assim como toda a minha nuca. O tecido macio da toalha azul que me envolvia o corpo ainda provocava arrepios em contato com a pele.

– Você fica linda assim – disse, orgulhoso.

– Assim como?

Lorenzo me puxou novamente para perto de si. Sua perna continuava engessada, elevada sobre uma pilha de travesseiros. Suas mãos despiram a toalha que envolvia meu corpo.

– Ciumenta. Mas não se preocupe. – Sua frase encerrou-se ali.

CHEIRO DE SUOR E VINHO

Eu esperei, confesso, uma continuação como: "que eu sou só seu"; era meu lado romântico passional que se aflorava. Mas rapidamente dei por mim. Estávamos juntos – se é que podíamos falar isso – há pouquíssimo tempo e, apesar da intensidade, nem sequer sabíamos o que éramos... amigos, amigos que transam, ficantes, namorados. Lembrei-me de quando Ida ficou com Luigi, *seu namorado, pretendente, romance, o que fosse. O jogo inverterá.* Fechei os olhos, tentando não pensar em nada. Fazia uma linda manhã de sexta-feira. Era possível ouvir os carros cruzando as ruas e, por vezes, o cantar de um ou outro passarinho que voava por ali. Monza era mais arborizada que Milão, então não era raro vê-los tomando sol nos parapeitos dos prédios.

As mãos de Lorenzo deslizavam vagarosamente sobre minha pele despida. Tocavam meus ombros, desciam por meus braços, andavam pela minha cintura – provocando alguns arrepios – e se acomodavam entre minha bunda e as costas. Com os olhos fechados, recebi aquele afago, relaxando mais do que no último orgasmo. O sol batendo em meu rosto lembrou-me Vernazza. Pensei em papai, mamãe, Ida. Vittoria mandara-me notícias tranquilizadoras, pelo menos no que dizia respeito à minha família. Giorgio fugira de Vernazza após matar seus dois comparsas. Lembrar-me deles, no entanto, ainda me provocava arrepios.

Quando estava quase adormecendo, as mãos de Lorenzo mudaram de curso e fizeram passagem por minha barriga e seios. Suspirei instintivamente. Seu toque tornou-se pesado, como se me mostrasse o que queria: Lorenzo me desejava novamente, e eu também. Saltei sobre seu corpo para encará-lo de frente. Lorenzo me observava com ar travesso e mordia os lábios.

Aquilo me excitava demais...

Pulei as preliminares, que ficaram para a próxima transa. Lorenzo já havia me provocado o suficiente com seus carinhos

MIGUEL VAZ

e toques em meus seios. Ele também estava excitado, sua ereção saltava de dentro de sua toalha.

– Insaciável, hein? – provocou-me.

– Você não tem ideia.

Sentei-me devagar em seu corpo, colocando as mãos sobre seu peito para ritmar os movimentos. Eu galopava sem pressa, sentindo o sol queimar minhas costas. Lorenzo soltava gemidos curtos cada vez que eu ousava ir mais a fundo. Acelerei os movimentos enquanto me abaixava para morder seus lábios. *Caralho... vou gozar...* Poucos segundos depois, uma onda de tesão me percorreu inteira, dos pés à cabeça, e me enrijeci sobre seu corpo. *O segundo orgasmo do dia...* Continuei sentindo os movimentos de minha buceta apertando seu pau dentro de mim. Era incontrolável.

Lorenzo segurava firme minha bunda enquanto me penetrava em movimentos lentos e claramente parecia gostar daquele sexo vagaroso, o que fugia à regra dos homens: "A grande maioria vai querer atravessar você como uma furadeira", dizia Vittoria. Lorenzo não, ele *sabia* como curtir.

– Estou quase, estou quase. – Suas palavras me trouxeram de volta. Sem pensar duas vezes, desmontei de seu corpo e me coloquei na altura de sua cintura. Mantive o movimento lento com as mãos, sentindo seu pau deslizar entre meus dedos. *Como está molhado...* Respeitando os movimentos lentos e sua crescente excitação, alinhei a rapidez de minha língua a cada vaivém da punheta, sentindo seu gosto e a suavidade esponjosa de sua cabeça. Lorenzo respirava com dificuldade e percebi seu quadril se movimentando involuntariamente, na tentativa de colocar seu pau em minha boca.

– Não. *Devagar.* Quero que goze *devagar.*

Lorenzo me encarou, rendido. Seu corpo enrijeceu-se e seu tesão acumulado escapou na forma de pequenos espasmos. Seu

185

CHEIRO DE SUOR E VINHO

pau pulsava, ganhando volume. Era o prelúdio da consumação do desejo. Seus olhos reviraram e senti a explosão quente em minha boca, tão intensa e tão recheada que tive certa dificuldade em engolir tudo, confesso. *Eu amava aquela safadeza...* Demorou alguns segundos para que sua ejaculação parasse totalmente. Fiz questão de lamber as gotas retardatárias que caíam sobre sua pele antes que o sol as evaporasse. Eu lhe dava um banho com a língua... Lorenzo rendeu-se e eu me rendi junto. Abraçados, cochilamos alguns poucos minutos até o calor nos afugentar da cama. Depois de ajudá-lo no banho e de banhar-me também, tomamos café e respondemos às mensagens não lidas da noite anterior. Lorenzo resolveu questões da apresentação, enquanto eu atualizei Vittoria sobre meu estado de nervos na última semana. Giorgio, apesar de frequentar meus pesadelos, começava a entranhar-se em meu passado, dando alento ao meu presente.

A cozinha estava fresca, com suas amplas janelas de vidro claro baforando para dentro uma brisa preguiçosa de fim de manhã. Havia em suas paredes rigorosamente brancas uma vaga lembrança de hospital. Contrastando com as paredes, alguns quadros de fotografias, entre eles o de uma mulher de feições arábicas e cabelos cobertos, davam cor ao ambiente. Sua expressão era firme e decidida, uma imagem digna de capa da revista *National Geographic*. Ao lado, uma bela fotografia de um pescador em seu barco em um lago congelado.

– Belos quadros. – Dei o último gole de café. – Você tem bom gosto.

– Papai.

– Então seu pai tinha excelente gosto.

– Papai era fotógrafo – completou. – Estas fotos são dele.

Ele permaneceu alguns segundos assim, calado, apreciando as fotografias que muito possivelmente admirara centenas de vezes antes. Nada precisava ser dito. Eu *sabia* o que representavam.

184

Era orgulho, em sua forma mais cristalina, desprovido de qualquer soberba.

– Muita! – Lorenzo quebrou o silêncio entre nós. – Sinto muita falta dos dois.

Encarei seus olhos com certo assombro. *Porra, era exatamente o que eu ia perguntar...*

– Como sabia que eu faria essa pergunta?

Lorenzo tinha um sorriso doce nos lábios.

– Quando você se torna órfão, os olhares entregam. – Lorenzo se referia à maneira como devo tê-lo encarado e não percebi. – É como se você fosse um cachorro abandonado fodido todo dia pela vida. Simplesmente não consegue ver sua capacidade de se levantar e seguir adiante.

Eu não sabia o que responder. Estava envergonhada por ter sido indiscreta mesmo sem perceber. Lorenzo estalou os dedos e me trouxe de volta à realidade.

– Ei! Não se preocupe! – Havia um largo sorriso em seu rosto. – Está tudo bem! Meus pais se foram, mas a vida segue!

Eu admirava sua superação. *Porra, eu não me imaginava sem papai e mamãe...*

– Tenho certeza que sim! Como eles se conheceram? – Tentei prosseguir sem demonstrar algum sentimento de pena.

– Milão. Eles se conheceram em Milão. – Lorenzo procurou no fundo do copo o último resquício de água. – Papai era fotógrafo. Mamãe, vendedora. A melhor, diga-se de passagem.

– O que ela vendia?

– Tudo. De roupas de grife a contratos de crédito de carbono.

Créditos de carbono... eu não sei o que caralhos é isso...

– Todos queriam tê-la em seu quadro de funcionários – disse, orgulhoso. – E ela não era pedante, me entende?

– Aqueles chatos que querem nos empurrar tudo a qualquer custo!? – Lembrei-me de Ida, quando fazia algum bico como vendedora.

CHEIRO DE SUOR E VINHO

– Exatamente. Mamãe era elegante, sabia como fazer os homens abrirem suas carteiras, e as mulheres milionárias, suas bolsas. Nunca vendia algo a alguém que, de fato, não precisasse ou não quisesse.

Mamãe também era impecável na gestão da vinícola...

– Eu acho que nossos pais seriam bons amigos – verbalizei aquela constatação.

Lorenzo me olhou travesso.

– E você, Elisa Rizzo, estaria pronta para me apresentar aos seus pais?

Não consegui responder.

Abracei Lorenzo e disfarcei meu silêncio beijando seus lábios.

– Vamos! Amanhã você precisa cantar para 28 mil novas fãs que querem transar com você – desconversei.

– Trinta mil. Temos dois mil novos seguidores. – Lorenzo mostrou o visor do celular. Os números cresciam a cada segundo.

Não pude acompanhar o último ensaio da Macchina Rotta que ocorreu naquela tarde. Eu havia sido escalada para trabalhar mais cedo, pois o restaurante Huramaki funcionava em dois turnos às sextas e fins de semana. No fim, não foi de todo ruim: eu poderia me arrumar sem pressa para o show do dia seguinte. Deixei Lorenzo em seu apartamento e corri para o restaurante, que funcionaria a partir do meio-dia.

Milão vivia uma sexta-feira de muito sol e poucas nuvens em seu vasto céu recheado de prédios. Muitas das construções tinham ar decadente, efeito das marcas e mofos da última época de chuvas. Caminhei desatenta pelas primeiras esquinas do Quadrilátero da Moda, e cada cartaz da Macchina Rotta pregado nos postes me levava a Lorenzo, mais especificamente à nossa transa matinal. Ao me aproximar da Caffetteria Cova Montenapoleone, notei pelo canto dos olhos um passo ritmado bem atrás do meu. Minha garganta secou, uma fina dor percorreu meu peito e, por

MIGUEL VAZ

alguns segundos, tive a certeza de que havia uma cicatriz cortando seu rosto. Entrei na primeira loja que vi, onde uma moça de aparência gentil me recebeu à porta.

– Seja bem-vinda à Tiffany! Em que posso ajudá-la?

Só consegui responder a ela que em nada, que eu entrara na loja por engano, depois que o homem de sobretudo marrom e jornal nas mãos – decerto algum aposentado – cruzou a vitrine da loja. Espantei-me com os desencontros de minha mente, pois recordava-me bem da fisionomia de Giorgio, o mafioso de quem fugia, e ele em nada se parecia com aquele senhor que, por obra do destino, me acompanhava na calçada. Ainda em alerta, desculpei-me com a vendedora e voltei às ruas.

O turno do almoço no restaurante Huramaki era mais tranquilo que o noturno, talvez por conta dos perfis diferentes dos clientes: os casais mais exigentes vinham à noite e gastavam seus euros com vinhos, sushis e sashimis elaborados. No almoço, reuniões de executivos ditavam as reservas do dia e faziam valer a máxima: homens de terno se preocupam mais com dinheiro que com comida.

Confesso que trazer de volta o sr. Giorgio ao pensamento foi um puto problema. O ambiente convidativo do Huramaki, com suas paredes vermelhas e decoração simples, deu lugar a um abafado salão que me pesava a cabeça. Passei toda a tarde com a ligeira sensação de que me haviam privado do ar dali. Entre um atendimento e outro, o rosto dos capangas de Giorgio me vinham à mente. Estariam agora sob alguns bons palmos de terra, sabe-se lá como, se desfigurados ou repousando tranquilamente, depois de levarem um tiro na nuca. Ou na cara. Aquilo me assustava.

Deixei o Huramaki ao fim do expediente. As luzes artificiais dos postes e letreiros de lojas já afugentavam a parca claridade do céu. Minha cabeça doía, como se tivesse vivido cinco dias em um só, mas havia certa graça naquele início de noite, decerto a energia

CHEIRO DE SUOR E VINHO

pulsante das cidades grandes. As ruas estavam movimentadas, casais trocavam carinhos discretos, famílias passeavam alegremente, trabalhadores saíam dos prédios em busca de um pub para se abandonarem sobre um copo de cerveja. Por mais que o cansaço praticamente acenasse para os táxis estacionados ao longo do meio-fio, me pegasse no colo e me jogasse no banco traseiro, decidi voltar a pé até o apartamento de titia para encontrar o ar que me faltou durante toda aquela tarde dentro do restaurante. E por onde passava, cartazes da Macchina Rotta me recordavam Lorenzo. Estavam nos postes, nas esquinas e nos comércios do bairro.

Porra, isso está virando uma relação tóxica, pensei, na tentativa de desafrouxar meu semblante tenso.

Eu não conseguia sequer apreciar uma fachada de loja sem que Lorenzo aparecesse para mim. Haveria sempre um cartaz com uma foto sua fazendo concorrência com os manequins estupidamente magros das vitrines. E, para completar seu monopólio de atenção, também havia uma mensagem sua em meu celular.

Elisa Rizzo. Acabamos o ensaio geral na Casa Alcatraz. Posso ver você mais tarde? Diga que sim! Nada de nãos. Apenas sim. Rs.

Apesar do convite atrativo, a verdade era que eu estava exausta.

Não sei... estou cansada. Preciso me preparar para o dia de amanhã. E você também, sr. popstar.

Lorenzo respondeu minha mensagem vários minutos depois, quando já esperava o vagaroso elevador me despejar no andar do apartamento de titia.

Posso lhe oferecer uma massagem, Elisa Rizzo. Por acaso há espaço para um perneta na sua cama?

Seu convite indecoroso me provocou arrepios. Não seria nada mal receber uma massagem relaxante das mãos de um *popstar*... mas titia poderia não gostar. Massagens são sempre a porta de entrada para um deslize a mais, uma mão boba aqui, um toque eletrizante ali, e eu era uma recém-chegada em sua casa.

188

Titia, Lorenzo. Titia...

Sua resposta chegou ao meu celular antes que a porta do elevador se abrisse.

Não tem problema. Faço massagem nela também.

Minha risada irrompeu pelo corredor afora.

Babaca!

Não foi preciso reforçar minha preocupação. Lorenzo sugeriu um programa menos provocativo que não me desse muitas possibilidades de recusa: encomendaria algumas pizzas, conheceria pessoalmente titia e passaríamos a noite juntos até o início da madrugada, quando voltaria para Monza. Dei-me por satisfeita com a sua proposta – obviamente –, ficando apenas de me certificar com titia, que aguava suas orquídeas e tulipas quando entrei em seu apartamento. O vestido preto básico que vestia, com as sandálias de salto baixo, a deixavam incrivelmente parecida com mamãe.

– Titia – interrompi sua explicação sobre plantas que não gostavam de sol. – A senhora gostaria de conhecer Lorenzo?

Titia Francesca abriu um sorriso largo, como se eu tivesse feito o melhor dos elogios às suas tulipas.

– Claro! Claro, querida! O menino parece ter bom gosto. – Apontou para mim. – Seria o segundo popstar que conheceria. O primeiro foi Eros Ramazzotti. Mas foi há muitos anos. Seu tio ainda era vivo.

Eu já tinha o primeiro sim... me faltava apenas mais um...

– E se fosse hoje? – Não havia jeito menos direto de perguntar.

– Hoje!? – Titia assustou-se, derramando no chão o resto de água do regador. – Hoje, Elisa!? Mas eu... eu não tenho nem roupa para recebê-lo!

– Não se preocupe com isso. – Ri de seu desespero. – A senhora está linda como sempre. E se lhe servir de consolo, Lorenzo só tem olhos para mim – brinquei.

Titia soltou uma gargalhada gostosa que me lembrou mamãe.

CHEIRO DE SUOR E VINHO

– Não subestime minha beleza – devolveu a provocação.

Titia encarou-me sobre seus óculos de grau e, com um sorriso no rosto, decretou:

– Convide-o!

Minha respiração encurtou à medida que meu coração se alegrou. Por mais que não admitisse, eu era a maior interessada em vê-lo. Avisei titia que ele traria pizzas. Ela devolveu minhas palavras com um olhar malicioso – tudo já estava arranjado antes que a consultasse, eu havia exposto meu plano. Lorenzo chegou uma hora depois, equilibrando nos braços suas muletas e duas pizzas, e mal sabia eu que não seriam elas o principal prato da noite. Lorenzo era uma iguaria muito mais saborosa. Já eu, tinha o apetite voraz.

190

30

A campainha tocou enquanto ainda vestia minha calcinha. Eu tinha perdido a hora tomando um banho relaxante, mergulhada em pensamentos. Saí do banheiro molhando o chão e vesti a primeira roupa que vi dentro do guarda-roupas, um vestido azul-marinho. Corri para a sala ainda com os cabelos molhados. Titia já abria a porta do apartamento e recebia Lorenzo com um abraço, tirando de suas mãos as duas caixas de pizza.

– Você é mais bonito pessoalmente! – Foi seu primeiro gracejo.

E como ele estava bonito...

Lorenzo vestia preto, o que não era novidade, mas, curiosamente, seus cabelos também estavam um pouco úmidos. Pareciam tão negros quanto seus olhos, destacando seu sorriso branco ao agradecer titia.

– Desculpe o atraso! Não é fácil fazer as coisas com uma perna só – brincou, mostrando o gesso que cobria metade de sua perna esquerda.

– Mario não estava com você?

– Não, está cuidando dos últimos detalhes para amanhã. Na verdade, nem o comuniquei que viria. Melhor. Ele não concordaria... *Não vá... você precisa descansar... amanhã será corrido...* – Imitou suas expressões à la Clint Eastwood.

Lorenzo me encarou sorridente. Sua barba estava aparada e rigorosamente simétrica.

CHEIRO DE SUOR E VINHO

– Não vai me convidar para entrar, Elisa Rizzo?

– Peça à titia. É ela quem fez questão de sua presença. Eu apenas não me opus – ironizei.

Lorenzo soltou uma risada gostosa, enquanto titia arregalou seus olhos para mim. Claramente não estava acostumada às sutilezas de nossas conversas. *Acalme-se, titia... acalme-se...* Antes de nos acomodarmos nos espaçosos sofás da sala, titia Francesca fez questão de conduzir Lorenzo por seu apartamento, como uma guia turística de museus italianos. Seus olhos escuros, no entanto, fixaram-se nas fotografias que recheavam as paredes da sala.

– Esta foto aqui. – Titia apontou para a imagem de um mímico, ao notar seu interesse. – Foi tirada sobre a Pont des Arts, em Paris, e ganhou o prêmio de melhor fotografia daquele ano.

Os olhos de Lorenzo devoravam os detalhes da fotografia e não havia nada ali que lhe passasse despercebido. Ele tocou levemente o vidro de proteção, passeando os dedos pelos traços do mímico. Por fim, abriu um discreto sorriso de canto de boca.

– Sim, é belíssima. – Quebrou o silêncio. – Mas não foi tirada sobre a Pont des Arts. Você está equivocada.

Titia o encarou, confusa. Eu também me assustei com sua resposta, chegando a julgá-la mal-educada. Mas percebi em seguida que Lorenzo não tinha a intenção de provocar titia. Seus olhos continuavam encarando o mímico com um brilho especial e só pude perceber sua umidade quando me aproximei de seu rosto.

– Foi em Amsterdã, na praça Dam. – Lorenzo recolheu a mão com a mesma sutileza com que havia acariciado o rosto do mímico. Titia também se aproximou da fotografia na parede.

– Tem certeza disso? Luciano, meu falecido esposo, assegurava ter sido tirada em Paris.

– Absoluta. – Lorenzo foi cirúrgico.

– Então, além de cantor, você também é um apreciador das artes? – Titia respeitava o seu olhar crítico.

192

– Digamos que eu saiba muito sobre estas fotografias.

Eu já havia me esquecido de terminar de me arrumar e estava entregue à curiosidade.

– Meu pai – Lorenzo respondeu.

– Seu pai também era apreciador de belas fotografias?

– Possivelmente sim. Ele amava fotografia, mas, neste caso – Lorenzo apontou mais uma vez para o quadro do mímico –, ele tirou esta fotografia.

O quê? Titia tinha uma fotografia tirada pelo pai de Lorenzo? Que porra de mundo pequeno era aquele?! Eu não podia acreditar...

– Foi em uma bela manhã de sol. Eu brincava com mamãe quando ele encontrou este mímico sentado no gramado. Parecia triste, e de fato estava. Papai o ajudou com algum dinheiro. Seu sorriso estampado na fotografia é genuíno. Estava feliz, pois agora tinha no bolso um trocado para o café.

Titia também se impressionou com a coincidência. Farino Bianchi, o pai de Lorenzo, foi o principal assunto de nossa conversa, depois que nos sentamos à mesa. Era impressionante o conhecimento de Lorenzo sobre as fotografias do pai quando fazia questão de nos explicar sobre sua exposição mais famosa, "In Verità", da qual a fotografia do mímico fazia parte. Farino tinha sido o único fotógrafo italiano a se destacar no campo da fotografia documental e artística, tendo também trabalhado por anos como fotógrafo das principais marcas de moda.

– Papai era apaixonado pelo que fazia. Ele rodava o mundo captando a essência dos momentos. Cobriu a queda do muro de Berlim, a Guerra do Golfo e foi o único a fotografar os principais chefes da máfia. E cobriu centenas de corridas da Fórmula 1.

Titia não tirava os olhos de Lorenzo. Além da incrível coincidência, o automobilismo era a paixão de tio Luciano.

– Se meu marido fosse vivo, com certeza teriam muito o que conversar.

– Se papai também fosse vivo – Lorenzo abriu um sorriso reconfortado –, ele adoraria ter se deparado com uma fotografia sua no meio desta sala.

Titia cortou os breves segundos de silêncio nos propondo o jantar, afinal, as pizzas esfriavam sobre a bancada da cozinha. Apesar da fome, pouco mexi nas fatias durante a meia hora seguinte. Mesmo com o magnetismo de Lorenzo, por vezes me pegava relembrando o equívoco de mais cedo, quando jurei ter visto Giorgio pelas ruas de Milão. *Até o cheiro de suor era o mesmo...* Foi necessária uma taça de Corbelli tinto suave, safra de 2012, que titia abriu com gosto, para me devolver à realidade.

O vinho também trouxe ares renovadores à conversa. Titia relembrava casos engraçados de tio Luciano e Lorenzo expunha os bastidores do mercado musical. Quando o assunto foi a apresentação do dia seguinte, manteve a voz tranquila, como se falasse sobre comprar pães em uma padaria e não sobre cantar para milhares de pessoas. Talvez fosse o torpor do vinho que o deixasse calmo... Lorenzo contou sobre suas expectativas de público e tinha um sorriso no rosto quando anunciou que doze mil ingressos já haviam sido vendidos.

– É gente a perder de vista! – Titia estava impressionada.

E eu também estava. E com certo receio, admito. Conhecia o Lorenzo carinhoso, acessível e dono de minhas melhores intimidades. Quem me levava à loucura na cama. A cobaia perfeita para minhas aventuras sexuais. Mas desconhecia o Lorenzo *rockstar*. Como me trataria em meio às centenas de fãs? Para meu consolo, elas o devoravam somente através das telas de seus celulares enquanto eu passeava com a língua por seu corpo nu. *Que pena, vadias...* pensei com uma pitada de veneno.

Aquela confiança pouco durou à mesa. À medida que Lorenzo nos mostrava as mensagens que recebia em sua rede social, algumas de personalidades famosas e influentes, fui me encolhendo

MIGUEL VAZ

na cadeira da sala. Elogios e convites maliciosos minavam minha confiança por inteiro. A constatação era inevitável: eu era apenas uma garota comum vinda de uma cidade pequenina, sem grandes atrativos físicos e sem qualquer dom especial para chamar de meu; não tinha a espontaneidade de Vittoria nem a cara de pau de Ida, minha irmã. Imaginei a multidão que estaria de frente para Lorenzo dali a menos de 24 horas.

Centenas de lindas e gostosas garotas que farão de tudo para chamar sua atenção...

Senti medo. Medo de perder o que nem sequer sabia ser meu. O que não era sério nem brincadeira. Uma trama digna de filme cujo final da história eu desconhecia.

Eu não chego nem aos pés das garotas milionárias que farão de tudo para dar pra ele... o que você está fazendo aqui, Elisa?!

– Ei, você está bem? – Lorenzo me trouxe de volta. – Sua pizza está esfriando.

E, de fato, ela havia esfriado junto comigo. Tentei disfarçar o medo abocanhando um pedaço de massa e queijo, apesar de não sentir fome. A pizza até estava gostosa, mas havia um amargor em minha alma que contaminava meu paladar. Era a velha insegurança de sempre.

Só engatei novamente na conversa quando nos esquecemos um pouco da apresentação do dia seguinte. O vinho também teve papel fundamental em meu relaxamento. Quando o assunto se tornou marshmallows assados na fogueira ou no fogo da cozinha – não me pergunte como chegamos a essa dúvida culinária –, eu já estava oficialmente tonta. Lorenzo, que se sentava ao meu lado, acariciava minhas pernas sobre o meu vestido, por vezes segurando minhas coxas com mais vigor. Apesar de o relógio apontar meia-noite, ele e titia continuavam concentrados em suas conversas.

Não fosse Lorenzo, titia seguramente já estaria sob as cobertas...

195

CHEIRO DE SUOR E VINHO

Seus dedos riscavam desenhos imaginários em minha pele, eriçando os finos e imperceptíveis pelos loiros de minhas pernas. Meu corpo vivenciava uma gostosa sensação de abandono. Minha boca e a ponta de meu nariz formigavam, efeitos do Corbelli safra 2012, enquanto minha pele estava sensível a qualquer estímulo. Lorenzo também parecia tonto. Seus olhos baixos denunciavam os efeitos do vinho.

– Sua perna não dói mais?

– Só quando Elisa me obriga a movimentá-la demais – Lorenzo respondeu com a acidez de sempre. Titia gargalhou, mais por efeito do álcool que pela piada. Minhas bochechas, já ruborizadas pelo vinho, arroxearam de vergonha.

Eu ainda não tinha intimidade com titia...

Dei um tapa em Lorenzo, mais por surpresa que por castigo. No entanto, relembrar rapidamente nossos momentos picantes, mesmo que de forma despretensiosa, me atiçou por dentro.

– Ei, não precisa me bater! – Lorenzo descarregou um sorriso travesso em meus olhos e me beijou gentilmente. Sua mão, que passeava por minhas coxas e joelhos, subiu meu vestido antes que eu percebesse. Apesar da surpresa, contive a cara de susto para não o entregar. Titia não percebeu que, do outro lado da mesa, sob a toalha, seus dedos roçavam minha calcinha.

Caralho... você é louco!

Morder os lábios foi a única saída para segurar o tesão instantâneo que me subiu pelas pernas e tomou conta de meu corpo dormente. Titia, a única inocente sentada à mesa, seguia tranquilamente seus assuntos com Lorenzo que, por sua vez, era tão bom ator que sequer desviava o olhar para não entregar suas más intenções. Quanto a mim, me mantinha na conversa por aparência, porque meu corpo e minha alma estavam em êxtase, abastecidos cada vez mais por seus toques indecentes.

– É importante retirar os obstáculos do seu caminho para ser plenamente feliz. – Titia aconselhava Lorenzo sobre os efeitos da fama. Ele concordava e repetia as mesmas palavras.

– É importante retirar os obstáculos...

Seus dedos carinhosamente puxaram minha calcinha para o lado. Com o indicador e o dedo médio, Lorenzo passeou por meus grandes lábios, lambuzando-se com o tesão que escorria.

Eu estava muito sensível e molhada, puta que pariu...

A sensação de estar fazendo algo proibido elevou à enésima potência a minha vontade de foder. Lorenzo conservava um olhar travesso enquanto eu me perguntava como *diabos* ele conseguia responder fielmente às perguntas e aos conselhos de titia. Eu não tinha a mesma cara de pau e me esforçava horrores para manter os gemidos dentro da boca. Minhas pernas se contraíam e, por efeito, eu me remexia na cadeira.

– É importante saber qual o ponto de partida para realizar seu sonho – Titia divagava palavras de conselho.

– Sim, o ponto de partida...

Lorenzo tocou meu clitóris, massageando-o com seu indicador. Quase pulei da cadeira e foi preciso mentir para a titia que eu havia metido o dedinho do pé na quina da mesa. Lorenzo continuava não me encarando, apesar de seu sorriso safado ser um recado claro para mim.

– O ponto... o ponto de partida.

Resolvi ajudá-lo, abrindo discretamente as pernas para que seus dedos passeassem sem obstáculos. Sua mão fazia movimentos circulares sobre meu clitóris, intercalando com a penetração de um ou dois dedos seus. Eu arfava em silêncio, sentindo o fogo me dominar por inteira.

Como eu queria fodê-lo agora...

Olhei discretamente para baixo, reparando no volume sob sua calça jeans. E há visões que nos provocam mais que o próprio

CHEIRO DE SUOR E VINHO

toque. Imaginar o pau duro de Lorenzo foi demais para mim. Eu estava entregue ao tesão. Minha mão, como que guiada por radar, envolveu o comprimento entre suas pernas. Estava duro como pedra e a única coisa que pude imaginar foi aquele seu pau me rasgando inteira.

Sim... o tesão deixava nossos desejos agressivos...

Reativo ao toque, Lorenzo acelerou o movimento de seus dedos, que pareciam se perder dentro de mim. Eu sentia seu fácil deslizar, indo e voltando, molhados, encharcados, e se tornava cada vez mais difícil não externar a vontade de gritar e gemer.

– E, no final das contas, o sucesso profissional é isso. Gozar do que a vida tem de melhor. – Titia bebeu o resto do vinho em um gole único, era o ponto-final de seu discurso inspirador.

– Gozar...

Os dedos de Lorenzo entravam e saíam de mim com uma rapidez assustadora, sem chamar a atenção de titia. Senti meu corpo contrair, cada parte, cada célula, como se expurgasse a adrenalina e a transformasse em um apetitoso orgasmo.

Puta que pariu... eu vou gozar...

– Do que a vida... – As palavras saíram aeradas de sua boca.

Caralho... está vindo... caralho...

– Tem de melhor!

Minhas vistas se escureceram e meu corpo todo se contorceu. Fingi que algo havia caído no chão e arfei de prazer quando me abaixei, acentuando as contrações de meu corpo. Senti a cadeira se encharcar.

Como havia gozado!

Meus olhos se reviraram e, com dificuldade, consegui controlar a respiração ao me levantar. A mão de Lorenzo estava igualmente encharcada e pingava sobre minhas coxas. Só então me olhou de canto, discretamente, e de seus lábios brotou um sorriso de satisfação. Titia, com seus sentidos levemente comprometidos

MIGUEL VAZ

pelo Corbelli safra 2012, continuou sem nada perceber e estendeu a conversa até que o sono a forçasse a se despedir de nós por volta de uma da manhã.

– Gozar... do que a vida... tem de melhor. – Foram as únicas palavras que consegui proferir depois de experimentar os céus num orgasmo nunca visto. Eu ainda conseguia sentir as ondas de prazer quando, escorada na porta, me despedi de Lorenzo e suas muletas. Eram os tremores secundários do terremoto que abalava todas as minhas estruturas internas.

Acho que te amo, Lorenzo.

199

31

O esperado sábado de verão italiano chegou mais ensolarado que o normal. O calor em meu quarto me despertou por volta das oito horas da manhã. Minha cabeça doía. Eram os resquícios do álcool em meu corpo. Titia já estava de pé e parecia imune aos efeitos das duas garrafas de Corbelli.

– Amei conhecê-lo, de verdade! – Aquelas palavras antecederam o bom-dia matinal.

Eu sorri desajeitada, tentando me livrar do sono que havia se apossado de meu corpo.

– Ele é uma boa pessoa.

Colocadas simetricamente sob a mesa, as duas cadeiras em que eu e Lorenzo nos sentamos na noite anterior também descansavam. Respirei fundo, relembrando o orgasmo maravilhoso de horas antes. *Como tinha sido bom...* A sensação de seus dedos passeando entre minhas pernas foi mais eficiente que a xícara de café tomada, espantou a moleza e me deixou desperta para mais um dia. *Vinte e quatro horas serão pouco para hoje...* Pensei em todos os compromissos do dia: o trabalho no restaurante Huramaki, a volta para casa, a preparação para o grande show da Macchina Rotta. O que esperar daquele dia? Apenas vivendo para saber. Aproveitei os minutos preciosos embaixo do chuveiro para memorizar os nomes dos clientes com reserva para o almoço. Eram cinquenta *nomi* de casais, empresários e turistas solteirões com dinheiro, que se deliciariam com sushis, sashimis e iguarias preparados pelo sr. Katsumi.

Lorenzo também já estava de pé. Apesar do dia corrido, enviara-me uma mensagem de bom-dia e que também informava o cronograma de nossa noite. Um carro me buscaria às vinte horas e me levaria até o local do show. Lorenzo e os demais integrantes da Macchina Rotta ficariam hospedados em um hotel de luxo nas proximidades da Casa Alcatraz. Nós nos encontraríamos no camarim.

Mamãe também tinha me mandado mensagem. Buscava novidades, já que eu havia lhe contado por alto sobre meu breve – porém intenso – relacionamento com Lorenzo. *Seu pai também manda beijos e diz que a ama muito!* Uma saudade fina apertou meu peito. Ironicamente, não era o abraço apertado de L'Orso.

Às vezes Vernazza me recheava de saudades...

O turno do dia foi tranquilo no Huramaki. Não houve Alice e seus olhares fiscalizadores, o que me permitiu relaxar sobre o chique balcão da entrada, e minha memória também não me deixou na mão, apesar da discreta dor de cabeça que não me abandonara. Voltei ao apartamento às dezoito. Titia estava na sala e ouvia "La Luna", que tocava em seu iPod velho. Ela até tentava acompanhar a letra, mas derrapava em sua melodia.

Non posso lasciarti andare, non questa volta...

– Um aquecimento para hoje! – disse, enquanto esboçava uma dança tímida.

O grande dia havia finalmente chegado! De todo modo, por garantia, eu precisava me certificar. Entrei em meu quarto e procurei uma pequena caixa. Sem muito esforço, retirei de seu interior um pequeno papel. No ingresso constava, de fato, a data daquele dia. E, enrolado no canto da caixa, o pingente de sapo com esmeraldas nos olhos. Busquei no fundo da caixa o último pedaço de papel com a caligrafia de Lorenzo.

CHEIRO DE SUOR E VINHO

Para você usar no dia do show em Milão.

Pontualmente às vinte horas eu já aguardava no saguão da portaria a chegada do carro enviado. Aproveitei para conferir no espelho a roupa escolhida. Eu vestia uma blusa de *strass* preta que se acendia cada vez que os faróis dos carros da rua incidiam sua luz sobre mim. Nas pernas, uma calça preta apertada que me deixava mais alta – benditas impressões que as roupas coladas provocavam. Nos pés, botas pretas de couro para combinar com a jaqueta, também preta. Na boca, ousei um batom vermelho – eu nunca passava batom –, então estranhei meu reflexo no espelho. O mais importante, porém, estava pendurado em meu pescoço e, apesar de discreto, era elegante. O pingente de sapo tinha um efeito hipnotizante sobre qualquer um que o fitasse. As duas pequenas esmeraldas posicionadas no topo da cabeça do sapinho refletiam toda e qualquer luz que incidia sobre seu verde. Segundos depois, um carro grafite de vidros pretos encostou no meio-fio. Dei boa-noite ao motorista, que gentilmente me abriu a porta do passageiro. O interior do carro foi tomado pelo cheiro adocicado de La Vie Est Belle, o perfume de cujas borrifadas eu abusara. Olhei-me no retrovisor. Meus lábios tinham uma viscosidade diferente, era o combo nervosismo, boca seca e batom mate.

Fazia uma noite quente em Milão. As ruas estavam efervescentes. Pedestres e carros ziguezagueavam pelas vias, talvez por causa da iminência do show. Apesar do ar-condicionado no interior do carro, era possível sentir o torpor caudaloso pairando sobre os prédios acinzentados e, não fosse o rigor da moda e a minha íntima vontade de chamar mais atenção que as fãs desvairadas e insinuantes de Lorenzo, eu sequer usaria casaco de couro. *É apenas para combinar com as botas...* À medida que avançávamos, cartazes da apresentação da Macchina Rotta continuavam passando pelo vidro do carro, alternando com as fachadas iluminadas das lojas. Era como se eu estivesse proibida de me esquecer daquele momento... Como se não fosse o bastante, a música que tocava no carro também era da banda. *Marketing eficiente...* Em duas semanas, eu tinha visto um ensaio da banda, me apaixonado por seu vocalista, transado – várias vezes – com ele, além de ter escutado exaustivamente todo o álbum *Luna Improbabile*. No entanto, nenhuma experiência até agora me preparara para o show daquela noite.

Enquanto acompanhava timidamente com os lábios a música no carro, meus pensamentos viajaram até a Turquia. *Vittoria com certeza amaria tudo isso...* A janela do carro parecia delimitar aquela paisagem urbana com um quê de familiar. Eu não sentia mais falta das madrugadas silenciosas em Vernazza, assim como meus ouvidos também pareciam ter se acostumado com o barulho constante dos carros e não mais se importavam quando playboys sicilianos, no auge de sua idiotice, apostavam corrida pelas ruas estreitas do Quadrilátero da Moda com seus Porsches e Ferraris turbinados.

Paramos em um semáforo à frente. A luz vermelha refletida no capô do carro me distraía com seu tom acobreado diluindo-se no preto metálico da lataria, enquanto pedestres cruzavam a frente do carro. Uma única pessoa, no entanto, parou em frente ao nosso carro. Era calvo no alto da cabeça e seu supercílio, como que a corte de lâmina, dividia-se em uma cicatriz que avançava pela maçã de seu rosto. Meu corpo inteiro tremeu, e por alguns segundos tive a sensação de que alguém sequestrara o ar dentro do carro.

Era o sr. Giorgio.

A luz vermelha deu lugar ao verde cristalino. O motorista acelerou o carro, ignorando o homem à nossa frente.

– Cuidado! – gritei.

O motorista freou bruscamente.

– O que foi, srta. Elisa? – respondeu assustado.

CHEIRO DE SUOR E VINHO

Olhei para trás. O homem tinha se evaporado.

– Nada. Não foi nada.

O motorista, vendo minha expressão de surpresa pelo retrovisor, abaixou o som do carro e perguntou se eu gostaria que fosse mais devagar. Envergonhada, respondi que não, que, quanto antes chegássemos à Casa Alcatraz, melhor seria.

– Mas nosso destino não é a Casa Alcatraz, é o Hotel Pierre Milano – disse, contando também que as recomendações eram expressas: levar-me diretamente ao hotel, onde Lorenzo já me aguardava na suíte de número 1326, no décimo terceiro andar.

Achei que nos encontraríamos no camarim. O que ele estaria aprontando?

Resolvi escrever-lhe. Lorenzo leu a mensagem na mesma hora. Sua resposta também foi expressa.

Sua ansiedade vai matá-la, Elisa Rizzo.

204

32

Lorenzo abriu a porta saltando com o pé não engessado. Vestia apenas uma cueca branca, o que me fez questionar sua não preocupação em se vestir para o show.

– Figurino diferente. – Beijei seus lábios, entrando em seguida.

– Especialmente para você. – Deu um pequeno tapa em minha bunda.

O quarto era grande. Dois cômodos dividiam seus luxuosos móveis *art déco*, uma antessala abrigava dois sofás, uma mesinha de canto e uma planta que tomava toda a altura do aposento. No outro cômodo, uma cama tão grande que não fazia diferença deitar-se atravessado ou perpendicular à sua cabeceira. Uma pequena sacada estendia os limites do quarto e sua vista em nada ficava a dever para *A Noite Estrelada* de Van Gogh. Por detrás de uma espessa cortina que lambia o chão, a noite milanesa crescia bela sob a claridade da lua cheia.

Eu moraria facilmente aqui...

Lorenzo não se moveu um centímetro para dentro do quarto e continuou imóvel sob o portal da entrada – parecia degustar com os olhos a minha curiosidade.

– O que foi?

Conferi toda a roupa na certeza de que havia feito alguma merda, talvez uma calça vestida ao contrário ou alguma mancha

CHEIRO DE SUOR E VINHO

na jaqueta que passara despercebida aos meus olhos. Lorenzo continuava me fitando.

– O que foi!? Fale logo!

Porra... esse silêncio...

– Você, Elisa Rizzo...

O que, Lorenzo!? O que tem eu!? Porra!

– Está simplesmente... linda!

Lorenzo falava a verdade, não era uma conclusão de meu ego. Seus olhos entregavam a surpresa de me ver arrumada para uma ocasião especial, a mágica que apenas as mulheres dominam, incorporar deusas e demônios em um mesmo corpo, sutileza e provocação, como se os anjos lançassem sobre nossa cabeça pétalas de confiança e os querubins entoassem com suas trombetas *I'm sexy and I know it*. Mas, como nenhuma fórmula parecia se aplicar a mim, os elogios de Lorenzo mais ruboresceram minhas bochechas que aumentaram minha autoestima.

– Obrigada! – respondi envergonhada. – Você... você também está muito bonito. – Analisei novamente sua cueca branca. Lorenzo soltou uma gargalhada que tomaria conta do corredor do hotel, caso não tivesse fechado a porta momentos antes.

– Aprecio sua educação, Elisa Rizzo, mas acredito que já passamos das gentilezas baratas. – Envolveu meu corpo em um abraço caloroso.

· Eu sentia o leve perfume de sabonete em seu pescoço...

– Babaca! – Minha voz sorridente saiu abafada por seu peitoral. Suas mãos massagearam minha nuca até encontrarem o frio metálico da corrente em meu pescoço.

– Você o está usando! – Seus dedos tocaram o pingente de sapo.

– Estou. É lindo! – Puxei o pingente de sua mão para apreciá-lo novamente. – Mas como diabos você descobriu? Digo, você sabia que ele já esteve aqui antes. – Apontei para meu pescoço. – Não sabia?

206

Não poderia ser uma puta coincidência...

Lorenzo riu novamente.

– Não se apegue a isso. Se espera uma supertrama de novela, odeio frustrar suas expectativas, é assunto para outro momento. Quero passar os poucos minutos que ainda tenho com o *meu amor*.

Meu corpo estremeceu.

Ele me chamou de amor!? Meus ouvidos não me trairiam. Estavam bem perto de sua boca... Lorenzo tinha me chamado de amor?!

Senti uma felicidade que não cabia em palavras, apesar de ter sido justamente uma que provocou o desalinho do meu centro de gravidade. Uma palavra apenas. Pequenina, mas trazia consigo um universo inteiro... *Amor*. A mesma febre que se apossou de Lorenzo também havia se apossado de mim. Só meu coração sabia o quanto sua presença me fazia bem. Faltava-me, porém, a sua coragem, que havia colocado em palavras o que ardia em meu peito. Restou-me apenas beijar seus lábios na tentativa de retribuí-lo. Um toque tímido, confesso. Afinal, o batom vermelho em minha boca saía com facilidade.

– Beije-me como se não houvesse amanhã, Elisa Rizzo. – Tive certeza de que Lorenzo tirara aquela frase de um final qualquer de comédia romântica hollywoodiana, mas foquei apenas nas entrelinhas. Seus dedos tocaram a ponta de meu nariz. Sua respiração pairava sobre mim.

– Vai borrar o batom – respondi, frustrada.

– Não se preocupe. – Ele continuava sorridente. – A melhor maquiadora de Milão está à nossa disposição. Em breve ela virá me maquiar para o show. Pedirei que retoque também o seu batom...

Eu estava insegura.

– Elisa, Elisa. – Lorenzo afrouxou suas mãos sobre minha nuca, mantendo o sorriso no rosto. – A não ser que não queira, de fato, eu respeitarei totalmente. Mas...

Lorenzo beijou-me.

CHEIRO DE SUOR E VINHO

– Seria muito bom...

Outro beijo...

– Beijar você...

Outro...

– Sem que o batom...

Mais um...

– Freasse a vontade...

Outro...

– De sentir seu gosto...

Eu me arrepiava a cada beijo delicado seu. Só ele era capaz de incendiar meu corpo por inteiro, como se todos os meus instintos despertassem ao mesmo tempo e não houvesse outra maneira de domesticá-los a não ser libertando-os – a puta ironia do amor. Segurei sua nuca e não deixei seus lábios desencostarem mais.

Fodam-se a maquiagem e o batom...

Lorenzo arrancou meu casaco de couro, eriçando meus pelos dourados. Senti o choque térmico mais provocante de minha vida: a rajada congelante do ar-condicionado do quarto digladiando com meu corpo em chamas. Sua boca percorreu meu pescoço, libertando gemidos baixos de minha garganta. Eu sentia seu corpo colado ao meu e tremia a cada respirada sua sobre minha pele. Lorenzo quis arrancar também minha camiseta de *strass*, mas eu não permiti.

– Não. – Coloquei o indicador sobre seus lábios. – Agora é apenas um aperitivo.

Lorenzo esboçou uma ligeira frustração, a ditar por sua boca semicerrada, mas não me importei. Queria comandar os próximos passos.

– Sente-se!

Lorenzo obedeceu, decerto curioso para saber o que viria a seguir, e, pulando com a perna boa, foi até a cama e sentou-se em sua quina. *Já estava excitado...* Aproximei-me de seu corpo,

208

tomando cuidado para que as pedrinhas de *strass* da blusa não arranhassem seu rosto.

– Imagine só: "Rockstar se apresenta cheio de arranhões". Seria uma bela capa de jornal.

– Por isso a maquiadora, Elisa Rizzo. Fiquei sabendo que os mascarados do *Kiss* arranham seus rostos com *strass* antes de cada show. – Lorenzo pôs a língua para fora, numa péssima tentativa de imitar o grupo de rock.

– Continue apenas cantando, querido. Piadas não são o seu forte.

Fiquei de joelhos e busquei espaço entre suas pernas.

– Apenas um aperitivo, sr. Rockstar.

Beijei seu pescoço, arrancando suspiros de sua boca. Enquanto sentia o doce cheiro de sua pele, minhas mãos acariciavam suas pernas levemente. Lorenzo excitava-se mais a cada segundo e sua cueca ganhava volume. Enquanto minha língua passeava por seu peitoral, meus dedos procuravam o tecido branco de suas roupas íntimas. Beijei o bico de seu peito, curiosa para saber se o excitava assim como a mim. Lorenzo respirou fundo.

Excita...

Imitando duas pernas com os dedos, passeei até a parte dura sobre sua cueca. Ao chegar no que imaginava ser a cabeça, pressionei levemente as mãos, delimitando o formato exato de seu pau. Lorenzo gemeu baixo, tentando baixar a cueca. Eu o impedi.

– Eu faço. – Sem perder contato visual, coloquei meus dedos dentro do elástico. Puxei a cueca em minha direção, enrolando-a em minhas mãos. Aos poucos seu pau se apresentou para mim, estava duro e latejava a cada vaivém do sangue em seu interior. Minhas mãos passavam as coordenadas, já que meus olhos estavam vidrados nos seus, algemando seus instintos. Quando a cueca enrolada passou da altura de suas pernas, o pau de Lorenzo saltou como quem se liberta de uma cela solitária.

Eu vou me deliciar com cada centímetro...

CHEIRO DE SUOR E VINHO

Lorenzo continuava impassível encarando meus olhos, e o único movimento que realizava era o vaivém de sua respiração curta, entregue e cheia de desejo. Aproximei a língua de suas bolas, começando por baixo. Lorenzo gemeu por segundos.

Eu sentia o calor de seu corpo...

Sem interromper o olhar, lambi toda a extensão de seu pau até chegar na cabeça. Lorenzo respirava no intervalo das ondas de prazer. Seu corpo tinha espasmos toda vez que minha língua encontrava algum ponto sensível seu. Como uma corsária, abri caminho por entre suas pernas e explorei a fundo suas águas revoltosas, tão a fundo a ponto de me engasgar com os movimentos que eu mesmo dominava. Queria senti-lo em meu íntimo, tão dentro quanto a palavra amor, a mesma palavra que saltara de sua boca e fizera abrigo em meu coração, momentos antes. Não sei quanto tempo ficamos ali, eu debruçada sobre seu corpo e Lorenzo, na cama, entregue ao ritmo de minha boca, e só não chegamos ao ápice porque alguém bateu à porta, quebrando o clima.

– Deixe que batam! Somos apenas eu e você agora.

Mas, ao contrário de Lorenzo, cuja alma flertava com o gostoso descompromisso de não dever satisfação a ninguém, parte de mim abrigava a Elisa insegura, apesar das raras situações em que me sentia acima de tudo e de todos. Era como se não houvesse porta separando nossa sacanagem do importunador no corredor.

– Responda! – cochichei.

Lorenzo gritou a contragosto. Era Mario, avisando que a maquiadora chegaria em vinte minutos. Eu continuava paralisada entre suas pernas, a respiração suspensa – queria me certificar de que nenhum barulho, por menor que fosse, entregasse nossa intimidade. Só relaxei quando deixei de ouvir seus passos sobre o tapete do corredor. Lorenzo relaxou também, mas às custas de minha boca. Após gozar, avisou que tomaria uma ducha rápida.

210

MIGUEL VAZ

Eu o acompanhei ao banheiro e contei com o espelho sobre a pia para atestar minha boca borrada de batom vermelho.

Uma puta palhaça de circo...

Para meu consolo, Lorenzo também tinha em seu corpo marcas de batom, pude ver seu peito, abdômen e pau pintados de vermelho, apesar de o vapor quente da água não ter demorado a embaçar o vidro do box. A maquiadora chegou pontualmente às 21 horas e não conteve o sorriso de canto de boca quando a cumprimentei com os cabelos molhados e o rosto limpo, decerto já imaginava os motivos para tanto desalinho. Por fim, fez um bom trabalho em mim, recuperando a dignidade perdida após um sexo oral com batom vermelho. Incomodou-me apenas a maneira como se jogava em Lorenzo, sem se importar com minha presença ali. *Filha da puta...* Sim, eu sentia ciúmes de Lorenzo, apesar de não o ter visto retribuindo suas gentilezas e elogios baratos a cada pincelada de pó.

Eu teria que me acostumar ao assédio... era a única opção...

Não tardamos para descer até o hall do hotel. Lorenzo, como se fosse possível, estava mais bonito que o normal e, assim como eu, vestia preto dos pés à cabeça. Até seu gesso ganhara uma cobertura estilosa, um tecido fosco que ajudei a pregar sobre o branco já encardido. Todos os outros integrantes da Macchina Rotta também estavam no saguão. Ugo e Gaetano conversavam animadamente em um grande sofá enquanto Pietro fumava um cigarro colado à porta principal e tirava *selfies* com algumas fãs. Já Mario discutia alguns valores com o gerente do hotel e acertava os últimos detalhes da van que nos levaria até a Casa Alcatraz, o local do evento. Lorenzo inevitavelmente canalizava para si a atenção de todos os presentes, mas isso não parecia incomodar os outros integrantes da Macchina Rotta. Com suas muletas, distribuía sorrisos e alguns autógrafos aos curiosos que passeavam pelo saguão. Minha autoestima questionável sempre dava as

CHEIRO DE SUOR E VINHO

caras naqueles momentos, e eu me sentia coadjuvante não apenas em sua companhia, mas até nas coisas que não orbitavam Lorenzo; eu me sentia pequena, apesar de seus elogios enquanto descíamos no elevador. Meu pensamento era um só: a infinidade de mulheres mais atraentes do que eu lutando por um espaço na frente do palco: o local perfeito para o fuzilarem com seus seios siliconados, seus olhares safados e seus convites nada discretos para uma noite de prazer ao seu lado.

Calma, Elisa. Tenha calma, porra.

Antes de tomarmos o caminho da van, que nos esperava além do saguão, as lentes de alguns canais de televisão voltaram-se com curiosidade para Lorenzo e para mim, e um fotógrafo pediu-nos para registrar o momento. Foi nossa primeira foto como casal. A fotografia que rodou a internet e estampou as principais revistas de fofoca da época.

33

A van parou no estacionamento interno da Casa Alcatraz meia hora depois de deixar o hotel. Mario desembarcou primeiro, seguido de dois produtores da Macchina Rotta. Pietro desceu já acendendo um cigarro. Gaetano e Ugo vieram em seguida. Lorenzo, por conta das muletas, deixou a van por último. Antes, respirou fundo, como se somente naquele instante tomasse conhecimento de que seu sonho já acontecia ali, diante de seus olhos. Pegou as muletas que o ajudariam por toda a noite, me encarou profundamente e beijou meus lábios.

– O dia que não precisa de meia-noite – disse.

Ruminei sua frase durante vários segundos sem entender o sentido. Tudo só se iluminou a mim quando vi seu sorriso largo mais adiante, e cada palavra queimou meu corpo como se fossem tiradas da forja ainda vermelhas, fumegantes e cheirando a calor. Bateram em meu peito como uma marca, deixando em carne viva o íntimo desejo de que aquele dia não terminasse nunca. Era o que dizia sua frase enigmática, mais fugida que solta ao acaso, e passaria batida não fosse a harmonia com seu sorriso.

Lorenzo desejava que aquela felicidade não morresse, sorriu e eu sorri junto, afinal também me sentia parte de seu mundo, por mais que nossas órbitas tivessem se cruzado há pouco tempo.

Acompanhei dos bastidores toda a preparação para o show. Repórteres se amontoavam à frente do camarim buscando uma

CHEIRO DE SUOR E VINHO

pequena frase de efeito para completar suas reportagens para os noticiários do dia seguinte. Gritavam todos ao mesmo tempo e faziam dos bastidores um chiqueiro sonoro, mesmo depois de Lorenzo assegurar que não deixaria perguntas sem respostas. A porta do camarim parecia dividir o céu do inferno.

Mario insistiu para que Lorenzo se sentasse, recordando-o de seu pé engessado. Ele o obedeceu contrariado e me puxou para o seu lado em um confortável sofá verde. Em silêncio, observei cada integrante da banda. Todos tinham um ritual próprio antes de subirem ao palco: Ugo alongava-se excessivamente e tive a impressão de que sua coluna partiria ao meio quando tentou tocar os pés com as mãos, Gaetano comia compulsivamente *bruschettas* e queijos, Pietro acendia um cigarro no outro e baforava a fumaça para o interior do pequeno banheiro – que o santo protetor dos intestinos abençoasse cada um ali, caso contrário morreriam sufocados caso uma pontada aguda os convidasse ao vaso sanitário – e Lorenzo grunhia sons indecifráveis até para o Chewbacca. Era assim que aquecia sua voz. Era a segunda vez que frequentava a intimidade da vida artística, a primeira tinha sido no pub do sr. Gali, em Vernazza, meses antes. A rápida lembrança daquele ambiente fedendo a bebida fermentada e mofo foi a prova de que a vida é mesmo a porra de uma roda gigante muito louca. Agora, quatro desodorantes pregados à parede borrifavam uma fragrância enjoativa de carmim em intervalos de trinta segundos, tão doce que me revirava o estômago.

Ao menos não fede...

Lembrar daquele fatídico dia em Vernazza não mais me doía a alma. Lorenzo tinha sido um grande *filho da puta*, era impossível mudar o passado. Mas aprendi em Milão que sempre podemos minimizar o que nos fere, basta enxergarmos as putas manhãs de sol que rompem após as madrugadas de chuva.

214

MIGUEL VAZ

Logo o camarim se esvaziou. Primeiro saíram os contratantes, satisfeitos após algumas *selfies* com a banda. Depois se foram os produtores e seus *walkie-talkies*. Por fim, restaram os quatro rapazes, Mario e eu. Era o momento de deixá-los a sós, a Macchina Rotta merecia saborear sua conquista, e nada mais justo que voltassem à intimidade de seus primeiros sonhos. Sem alarde, abri a porta e saí. Antes que ela se fechasse por completo, notei que Lorenzo me observava. Ele nada precisou dizer, muito menos eu. Como que por telepatia, desejei a ele um ótimo show. Venezia, um gentil produtor da Macchina Rotta, já me aguardava à porta para me levar ao palco, de onde assistiria à apresentação.

Vittoria estaria surtando...

Venezia decifrava o labirinto de portas, entradas e saídas sem hesitar. Como portais para outra dimensão, a vida parecia acelerar a cada novo bastidor. Meu coração também não ficava para trás e batia como se quisesse chegar antes de mim. Quando já me encontrava esbaforida, Venezia fez um sinal de silêncio com o dedo, havia mais uma porta à frente.

– Qualquer movimento por detrás das cortinas agita a multidão.

Ouvi o rangido de metal corroído da maçaneta, nada mais. O silêncio absoluto que precede o caos visitou meu coração. Antes que tivesse tempo para raciocinar, o brado de um exército romano ou talvez espartano – Leônidas quem sabe – percorreu cada veia e artéria do meu corpo. Definitivamente eu estava em cima do palco.

Milhares de vozes se faziam uma só e eu não conseguia ver onde terminava a multidão. Uma onda de histeria alcançava nossos tímpanos a cada movimento por detrás das cortinas. Alguns gritos se sobressaíam a outros, ou talvez fossem meus ouvidos seletivos que só ouviam Lorenzo, Lorenzo, Lorenzo.

Tudo estava pronto para o início da apresentação. Um *roadie* ainda alinhava um cabo ali, outro lá, mais por preciosismo que por

215

CHEIRO DE SUOR E VINHO

necessidade. Caminhei por detrás das grandes caixas de som, esquivando-me das luzes giratórias que iluminavam o palco como faróis em uma praia. Dali observei o mar de gente, afinal não há faróis nem praias sem águas, convenhamos. Era uma massa uniforme de rostos virados na direção do palco. Muita, muita gente. Gente a perder de vista. Minhas pernas bambearam, meu coração acelerou e uma lágrima de emoção escapou de meus olhos. Um sonho que não era meu se realizava naquele instante e, no silêncio de minhas palavras, comemorei como se fosse. Faltavam-me ambições profissionais, sobravam-me inseguranças. Lembrei minha adolescência, a vida parada de Vernazza, encarei a vida mediana que se apresentava a mim, mesmo em Milão. Não doeu. Torcer pelo outro é, muitas vezes, mais gostoso que torcer para si. Sorri.

34

A Macchina Rotta entrou no palco em meio a um show pirotécnico. De todos os lados, faíscas saíam do chão, formando um caminho de chamas que ia da passarela ao fundo do palco. Os quatro rapazes entraram ovacionados pela multidão. Fãs desesperados não pouparam suas gargantas e gritaram por minutos até que os primeiros acordes de "La Luna" tomaram conta da Casa Alcatraz.

Lorenzo, o cantor malabarista, equilibrava-se em suas muletas, balançando os braços como se regesse uma orquestra. À sua frente, um microfone preso a um pedestal vermelho amplificava a emoção que saía de seu peito. Cantava como nunca, por vezes fechando os olhos, em outras, olhando fixamente para as fãs das primeiras fileiras.

– *Non posso lasciarti andare, non questa volta* – o público o acompanhou em uma só voz, contagiando também Ugo, Gaetano e Pietro, que transpiravam felicidade a ponto de terminarem o show com apenas as calças no corpo – camisetas, jaquetas, calçados e, pasme, meias foram jogados para a multidão. Mario ficou ao meu lado durante as quase três horas de apresentação. Foi a primeira vez que o vi sorrir plenamente. Cada canção executada com sucesso parecia arrancar um elefante de suas costas e cada grito histérico das fãs era como se saísse também de seu peito. Quando a Macchina Rotta voltou ao palco para o bis e a plateia

CHEIRO DE SUOR E VINHO

cantou "La Luna" pela última vez, vi uma lágrima cair de seu rosto, bem no instante em que a luz de um dos holofotes iluminou o seu sorriso.

Quando as cortinas se fecharam pela última vez, meus pés doíam de tanto dançar e apenas um resquício de voz ainda encontrava abrigo em minha garganta. Foda-se. Eu estava extasiada. Meus olhos pediam descanso, tantas foram as lágrimas que passaram por suas bordas – muitas canções me lembraram papai.

A Macchina Rotta festejou o show perfeito dentro do camarim. Ugo estourou um champanhe rosé em Mario, Lorenzo, Pietro e Gaetano, encharcando-os, e o que restou na garrafa entornou goela abaixo. Todos tinham um sorriso estampado na cara que disfarçava o cansaço de três horas intensas em cima do palco. Eu acompanhei a comemoração de canto, tímida e orgulhosa ao mesmo tempo. Lorenzo, no entanto, encontrou meu sorriso por detrás do corpulento Venezia, largou suas muletas e saltou ao meu encontro. Foi um dos melhores abraços que eu receberia em toda a minha vida.

– Elisa! Elisa! – Beijou-me. – Você viu aquela multidão?!

Em meio aos seus lábios, me restou sorrir e tentar respondê-lo.

– Sim, sim! Mil vezes sim! – Sua emoção era também a minha. – A forma como todos cantaram, foi simplesmente... lindo! – Lorenzo tinha os olhos cheios de lágrimas e seus cabelos cheiravam a espumante e suor. Era o aroma da conquista. Seus braços me envolveram pelo resto da noite e assim continuaram até a porta do hotel, onde parecíamos jovens de Vernazza depois de uma noitada: garrafas de vinho nas mãos e o cansaço estampado na cara. Dormimos com as roupas do corpo, sem forças até para provocações. Aquela noite marcaria o início de momentos intensos, mas também complicados em nosso relacionamento.

218

35

orenzo e eu não tivemos descanso durante a semana seguinte. A Macchina Rotta dividia seu tempo entre entrevistas em rádios, programas de televisão e outras gravações. Quanto a mim, precisei cobrir a escala de Alice no Huramaki, que fora abatida sem piedade por uma forte gripe. Enquanto não cessassem o mal-estar e a tosse, ela não pisaria no restaurante, eram as ordens do Sr. Katsumi.

Sem Lorenzo para ao menos trocar confidências, recorri à Vittoria para ajudar-me nos momentos de ócio. Ouvi com atenção todas as suas histórias amorosas com ao menos dez pretendentes e diverti-me com seus critérios nada ortodoxos.

– De todos os turcos, ele é o único que tem o pau maior que o nariz. – Gargalhou ao telefone. – Todos os outros ficam no empate.

Àquela altura, eu já andava tranquilamente pelas ruas de Milão, sabia os melhores caminhos e, apesar de algumas lembranças amargas ainda visitarem meu íntimo, Giorgio diluía-se à medida que a felicidade voltava a me visitar. Mas, como tudo nesta puta vida, um segundo basta para transformar calmaria em tempestade. Neste caso, bastou uma ligação de Vittoria.

– Puta. – Sua voz era grave.

– Não tínhamos combinado que nos falaríamos mais tarde!? Por sorte, estou no intervalo de descanso aqui no restaurante.

– Quero que me escute bem – Vittoria interrompeu-me. – Giorgio está a caminho de Milão.

CHEIRO DE SUOR E VINHO

Não sei quantos segundos permaneci ali, atônita.

– A polícia também está atrás dele – continuou. – Parece que esteve escondido em Gênova depois de ter assassinado seus capangas em Vernazza.

– Vittoria. – Foi o que consegui dizer. – Diga-me que ele não está vindo para cá por minha causa.

Desta vez, o silêncio se deu do outro lado da linha.

– Não sabemos dizer. Digo, pode ser uma coincidência. – Vittoria estava tensa. – De toda forma, Milão é uma cidade muito grande e com certeza esse filho da puta será pego pela polícia antes que ouse pensar em ir atrás de você.

Suas palavras não foram reconfortantes. Daquele momento em diante eu teria que redobrar a atenção e transitar apenas em locais de muito movimento. Meu único alento era saber que um mafioso procurado por Deus e por todos não se exporia a perigos desnecessários. Passei os dias seguintes introspectiva e até pensei em contar a Lorenzo sobre tudo que se passava comigo. Não achei justo. Ele tinha mais com o que se preocupar, afinal, a fama sempre há de cobrar um alto preço.

Só fui encontrá-lo no fim da semana. E não temo dizer, graças ao alinhamento cósmico de sua puta sorte com sua ousadia. O cancelamento de uma entrevista de rádio deu à banda uma tarde e uma noite de folga, e, como eu não compartilho de sua sorte nem de sua ousadia, cobriria a escala de Alice no restaurante Huramaki enquanto Lorenzo aproveitaria seu tempo livre. E para comprovar meu azar, aí vai: o mesmo adjetivo, sentidos opostos. Lorenzo teria uma folga forçada enquanto eu enfrentaria um trabalho forçado.

Maldita gripe, Alice...

Mas não nos esqueçamos do alinhamento cósmico. Falei de sua sorte apenas, faltara a ousadia. Quando os sobrenomes *sr. Bianchi e srta. Rizzo* apareceram impressos na lista de clientes para o jantar, ignorei a coincidência. Depois de vinte dias decorando nomes estranhos, não há quem já não o faça em piloto automático.

Sr. Bianchi e srta. Rizzo, mesa dezessete.

– Você é absolutamente louco! – Soquei três vezes seu peito quando Lorenzo cruzou a porta principal do restaurante Huramaki com suas muletas.

– Ai! – Esquivou-se. – Isso são modos de uma atendente?

– *Hostess*. Para você sou srta. Rizzo.

Lorenzo abriu um sorriso e caminhou até a mesa dezessete com precisão cirúrgica e independente de meus serviços. Não se sentou até que eu me sentasse, como dita o cavalheirismo inglês. Recusei sua cortesia, indecisa entre continuar ali e voltar à bancada.

Porra, é meu trabalho!

Eu estava mais perdida que meu celular na estrada de terra de Vernazza e só me acalmei depois que o sr. Katsumi em pessoa explicou a situação: o pedido de Lorenzo para jantar com a namorada – aquela foi a palavra – o convenceu a quebrar tradições, deixar a cozinha e receber os clientes em meu lugar. Sim, foi exatamente isso que ouvi e não, não acredito que fora apenas a sensibilidade e iluminação de um quase buda que levaram o sr. Katsumi a aceitar sua proposta, tampouco vi se aquele agrado constou na conta ao fim do jantar.

– Hoje nós comemoraremos! – Lorenzo voltou do banheiro enquanto eu tentava processar toda a situação.

– O que exatamente? – Era uma dúvida genuína. Minha memória não era boa e torci para que ele não se ofendesse caso alguma data especial tivesse passado despercebida.

Mas nós nem tínhamos datas especiais ainda...

– Duas coisas. – Lorenzo me deu um beijo suave que me corou as bochechas.

CHEIRO DE SUOR E VINHO

Eu não estava acostumada a demonstrações de afeto na frente dos colegas de trabalho...

– Primeiro e mais importante: estamos nos vendo, isso basta para uma puta comemoração.

Lorenzo tinha razão. A Macchina Rotta voaria para Florença na manhã seguinte e ficaríamos mais alguns dias sem nos vermos.

– E a segunda?

Lorenzo arqueou as sobrancelhas surpreso, em uma expressão que, diga-se de passagem, eu odiava, pois parecia confrontar minha inteligência.

– Olhe minha perna.

– Você tirou o gesso!

Lorenzo esticou sua perna esquerda.

– E as muletas?

– Parte do disfarce. Estão dentro de um dos banheiros. Não conte ao sr. Katsumi.

Lorenzo tinha a mágica de conservar as travessuras quando quase todos já haviam perdido o tesão pelas diabruras, ao deixarem a adolescência. Nem o corpo formado e os deveres da vida adulta talvez lhe servissem como espelho. Era a versão italiana de Peter Pan.

– Agora poderemos testar novas posições. – Sorriu com malícia.

– Fale baixo! – Temi que alguém nos escutasse.

Lorenzo deu de ombros e continuou suas provocações, em um desleixo que lhe dava ares de estar à frente de seu próprio tempo. Pediu o melhor vinho da casa, um Cabernet Sauvignon francês, e fez questão de me servir. Brindamos ao som de *Il riso nasce nell'acqua e muore nel vino*, um ditado antigo que Lorenzo fez questão de mudar em seguida porque, apesar do cardápio variado, o Huramaki não servia risotos nem massas.

– Os sushis nascem na água... – disse, numa evidente alusão aos peixes – e morrem no vinho.

E morrem no vinho...

Saboreamos de tudo por quase três horas, harmonizando os sushis e sashimis com um bom gole de nossas taças. Meu paladar estava cada vez melhor e, ouso dizer, mais crítico. Eu já conseguia diferenciar os tipos de vinho e mordia a língua para as firulas dos *sommeliers*, que agora me faziam sentido. Não me julgue, que atire a primeira pedra quem nunca franziu as sobrancelhas ao ver alguém rodando o vinho em uma taça e cheirando o copo em seguida.

Ao fim da noite, o sr. Katsumi fez questão de nos acompanhar até a porta do restaurante. Eu tentei evitar que minhas pernas cambaleantes entregassem minha mente embriagada e corri para o banco de trás do carro que nos aguardava. Lorenzo ainda atendeu alguns fãs antes de se sentar ao meu lado.

Fazia uma bela noite em Milão. Voltamos com os vidros do carro abertos até Monza, rindo sem motivo, embalados pelo álcool. Lorenzo colocava a perna esquerda para fora do carro e gritava para os outros veículos: "me acertem agora, filhos da puta". Eu acompanhava sua alegria, apesar de não compartilhar a mesma elasticidade. Chegamos ao seu apartamento logo após as 22 horas, sustentamos a embriaguez com outra garrafa de vinho e nos esparramamos em um de seus sofás quando ficou impossível nos mantermos de pé.

– Há algo que eu não saiba sobre você, Elisa Rizzo? – Seu olhar estava baixo. – Dizem que, quando o álcool entra, a verdade sai.

– Muitas coisas. Nós estamos juntos há um mês apenas – respondi sem hesitar. Lorenzo arqueou as sobrancelhas.

A rapidez de nossa intimidade deve tê-lo confundido... ou seriam as taças de vinho a mais?

– Nada que eu já não mereça saber? – Lorenzo rolou para o meu lado, derramando metade de sua taça de vinho sobre mim. – Desculpe!

CHEIRO DE SUOR E VINHO

– Está tudo bem, depois limpamos – respondi, anestesiada pelos efeitos do álcool.

Enquanto o tecido absorvia o vinho, tingindo de cobre a malha sobre o meu peito, senti meu corpo formigar. Uma vontade de tê-lo dentro de mim sequestrou meu juízo. Apoiei meu peso sobre o seu e entrei na brincadeira.

– Se quer saber algo sobre mim – passei a língua sobre a borda do copo –, terá que conquistar a resposta. – Afundei seu dedo indicador na taça e puxei-o para perto de minha boca, deixando uma trilha de gotas sobre minha camiseta. Chupei seu dedo até não restar mais vinho, sugando-o com força no final. Foi o bastante para despertá-lo.

Meu pescoço foi seu primeiro alvo. Lorenzo derramou sobre minha pele um fino veio de vinho tinto. Antes que as gotas escorressem até meu dorso, sua língua secou aquele pequeno rio como o sol durante as estiagens em Vernazza. Suspirei, desejando que não fosse apenas o ar que chegasse ao mais íntimo de meu corpo. O cheiro amadeirado que tomava conta do apartamento era o estimulante para nossas vontades. Seu próximo alvo foi minha barriga, despejando vinho sobre meu abdômen. Cada ataque de sua língua despertava em mim sensações desconhecidas.

As gotas que escapavam e percorriam a lateral de minha barriga eram as piores...

O espaço entre as costelas era o ponto mais sensível de meu corpo, eu descobriria da pior maneira – ou melhor, aceito todas as opiniões. Sua simples respiração sobre minha pele já me furtava da boca alguns gemidos. Lorenzo me deixou nua e, de quebra, ficou mais embriagado ainda. Meu corpo pegava fogo e galopar sobre seu abdômen era a única saída que minha mente pecaminosa conseguia enxergar, o alívio imediato, o banho gelado contra a febre alta. Eu já delirava, ciente de que me aproximava do limite. Lorenzo ignorava minhas reviradas de olhos

224

MIGUEL VAZ

e, com a calma de um monge tibetano, derramou o líquido frio avermelhado sobre meus grandes lábios, me fazendo rugir como uma leoa. O contraste do gelado com o ardor da pele disparou meus hormônios e puxei sua boca até minha virilha, desejando que aqueles segundos nunca passassem. Lorenzo passeou sobre mim com um apetite voraz. Sua língua abriu caminhos, desbravou terras e desaguou oceanos por entre minhas pernas. Eu me abandonei no sofá a contar estrelas, misturando meu gozo com a bebida derramada. A sala rescendia a vinho. Era o calor de minha pele evaporando o álcool.

– Minha vez! – Minha voz saiu sôfrega.

Era hora de dar o troco em Lorenzo, a revanche tão esperada, libertar minhas papilas para caçarem o salgado de sua pele e a acidez do vinho. Não haveria presos de guerra, o próprio Lorenzo já havia se rendido, matá-lo de prazer era apenas uma questão de tempo. Corri até a mesa e completei a taça. Seu olhar acompanhou-me, clemente por misericórdia.

– Você fica ainda mais linda sob esta luz. – Lorenzo olhou a janela, por onde o brilho da lua invadia a sala e repousava sobre a mesa. Um leve contraste acentuava minhas curvas. Por onde passasse, meu corpo exalava uma fragrância de vinho.

– Por onde quer começar? – Lorenzo rompeu o silêncio no apartamento ao me ver voltar com a taça completa.

– Quieto!

Pressionei minha mão sobre seu peito, para que não restassem dúvidas sobre quem comandaria as provocações a partir daquele momento. Abri os últimos botões ainda fechados em sua camisa branca. Um fio ocre desceu da taça, manchando de rubro seu peitoral. Sua respiração acelerou e seus lábios comprimiram-se. Com a língua, varri cada centímetro de seu corpo, despi cada peça de roupa sua e embriaguei-me de prazer e vinho.

225

CHEIRO DE SUOR E VINHO

Fizemos valer as palavras de Lorenzo durante o jantar no restaurante Huramaki e exploramos novas posições durante a transa. Ele me dominou por cima e me penetrou fundo, libertando uma onda de prazer que percorreu meu corpo em forma de espasmos. Eu abrira as jaulas da fera antes de domesticá-la, acordara seus instintos adormecidos, assumira o risco do perigo. Em troca, Lorenzo me preencheu com vigor, explodindo dentro de mim, e, mesmo após o sol despontar no horizonte acima dos prédios acinzentados, três coisas me teletransportavam para a noite anterior: a cama encharcada, o cheiro de suor e vinho e as marcas de suas mãos em minha bunda.

Eu amava tudo aquilo.

36

O que era pior: um assassino foragido da polícia ou um desertor da máfia? Poucos eram os que contavam com tantos atributos autodestrutivos no currículo, e ser cobiçado pelas forças de segurança e dois clãs da máfia ao mesmo tempo talvez fosse o último motivo de orgulho de Giorgio.

Desde que assassinara os dois olheiros do *capo* no Hotel La Constellazione, seus passos eram pensados com cuidado. Não que isso atestasse um leve zelo pela vida, por Giorgio, foda-se, o que o mantinha vivo era apenas a sua obsessão doentia por Elisa. Desde que a vira naquele calçadão sem fim, sentiu-se presenteado pelo próprio criador. Logo chegou à conclusão de que não poderia ser Ele, o criador de tudo, quem mandara a filha de volta para assombrar sua vida, pois havia aprendido na escola que a Deus cabe o paraíso e não o inferno. Fora o diabo quem a chutara de volta para cima.

Giorgio abandonou a cena do crime, roubou um velho Lancia Delta encostado em um celeiro de uma *azienda* próxima e subiu a famosa E80, passando por Brugnato, Chiavari e Recco, até chegar a Gênova. Abandonou o carro na primeira oportunidade e buscou abrigo em uma pensão tão acabada e escondida que nem a polícia, nem a máfia ousariam procurá-lo ali. Viu-se o único hóspede do lugar e chegou a fazer amizade com o seu proprietário, um senhor diminuto, encurvado e antiquado – em sua casa e pensão, o aparelho mais tecnológico era um televisor de

CHEIRO DE SUOR E VINHO

tubo, sempre sintonizado em programas de comédia ou entretenimento, nunca noticiários, para sorte sua. Passou as duas semanas seguintes sem se aventurar além dos limites do quarteirão; era o tempo para acalmar os ânimos dos jornais, que tinham o costume de pressionar a polícia por informações novas sobre as investigações em curso. Não desperdiçou uma hora sequer sem voltar seu pensamento a Elisa, e por vezes questionou-se se valia a pena lançar mão de tudo por um sentimento tão animal quanto os instintos mais primitivos. A resposta vinha galopante, sempre em sonho, e não raramente Giorgio acordava balbuciando: "Você não tem nada mesmo, imbecil. Ela já lhe tirou tudo". Passou a sonhar também acordado, ansiando em dar o troco na inocente alma que nascera condenada pela semelhança com a filha.

Quando o rosto de uma sorridente Elisa deixando um saguão de hotel e entrando em uma van encheu a tela da televisão, Giorgio quase saltou da cadeira, assustando o velho proprietário, que cochilava com um prato de comida sobre a barriga. Aproximou-se do televisor e buscou novamente o seu semblante entre as listras que cortavam o sinal parabólico. Era ela, tinha certeza de que era, e não teve mais dúvidas de que seu destino e loucura estavam intimamente ligados a ela. Elisa não mais apareceu, mas Giorgio não se importou. Ele gravou o nome Macchina Rotta, estampado em letras garrafais no canto esquerdo da tela.

No dia seguinte, saiu disfarçado pelas ruas da cidade até encontrar uma banca de revistas. Voltara ao passado, quando se inteirava das notícias por meio das páginas cheirando a impressão – ele havia se desfeito do celular quando subia a E80. Comprou todos os jornais e vasculhou suas notícias procurando algo que confirmasse a visão do dia anterior. Não foi preciso muito. A foto de Lorenzo e Elisa estampava o canto da contracapa de um jornal regional. Sorriu. Dias depois, Giorgio deixava Gênova e chegava a Milão.

228

37

Os últimos dias cobrindo Alice no restaurante Huramaki pareceram intermináveis. O cansaço me dominava e não tinha forças sequer para comer. Lorenzo continuava em Florença, depois de uma apresentação perfeita da Macchina Rotta: ingressos esgotados, recorde de público e repercussão nacional. Trezentos quilômetros nos separavam. Trezentos quilômetros entre Florença e Milão.

Papai e mamãe aproveitaram o Ferragosto, o mais tradicional feriado italiano, para visitarem titia e a mim. O Ferragosto marcava o auge do verão, quando milhões de italianos invadiam praias, parques e grandes praças para se embriagarem com suas famílias e amigos. Ida não conseguiu acompanhá-los a Milão; empregos temporários não concediam sequer salários razoáveis, férias, então, fora de cogitação.

Papai e mamãe tinham envelhecido, ou talvez fossem as impressões de quem passara dezenove anos vendo-os todo santo dia, e agora não os via fazia um mês e pouco. Os cabelos de papai estavam maiores e o tom de seu grisalho mudara, deixando-o com um ar senhoril. Já mamãe estava mais magra. A falta de gordura para acomodar sua pele evidenciou algumas marcas de expressão em seu rosto. E ninguém está preparado para ver seus super-heróis envelhecerem. O medo de perdê-los, por qualquer razão que fosse, trouxe o sr. Giorgio de volta ao meu mundo.

E convenhamos... a máfia era mais perigosa que o andar do relógio...

CHEIRO DE SUOR E VINHO

– Francesca, não tem alimentado minha filha? – Papai apontou para as olheiras fundas em meu rosto. Não falava sério, mas notou os efeitos da privação de sono.

– Não me amole, Giovanni. Elisa prefere sushis à minha comida requentada.

Expliquei para papai e mamãe o motivo de tanto cansaço. As olheiras em meu rosto desapareceriam tão logo cumprisse a jornada dupla no restaurante. Para meu alívio, Alice estava melhor da gripe e retornaria no dia seguinte, dando fôlego ao resto de dignidade que me sobrava.

Avisei Lorenzo sobre a chegada surpresa de meus pais em Milão e me surpreendi com sua disposição em encontrá-los mesmo sem ter descansado dos shows e entrevistas do fim de semana. Àquela altura, tanto papai quanto mamãe sabiam de nosso romance.

Em Milão? Estão na casa da sua tia? Posso visitá-los?

Sua mensagem chegou pela manhã. Ele ainda estava acordado mesmo depois de horas intermináveis entre aeroportos, poltronas desconfortáveis, vans executivas e portões de embarque, enquanto eu me aprontava para mais um dia de trabalho.

Sim! Sim!

As duas primeiras respostas foram fáceis. Já a última provocava-me um frio na barriga. Eu não sabia o que era apresentar um pretendente à família. Meu relacionamento mais sério fora com Andreas, anos antes, e meu lado inseguro projetava todas as merdas possíveis: papai não ir com a cara dele, titia entregar quantas noites tinha dormido em seu apartamento em Monza, Lorenzo não segurar a língua e contar nossas intimidades.

Pode sim!

Achei que, de tanto receio, minha mensagem não chegaria ao seu celular, mas um pequeno *check* confirmou o recebimento. Faltava apenas Lorenzo lê-la e, depois, respondê-la. Não desgrudei os olhos da tela, ansiosa por suas palavras. Nada. Ele não

230

respondeu minha mensagem, nem as outras que mandei durante o dia. Voltei do restaurante cansada, sem notícias dele, e trazia um leve amargor na boca, o sabor que nossa alma adquire quando somos ignorados por alguém. Fiz força para não cochilar em pé dentro do elevador. O corredor do sexto andar nunca pareceu tão longo. Quando cheguei à porta do apartamento de titia, ouvi vozes animadas em seu interior.

Papai e mamãe ainda estão acordados conversando com titia...

Puxei o trinco em silêncio, na esperança de flagrar algo dito sobre mim. Antes de entrar na cozinha, notei uma voz a mais na conversa.

– Já senti nervosismo, sim. Ainda sinto, para ser sincero. Mas é a adrenalina, né? O medo evapora quando você vê milhares de pessoas gritando seu nome.

Não é possível. NÃO É POSSÍVEL...

– Ah, estávamos esperando por você! – Lorenzo abriu um sorriso ao me ver. Falava como se fosse ele o anfitrião.

– O que *você* faz aqui!?

Lorenzo deixou a mesa e deu-me um beijo na testa.

– Vim conhecer seus pais!

Durante toda a noite, papai, mamãe, titia e Lorenzo não me deixariam esquecer minha cara de espanto ao vê-lo ali conversando alegremente com minha família. Precisei de algumas taças de vinho, um merlot chileno que titia fez questão de abrir para recebê-lo, para enfim me desarmar. Mas algo ainda me intrigava...

Titia havia convidado Lorenzo ou ele mesmo se convidou?

– Não me esqueci do prédio. – Lorenzo lembrava a noite em que conheceu titia, equilibrou caixas de pizzas e muletas e deixou uma mancha na cadeira em que agora se sentava.

Ou talvez tenha sido eu quem deixara...

– Rapaz corajoso. – Papai deixou de lado o personagem de sogro carrasco fodedor de psicológicos alheios.

CHEIRO DE SUOR E VINHO

Lorenzo não se sentiu intimidado por papai e parecia estar em uma conversa de camarim. L'Orso também não pegou pesado nas perguntas sobre nosso recente relacionamento e se contentou apenas em nos desejar sorte.

Lorenzo precisou de apenas meia hora para contar suas expectativas profissionais, o momento especial da Macchina Rotta e as divergências de pensamento com seus colegas. Falou de seu passado, falou dos pais. Cada lembrança resgatada abria um sorriso em seu rosto.

– O amor pela música. Essa é a maior herança que recebi deles.

Contou também como seus pais haviam se conhecido e rapidamente tinham se apaixonado, sobre sua chegada não programada, a gravidez de risco, os anos em que estudou na estrada e, junto da família, viveu de país em país a bordo de um *motorhome*.

– Papai trabalhava na *National Geographic* nessa época. Tinha ótimo faro para fotografias, além de sorte – disse, orgulhoso. – Quando mamãe se cansou da estrada, resolveram se mudar definitivamente para Monza.

Eu observava com atenção o movimentar de seus lábios e o brilho em seus olhos. Sei que era o vinho que desacelerava mais uma vez meu pensamento, mas queria acreditar que o amor também deixava tudo em câmera lenta. Minha respiração profunda dava tons dramáticos àquela cena, beirando a breguice. *Mas o amor é brega, porra! Sim, eu o amava.*

Papai quis saber mais sobre o pai de Lorenzo, pois também gostava de fotografia. Apesar de nunca ter pegado uma câmera profissional nas mãos, ele adorava folhear revistas de natureza em busca de boas fotos.

– Às vezes me sento na varanda e fico observando os piscos-de-peito-ruivo dando rasantes sobre a grama molhada do orvalho durante o nascer do sol. Sempre penso que daria uma fotografia belíssima, sabe? Aquele nascer do sol. – Papai amava nossa *azienda*. – Vernazza pode não ter bons empregos, mas tem lá suas belezas.

Mamãe, que a tudo observava em silêncio, deu o tom final ao assunto.

– Gostaria de tê-los conhecido. – Bebeu um gole de sua taça. – Seus pais...

Lorenzo sorriu brevemente.

– Mas você os conheceu.

Sua frase despertou-me do torpor causado pelo álcool. *Como assim mamãe havia conhecido os pais de Lorenzo!?* Todos se remexeram em suas cadeiras como se estivessem se preparando para um grande acontecimento. Mamãe abriu seus olhos azuis, surpresa. Papai e titia permaneceram em silêncio. Tinham, porém, os ouvidos atentos. Confesso que esperei alguma piadinha sem graça de Lorenzo, mas ele permaneceu impassível.

– Muitos anos atrás, vocês estiveram em uma loja das redondezas. – Lorenzo girou o dedo indicador, sinalizando as proximidades do apartamento.

Minha cabeça fumegava...

– Uma loja da Gucci, a julgar pela revista onde encontrei as fotografias – continuou. – Mamãe era a coordenadora de vendas e indicou papai para fotografar uma coleção de peças novas para o aniversário da marca, apesar de ele ser conhecido por suas fotografias de natureza e não de moda. – Lorenzo rodou a taça entre os dedos e o vinho enfeitou o cristal com suas lágrimas avermelhadas. – Foi seu primeiro trabalho depois que deixamos de viajar no *motorhome*.

Eu não podia acreditar...

– Espere aí. – Titia o interrompeu. – Eu me lembro desse dia!

Porra, eu também lembrava!

Mamãe balançou positivamente a cabeça, como se dividisse com titia a mesma memória. Papai ficou em silêncio.

CHEIRO DE SUOR E VINHO

– Então a sua mãe...

Antes de completar meu pensamento, minhas pernas me colocavam a caminho do quarto, deixando todos à mesa sem nada entender. Abri a última gaveta do guarda-roupas e retirei do fundo uma pequena caixa. Voltei à sala com o colar e o pingente de sapo com olhos de esmeraldas nas mãos. Lorenzo sorriu.

– Está na hora de me explicar *isto*.

Pela cara de mamãe e titia, nenhuma das duas se lembrava do colar...

Mamãe pediu para ver melhor o objeto que reluzia à luz incandescente da sala. Resgatei da memória o dia em que titia nos presenteou com roupas da Gucci, contando em detalhes a gentileza da gerente em autorizar que usássemos as joias para as fotografias da velha Polaroid e do fotógrafo.

– Eram mamãe e papai. – Lorenzo deu um bom gole em sua taça, satisfeito.

Papai riu da coincidência enquanto titia, mamãe e eu permanecemos boquiabertas sem acreditar na peça que o destino nos pregara. O colar com pingente de sapo rodou de mão em mão até chegar ao meu pescoço.

A vida é mesmo a porra de uma caixinha de surpresas que não podemos controlar...

Naquele instante, acreditei em tudo. De horóscopo à Teoria da Criação. Não existia nada que permanecesse sob o prisma do improvável. Tudo fazia sentido, e ao mesmo tempo nada se explicava, como um sonho, no qual loucuras se alinham perfeitamente e você desperta com um gosto diferente na boca. É o sabor de vivenciar o impossível. Precisei beber a taça de vinho em um só gole para continuar aquela noite cheia de surpresas.

– Mas uma coisa ainda não se encaixa – anunciei. – Como caralhos você soube que eu era a garota da foto? Existem centenas de colares e pingentes como este, não?

Lorenzo sorriu com o ar de superioridade que eu odiava.

– Muitas perguntas. – Deu mais um gole em sua taça. – O colar é único. Chama-se *La Selvaggia notte verdastra*, ou "A indomável noite esverdeada". O próprio Guccio Gucci pediu a seu ourives de confiança que criassem uma peça em homenagem à esposa, Aida Gucci.

– Um sapo em homenagem à esposa!? – Titia o interrompeu. – Eu me separaria na hora!

Lorenzo riu. Confesso que também concordei com ela.

– O sapo representa a vida no campo que Aida tanto amava – continuou. – Ela renunciou a tudo para acompanhá-lo em suas loucuras. As esmeraldas representam o verde que os animais do campo observam todos os dias.

– A vida por seus olhos – Papai completou.

– Exato!

O quebra-cabeças começava a se encaixar, por mais que fosse improvável. Por alguns segundos, me vi como Aida Gucci, deixando Vernazza e suas belezas naturais, o ar frio da manhã invernal, seus parreirais sem fim, suas casinhas esculpidas à mão nas rochas pontiagudas, seu mar azul-escuro que contrastava com o céu claro, para tentar um sonho que ainda desconhecia.

– Quando me apaixonei por você, Elisa – suas palavras roubaram o ar de meus pulmões –, fiz de tudo para saber sobre sua vida. E, para minha surpresa e com uma certa ajuda da internet, descobri uma foto no catálogo de papai. Fiquei em choque. Não esperava achar muito sobre você, afinal existem muitas Elisas Rizzo pelo mundo. Mas logo no acervo de papai!? – Lorenzo estava exaltado. – Encontrei você justamente no catálogo que ajudei a montar após sua morte, para preservar e guardar cada fotografia sua. – Seus olhos estavam úmidos.

Eu não podia acreditar em tudo aquilo... não podia...

CHEIRO DE SUOR E VINHO

– Quando vi uma fotografia despretensiosa cuja legenda era "Elisa e Ida Rizzo no aniversário da marca", tive certeza de que era você. O rosto daquela garotinha na foto era o mesmo que conheci naquele pub em Vernazza.

A lembrança amarga de Lorenzo me dispensando após o show percorreu minha memória. Tentei afastá-la para não perder o resto de sua explicação.

Lorenzo contou-nos depois que reconheceu o *La Selvaggia notte verdastra* em meu pescoço na fotografia.

– Mamãe o ganhou, sendo presenteada pelo próprio presidente da Gucci na época, meses depois daquela fotografia. Era o reconhecimento de seu trabalho na reformulação de vendas da marca. Mas nunca chegou a usá-lo – completou. – Dizia que se Aida, a esposa de Guccio Gucci, não o quis após sua morte, mandando-o para a loja, não seria ela a usá-lo. – Um breve silêncio pairou sobre a sala. – O pingente ficou para mim após sua morte. Sempre pensei que poderia mudar a sina deste colar, tão bonito e desprezado. – Lorenzo encheu novamente sua taça de vinho. – Só não esperava que Elisa se antecipasse à minha vontade. – Sorriu.

– Parece coisa de destino – concluiu titia.

38

Foi impossível permanecer a mesma pessoa depois daquela noite. Nem mesmo o meu sentimento por Lorenzo era o mesmo. Sentia que uma mística nos atava, algo de sobrenatural conjurando a nosso favor. Ao mesmo tempo que sorria com a certeza do destino, tinha medo da força que nos unia. Eu era alguém que clamava por um milagre, e quando ele acontecia diante de meus olhos, não sabia como reagir à graça alcançada.

Eu não era de depositar muita fé em santos e padroeiros, e em momentos agudos da vida cheguei até a questionar a existência de Deus. Mas tudo se revoltava em meu interior. Não no sentido de rebelião, mas de agitação. Eu sentia que, para se alinharem as peças do destino, era necessário o alvoroço da alma para espantar a poeira dos sonhos que eu, mesmo jovem, acreditava não serem para mim.

Passei os dias seguintes no apartamento de Lorenzo, assim que papai e mamãe regressaram a Vernazza. Vittoria não acreditou quando lhe contei a história do pingente e encheu meu celular de perguntas. Precisei de uma mansidão felina para não perder a paciência com sua curiosidade fora da curva. Ao final, contentou-se com minhas respostas e mudou de assunto, contando que o sr. Giorgio continuava foragido em Milão. A falta de notícias sobre o mafioso invadia minha praia como um mar de ressaca e varria a

CHEIRO DE SUOR E VINHO

tranquilidade que descansava sobre a areia. Certo dia, Lorenzo me viu sentada na varanda, pensativa, já tarde da noite.

– Não vem se deitar? – sussurrou em meu ouvido.

Virei-me para encará-lo melhor. Seu rosto estava a poucos centímetros do meu. Lorenzo me presenteou com um beijo antes que eu pudesse responder.

– Pensamentos aleatórios – respondi no intervalo entre um beijo e outro.

Talvez fosse aquele o momento de contar a ele, de desaguar meus medos, de compartilhar a culpa por ter colocado papai, mamãe e Ida em risco. Aquele era o principal motivo de ter deixado Vernazza, não era a falta de emprego, muito menos Lorenzo. Aprendi da pior maneira que a vida sempre compensa nossas tristezas com alegrias, nossas desilusões com sonhos, nosso azar com pitadas de sorte. E, para não ser injusta, permite que o contrário também aconteça. Quando encontrei minha felicidade batendo em outro coração, dei de cara com a ruína já na esquina adiante, a infelicidade de ter cruzado o caminho de um mafioso filho da puta.

– Vejo você na semana que vem? – Não era o que me vinha à mente naquele momento, mas seria o que pensaria a seguir, assim que expulsasse Giorgio de minha cabeça.

– Teremos dois dias de folga antes de viajarmos para a Grécia.

Grécia...

Eu amava mitologia grega e até tinha uma prateleira reservada para livros sobre o assunto em meu quarto em Vernazza. Além disso, meu coração palpitava só de pensar nas fãs gregas na primeira fila da plateia cultuando Lorenzo como se ele fosse um de seus deuses gregos, aquele que despejaria Zeus do Olimpo e assumiria o papel central em suas vidas.

Lorenzo notou minha cara amuada. Sabia que eu ainda não havia me acostumado ao assédio constante das garotas e

258

talvez nem tivesse a pretensão de que algum dia ignorasse as calcinhas jogadas no palco com uma serenidade angelical. Eu era um ser humano como qualquer outro e trazia comigo os pecados e agouros da carne, desde quando Eva lançou-se à maçã, ainda no Paraíso.

– Se ficar emburrada... – Lorenzo fez cócegas em meus pés, que repousavam sobre uma banqueta de metal.

– Pare! – Eu não conseguiria manter a seriedade que minha chateação exigia.

Porra, meus pés eram muito sensíveis...

Lorenzo continuou fazendo cócegas enquanto eu tentava me desvencilhar de seus braços.

– Você... sabe. – Eu tentava conter os gritos com receio dos vizinhos reclamarem. – Que... todas... querem... dar pra você!

Lorenzo sentia prazer com meus ciúmes, era evidente. E nisso todos os homens são iguais: se lambuzam com nossas inseguranças até sentirem o ego lubrificado, como uma máquina que precisa de óleo para suas engrenagens.

– Você sabe que eu não a trairia. – Suas palavras chegaram aos meus ouvidos entre uma breve pausa das cócegas. Eu me desvencilhei de seus braços e o encarei séria.

– Mas nós temos apenas um caso. Nada me garante que amanhã ainda goste de você. – Tentei rebater meus ciúmes com a acidez de um falso desprezo.

Lorenzo riu como se fosse eu a lhe fazer cócegas.

– Elisa Rizzo, *bad cop* não combina com você!

Ele estava certo. Eu não sabia ser escrota quando amava alguém... A lembrança de Andreas me visitou vagamente, suas mensagens não respondidas, *você faz falta*, a cortina de meu quarto, onde me escondi a cada procura sua e, enfim, minha resposta, *por favor, não me procure mais. Bom, talvez esta não seja uma regra, afinal...*

– Venha! Vamos para a cama.

CHEIRO DE SUOR E VINHO

Lorenzo me fitou de cima, enquanto suas mãos massageavam meus ombros.

– Você já foi melhor nisso – ironizei. – Péssima maneira de convencer uma garota a ir para a cama com você.

Eu já esperava o contragolpe. Lorenzo não era o tipo de cara que se alegrava quando remexiam em seu ego. Suas sobrancelhas tensionaram, suas mãos deixaram meus ombros e passearam por minha nuca, como se quisessem descobrir o que havia sob meus cabelos escuros.

– Talvez você mereça uma aula de como fazer o policial durão, Elisa Rizzo.

Sucesso! O anzol de minhas provocações o tinha fisgado.

Como fazem os animais em uma briga pela liderança da matilha, Lorenzo quis provar seu domínio sobre mim. E o alvo há de ser sempre o pescoço. É pelo pescoço que fluem caudalosas veias e artérias vitais. O ponto sensível a ser conquistado. Ele tratou de buscá-lo, afinal, era o caminho mais rápido até meu coração.

– Não me provoque, Elisa Rizzo. – Arrastou sua voz.

Tarde demais... Tudo o que eu mais queria era provocá-lo...

Lorenzo estaria fora pelos próximos dias. Além de sentir sua falta, eu queria descontar meus ciúmes. Marcar território. Expurgar a frustração de não poder acompanhá-lo. Possuí-lo e ao mesmo tempo ser possuída. Fazer valer a esquizofrenia do sexo. Quebrar os limites da cama, a terra sem lei onde nos deitávamos.

– Foda comigo. – Deixei escapulir palavras molhadas.

O poder mágico das palavras transformou-o em fera. Pelos cabelos, arrastou-me da sala até o quarto. *Dominador.* Já não havia limites. Fizemos da madrugada a nossa arena, onde digladiamos por horas a fio, ora conquistando espaço no terreno inimigo, ora permitindo que se avançassem as infantarias. Perder era impossível. Ambos ganhariam, de um jeito ou de outro.

– *Me coma com força!* – implorei.

240

Suas mãos rasgaram a parte de baixo do meu pijama, deixando à mostra minha calcinha vermelha. Lorenzo comeu minha bunda com os olhos. Deitada de costas e empinando até o limite da cervical, aguardei a calmaria que precede a tormenta. Ele abaixou minha calcinha úmida e constatou seu prêmio. Deve ter sorrido, não sei, ouvi apenas seu gemido grave. Fiquei de prontidão, como uma fera em alerta. Meus pelos se eriçavam e um calafrio percorria meu corpo. Foi inevitável gemer quando suas mãos seguraram firmes a minha bunda. Lorenzo abriu caminho até meus grandes lábios e me penetrou com um de seus dedos. Senti sufocar de prazer.

– Dois – suspirei –, quero dois. Dois dedos.

Ele obedeceu. Seus dedos indicador e médio sentiram meu calor. Mas eu queria mais.

– Três. – Meu desejo se materializou em palavras – Três dedos...

Ele colocou mais um dedo em mim. Gemi de prazer. Seus movimentos aceleraram. Lorenzo entrava com facilidade. Ondas de prazer invadiram meu corpo. Eu queria senti-lo desaguando o seu tesão.

– Coloque seu pau em mim! *Por favor, coloque!* Com força!

Lorenzo abaixou as calças e mal pude perceber quando me penetrou. Minha intimidade se fundiu à sua, enquanto me estocava com força. Gemi alto e Lorenzo me acompanhou.

– *Me coma!* – implorei novamente.

Suas mãos seguraram minha cintura com força. Era impossível sair dali... Gozei como nunca havia gozado antes, entregando meu corpo e minha alma à cama. Lorenzo me acompanhou, inundando meu íntimo de um gozo agressivo. Caiu sobre mim, nem vitorioso nem vencido.

Tomamos um banho quente, assaltamos a geladeira, trocamos o lençol encharcado de suor e aproveitamos a calmaria da noite milanesa para conversar até que o sono nos alcançasse.

CHEIRO DE SUOR E VINHO

– Sabe... ultimamente tenho gostado muito de vinho. – Iniciei um daqueles assuntos aleatórios depois de uma transa. – Acho que aproveitaria mais as vinícolas de Vernazza se, por algum motivo, voltasse a morar na *azienda*.

Lorenzo virou-se, tocando a ponta de meu nariz com o indicador.

– Compraremos a nossa própria vinícola! Faremos como à moda antiga. Plantaremos, colheremos, pisaremos nas uvas, construiremos adegas subterrâneas e ficaremos bêbados a cada entardecer. – Sua resposta veio recheada do que tinha de melhor, seu otimismo e bom humor. Encarei seus olhos castanhos.

– Você não terá tempo para cuidar de uvas, muito menos de regá-las. Você pertence a outro mundo.

Aquela era a verdade...

Minha constatação provocou uma profunda reflexão nele. Eu não havia dito nada que já não soubesse: sua vida era a estrada, sempre fora assim e, com a chegada da fama, mais ainda. Mudavam-se os endereços, que saíam de simples cidadelas para países diferentes. Mas, apesar de recente, a fama parecia não lhe trazer novidades.

– A minha vida foi a estrada. – Lorenzo encarava o branco acinzentado do teto. – Quando criança, rodamos a Europa em um *motorhome*. Era a minha casa. Quando mamãe se cansou de viver pulando de um lugar para outro, ela e papai compraram este apartamento.

Eu me lembrava daquela história.

– Viveram quatro anos aqui. – Lorenzo mexeu sua mão como se movesse um pequenino avião. – Este era o quarto deles.

Eu nunca quis saber detalhes sobre o acidente que matou seus pais. Para mim, não acrescentavam em nada, a não ser catapultar Lorenzo a lembranças amargas. Eu o ouvia apenas, aquele era o limite.

Talvez no futuro...

242

– Depois que papai e mamãe morreram, vivi um ano na casa de uns tios. Eram irmãos de mamãe. – Seu olhar era vago. – Eram pessoas do bem e me ajudaram muito. Mas eu queria o meu canto, então os convenci de que me viraria bem aqui. Até hoje só incendiei a cozinha três vezes. – Lorenzo virou-se para mim. – Não conte a eles!

Compartilhei de seu humor, mas também fiquei reflexiva.

– A fama... – Retomei meu pensamento. – Ela não o empolga?

– Não. Absolutamente não. Mas não quero parecer hipócrita. – Os olhos de Lorenzo refletiam a parca luz que vinha da rua. – São semanas de uma "relativa" fama. – Flexionou os dedos para enfatizar a palavra *relativa*. – Mas nos outros nove anos e onze meses em que vivi apenas por este sonho, abri mão de muita coisa, e está tudo bem, é o que os sonhos fazem, não? São como aqueles funcionários de parques de diversão. Só nos deixam entrar no melhor brinquedo depois de cobrarem aqueles putos ingressos caros.

Lorenzo tinha razão. Mudar para Milão foi meu maior sacrifício na vida. A diferença entre mim e ele era que eu ainda não havia descoberto qual era o meu brinquedo favorito, o sonho que merecesse horas de espera em sua fila.

Elisa sendo Elisa...

– Mas tenho a impressão de que a tranquilidade e a independência não valem o dinheiro que tenho ganhado – continuou. – O carinho dos fãs é inexplicável. Mesmo. Mas, para continuar agradando a todos, abro mão do carinho que mais me faz falta. O seu.

39

As semanas que se seguiram não valeriam uma página escrita de um livro. Nada de especial aconteceu no restaurante Huramaki, o profissionalismo do sr. Katsumi beirava o tédio e podava toda e qualquer chance de algo dar errado e nos proporcionar alguma emoção, por mais que pudesse nos colocar no olho da rua; titia mantinha seus rituais diários quase religiosos que davam a todos os dias a mesma cara; e Vittoria, apesar de obstinada, também não me trouxe nenhuma nova informação sobre Giorgio. Nossas conversas se concentraram novamente na possibilidade de ela estar grávida, desta vez de um xeique árabe que foi a Istambul a negócios.

– Veja só. Se me casasse com ele, eu teria dinheiro – disse ao telefone. – Por outro lado, seria apenas mais uma de suas esposas. *Seis no total!*

Lorenzo continuava em turnê com sua banda de rock. Depois da Grécia, apresentou-se na Alemanha, Croácia e Escócia, após uma breve passagem por Londres, onde compararam a Macchina Rotta aos Beatles. Quanto mais suas canções extrapolavam as fronteiras e abraçavam fãs por toda a Europa, menos eu o encontrava. Era mais comum vê-lo em uma ou outra capa de revista ou em programas de TV.

Quando retornava ao seu apartamento em Monza, Lorenzo passava horas dormindo, na tentativa de recuperar o sono perdido em palcos, hotéis, vans, camarins e poltronas de avião, até que outra turnê se iniciasse e tudo se descompensasse novamente. Nossos horários também não batiam. As manhãs, sempre tranquilas, para Lorenzo eram a extensão da noite. Quando acordava, já no meio da tarde, faltavam poucas horas para que eu me colocasse à beira do balcão no restaurante Huramaki. Ambos sentíamos na carne e na alma o descompasso de nossas agendas. Eu vivia sempre com a sensação de que não o havia aproveitado o suficiente. Sobrava saudade, faltava intimidade. Até nosso sexo diminuiu consideravelmente. Nossas transas continuavam intensas, mas os orgasmos diários deram lugar a uma rapidinha durante a semana, quando tínhamos sorte.

Em uma rara ocasião, Lorenzo abordou-me quando já saía para o restaurante Huramaki. Ele voltava da rua, onde havia comprado alguns pães para um lanche de fim de tarde. Chegou esbaforido, o que me fez questionar seriamente sua forma física.

Era evidente que a correria dos shows, a má alimentação e a privação de sono tinham roubado alguns quilos de seu corpo.

– Os dois elevadores estão com defeito. Um está parado no térreo e o outro não sai do terceiro andar – disse, exausto.

Meu pensamento foi diretamente até os dez lances de escada que teria que enfrentar em breve. *Pelo menos é descida. Poderia ser pior...* Após recuperar o fôlego, Lorenzo explicou sua demora. Tinha sido reconhecido na padaria. Bastou não mais que um minuto para uma multidão se formar dentro do estabelecimento, derrubar os montes de mercadorias expostas e, entre *ciabattas*, iogurtes e caixas de leite fermentado, conseguir uma foto, um autógrafo ou um abraço de seu ídolo.

– Saí pelos fundos e sequer paguei pelos pães – disse chateado, e eu não soube dizer se pelo calote no dono da padaria ou por conta da vida reservada que teria que levar com a chegada da fama. De toda forma, beijou minha testa e correu até a cozinha para arrumar nosso lanche.

CHEIRO DE SUOR E VINHO

Terminei de me arrumar, prendendo meus cabelos pretos. Apesar de os preferir soltos, já havia me acostumado ao padrão de qualidade do sr. Katsumi para manter as duas estrelas Michelin de seu restaurante. Lorenzo sempre me perguntava se eu não gostaria de sair de lá. Eu respondia que não. Em duas ou três ocasiões, chegou a dizer que já tinha dinheiro suficiente para bancar um longo período sabático para mim.

– Por favor – eu disse –, não volte a este assunto.

Ele queria que tivéssemos mais momentos como casal. Nós ainda não éramos namorados – faltava o pedido oficial –, mas já vivíamos uma vida a dois, era óbvio. Quando Lorenzo estava em Monza, entre um show e outro, eu raramente dormia na casa de titia e até já tinha a chave de seu apartamento. Mas a tentação de ser bancada por um rockstar não era maior que o doce prazer de comprar as próprias calcinhas, presentear-se com um gelato de limão e comprar cinco livros de uma vez em uma livraria, como eu descobri quando recebi meu primeiro salário no restaurante Huramaki.

Lorenzo fez torradas e preparou um fumegante chá inglês, cujo sabor achei duvidoso. Bebi sem reclamar; nem o amargor nem o calor que me subia pelas têmporas tiraram o sorriso de meu rosto. Eu já pensava na semana seguinte, quando minha folga quinzenal coincidiria com a próxima apresentação da Macchina Rotta.

– Eu acompanho você até o térreo – disse, retirando os pratos da mesa.

– Não precisa! Olhe para você! Não aguenta subir dez andares novamente.

Eu também sabia ser irônica...

Mais uma vez minhas palavras acertaram em cheio seu ego. Lorenzo deu de ombros e caminhou até a escadaria. Era a sua

246

forma de dizer que desceríamos juntos os dez andares que separavam seu apartamento no último andar da rua no térreo.

As escadas de incêndio pareciam retiradas de um filme de terror *low cost*. Suas luzes acendiam e apagavam sem motivo, seus sensores de movimento funcionavam – palavra questionável – quando bem entendiam, e nossa respiração se perdia por seu eco.

Se foi a sensação de completo abandono, o inóspito urbano ou um fetiche novo que emergia das águas profundas do meu desejo, eu nunca saberei. Mas uma onda de calor percorreu meu corpo, e não podia sequer atribuí-la aos esforços de descer dez andares de escada, afinal nossos pés sequer tinham tocado o primeiro lance do décimo piso. Conferi a hora no celular. Dezoito e três. Havia tempo. Observei Lorenzo como um predador que espreita a presa. Ele nem mesmo sabia o que se passava em minha mente e reclamava de seus companheiros de banda. Sua inocência me dava mais tesão ainda. *Um dia da caça... outro do caçador...* Lembrei-me do dia em que Lorenzo me dominou na cama, deu tapas em minha bunda, mordidas em minhas orelhas e puxões em meus cabelos. Desta vez seria diferente...

– Pare!

Lorenzo freou como se um arreio em sua boca o puxasse para trás. Tínhamos descido apenas um dos quatro lances de escada que separavam o décimo andar do nono. Meus ouvidos procuraram os passos de algum morador, um ínfimo som que fosse. Nada.

– Me beije!

A ordem fez suas sobrancelhas arquearem, libertando a surpresa de seus olhos negros. Não questionou, não resistiu. Foi obediente. *Como era bom o gosto de seu beijo...* Lorenzo me pressionou contra a parede. Nossas línguas se entrelaçaram em caracol. Suas mãos se certificaram de que eu estava presa em seus braços. Sua boca devorou meu pescoço e sua pele roçou na minha.

CHEIRO DE SUOR E VINHO

O puto momento em que se somam os perfumes... Uma porta rangeu abaixo, pelo fraco som, no segundo ou terceiro andar. Lorenzo prendeu a respiração, abriu os olhos e cessou fogo sobre o meu corpo. Queria observar com os ouvidos, antecipar qualquer vizinho inconveniente.

Ele estava receoso.

Lorenzo tinha exposto suas fraquezas, aberto a porta para o inimigo, dera as costas à leoa. Foi a minha vez de provocá-lo. Eu me agarrei ao seu medo e fiz de seu corpo o meu banquete. Troquei de lugar com ele, que apoiou suas costas na parede. As luzes da escada de incêndio cintilavam com nossos movimentos. Arranquei sua bermuda, beijando-o por cima da cueca. Seu pau começava a tomar forma. *Eu me divertia com o seu desespero...* Lorenzo dividia-se entre o prazer e a vigilância. Seus olhos travavam uma batalha entre revirarem-se ou anteverem o perigo. Chupei seu pau até sentir a ponta de meu nariz amassar em sua pele.

– Você é louca, Elisa Rizzo!

Lorenzo rendia-se a mim. Sua voz sussurrada chegava aos meus ouvidos como uma puta injeção de adrenalina. Testar seus limites era uma questão de honra, já colocar os meus à prova era um capricho delicioso. Eu me presenteava, era a maneira que meu ego havia encontrado de dizer: "Você é melhor que ele em algo, aproveite estes segundos de realeza". Acelerei meus movimentos, sentindo Lorenzo no fundo de minha garganta.

Outra porta se abriu, desta vez tão próxima de nós que seu rangido reverberou dentro de minha cabeça. Vinha do andar de baixo, o nono, para ser exata. Lorenzo prendeu a respiração, seu rosto estava tão branco quanto as paredes do corredor, não havia uma gota de sangue sequer em seu corpo. Em silêncio, ouvimos uma grande fungada, pelo tom grave, era um homem. Ele não nos via, uma parede e dois lances de escada nos separavam. Mas teria ele sentido nossa presença? Ouvimos o morador escarrar no

MIGUEL VAZ

chão e resmungar palavras indecifráveis, talvez lhe faltasse coragem para descer nove andares de escada.

Lorenzo estava apavorado. Seus olhos transbordavam desespero. Eu o entendia, afinal ninguém quer ser flagrado com as bermudas arriadas e com o prazer suspenso em uma escada de emergência. Mas vê-lo ali, entre o medo e a ereção, incendiou o meu tesão. Só havia uma maneira de o prazer vencer o medo...

Fazê-lo gozar...

Afundei-me em Lorenzo, tomando cuidado para não me engasgar, qualquer barulho entregaria nossas ações e intenções. A velocidade de minha garganta o pegou de surpresa. Seus olhos desaguaram súplicas silenciosas, e tentou a todo custo conter meus movimentos. A menos de três metros de nós, um *voyeur* acidental continuava indeciso entre voltar ao apartamento ou encarar as centenas de degraus. Intensifiquei o boquete. Seu corpo contraiu-se todo. Abaixo de nós, passos arrastados iniciavam a longa descida. Minha boca inundou-se de seu prazer. Lorenzo buscou amparo na parede quando suas pernas bambearam. Eu sabia que metade de seu orgasmo aconteceu por não ter sido descoberto, mas sorri mesmo assim e dei-me por satisfeita, indo trabalhar sentindo seu doce gosto. Eu havia, enfim, derrotado meu rockstar.

40

Nossa primeira viagem como casal aconteceu na semana seguinte. O destino? Roma. Lorenzo e eu aproveitamos a tarde livre para fazer um pequeno *city tour*. Venezia, o produtor da banda, que nascera e fora criado ali, guiou-nos pelo emaranhado de prédios ocre. Visitamos o castelo de Santo Ângelo, o Panteão, as catacumbas e vimos o pôr do sol de dentro do Coliseu. Mas foi no início da noite, com a belíssima Fontana di Trevi ao fundo, que visitei o paraíso, sem que suas águas majestosas e chafarizes borbulhantes abandonassem o meu olhar.

– Elisa Rizzo. – Lorenzo escondia-se dos curiosos dentro de um moletom com capuz. – Se eu a pedisse em namoro, você me levaria em seu peito até o último dia de sua vida?

Aguardei o desfecho da piada. Conviver com Lorenzo exigia paciência com trocadilhos e brincadeiras fora de hora. No entanto, sua fisionomia não se alterou.

Ele fala sério...

– Se me prometer ser a única até o último dia de sua vida, levo você aonde for.

Lorenzo então tirou uma caixinha do bolso e, com a outra mão, envolveu minha cintura, colando nossos corpos. Meu coração acelerou, prestes a escapar pela boca. Dentro da caixa, um pingente de sapo idêntico ao *Selvaggia notte verdastra*, ou "A indomável noite esverdeada", sorria para mim.

– Leve-me, então.

Sequer consegui agradecê-lo. Minhas mãos tremiam enquanto tentava observar melhor os detalhes do pingente. Havia apenas uma diferença que o separava do original: os olhos do pequeno sapo. Duas pedrinhas de safira, em vez de esmeraldas, diluíam um azul singelo sobre a prata.

– Imagino que o céu e o mar de Vernazza façam mais sentido para você – disse, beijando-me em seguida.

Eu oficialmente namorava Lorenzo. Não que isso mudasse o que já sentíamos um pelo outro, mas, para quem nunca havia sido pedida em namoro na vida, a primeira vez teria sempre um sabor especial. Ficamos hospedados no Hotel Il Trino, assim como os demais integrantes da Macchina Rotta. A banda se apresentaria no dia seguinte, no Festival de Música de Roma, onde trinta mil pessoas prometiam lotar o gramado do antigo Circo Máximo. Àquela altura, "La Luna" tinha enfeitiçado também os americanos e se tornado a música mais ouvida no mundo. E como nada é por acaso, seria noite de lua cheia. Urano, o deus dos céus, parecia também ter se rendido ao talento da Macchina Rotta.

Lorenzo e eu aproveitamos nossa primeira noite oficialmente como namorados com tudo que mais gostávamos: vinho, massas e, claro, lençóis ensopados de suor. Adormecemos em meio a quatro garrafas de San Marzano e acrescentamos mais cinco orgasmos à conta.

No dia seguinte, acordei com a cama vazia ao meu lado e busquei as horas no celular sobre a cômoda tentando me situar no espaço-tempo do quarto. Lorenzo já deveria estar em alguma entrevista de rádio ou televisão – tudo acontecia no dia do show. Arrumei-me e desci para o café da manhã no restaurante do hotel atrás de um suco de laranja que diminuísse a ressaca da noite anterior. O salão era amplo, apesar de quase todas as mesas estarem ocupadas. Antes que me sentasse, uma mão tocou meu ombro direito e, mesmo de canto de olho, pude ver a cicatriz cortando seu rosto.

– Esqueceu-se de mim?

Congelei. Meus pulmões atrofiaram e meu corpo tremeu. Sua mão segurou meu pescoço como a de um granjeiro que leva o frango para o abate. Senti a gravidade evaporar. Giorgio tirou-me do chão. Aos poucos, o salão se desfez em breu.

– Elisa! Elisa! – Lorenzo me chacoalhou. – Você está tendo pesadelos novamente.

Lorenzo acordou-me antes de o sol romper a noite. Eu estava molhada de suor e trazia na garganta um sabor metálico. Já ele, encarava-me assustado de seu lado da cama, e tinha os olhos vermelhos de sono. Espremi meus lábios até que um sorriso amarelo se formasse.

– Apenas um sonho bobo.

Mas não era um sonho bobo. Sequer poderia chamá-lo assim, de sonho. Eu tivera um pesadelo, mais um dentre os vários que me furtavam a paz e dividiam minhas noites como rachaduras na parede. Desde que Vittoria me atualizara do paradeiro de Giorgio, eu não sabia o que era dormir bem.

– Fique tranquila. – Vittoria me ligou no início da noite, pouco antes de me arrumar para o show. – Ele procura papai, não você. Quer dizer, esse filho da puta é procurado por metade da Itália. O que ele ia querer com você?

– Não sei – respondi, sincera. – Nada, talvez. Mas não foi o que seu olhar me passou.

Vittoria silenciou-se.

– Quando ele olhava para mim – continuei –, não parecia que olhava, de fato, para mim.

Vittoria atribuiu ao acaso a ida de Giorgio a Milão. Meus sentimentos, no entanto, estavam divididos entre sepultar a angústia vivida no hotel em Vernazza e relembrá-la toda vez em meus pesadelos. Da janela do quarto do Il Trino, observei a noite tomar

MIGUEL VAZ

forma no céu. Ao fundo, casais apaixonados jogavam moedas nas águas cristalinas da Fontana di Trevi, sob o olhar cuidadoso das esculturas de mármore. Eu estava lá, sendo pedida em namoro, um dia antes.

Algo em Roma despertava meus hormônios. Cada rua sua era uma estrada inevitável, provocante e instigadora que parecia guiar seus visitantes ao fundo de seus desejos. Coloquei meu vestido vermelho já esperando que Lorenzo o arrancasse e possuísse meu corpo. Seu tecido – caro, diga-se de passagem, praticamente um salário do mês – arrepiava a pele onde encostava.

– Partiremos em meia hora – anunciou Mario, entrando no quarto.

Lorenzo veio logo atrás e apenas acenou com a cabeça, assim que o empresário deixou o aposento. A convivência constante provocara rachaduras entre os dois. E isso também se repetia com os outros colegas. Bastavam quinze minutos na companhia da banda para presenciar uma discussão entre Ugo e Pietro, Mario e Gaetano, Lorenzo e Pietro. Mudavam as peças, mas o jogo permanecia o mesmo.

– Você está linda, Elisa Rizzo! – Lorenzo encarou-me da cama. – Esplendorosa! Sensacional! Uma musa romana, uma deusa grega, uma...

Beijei seus lábios antes que ele destilasse todo o seu cardápio de elogios, deixando um discreto traço avermelhado em sua boca. O borrado me alçou ao passado, até a doce lembrança de quando pintei seu corpo com batom, momentos antes de sua apresentação em Milão. Seus olhos percorreram meu corpo, até estacionarem em meu pescoço.

– O pingente!

La Selvaggia notte verdastra repousava em meu peito, acompanhada do novo pingente de safira. Os dois sapinhos descansavam lado a lado, em perfeita simetria.

CHEIRO DE SUOR E VINHO

– Eu não sou de quebrar promessas.

Coloquei meu salto alto enquanto Lorenzo corria para o banho. O Festival de Música de Roma unia o clássico ao popular, as formalidades ao estilo despojado, as massas à elite. A Macchina Rotta deixaria as jaquetas e calças rasgadas e se apresentaria de smoking.

– Somos os Beatles, baby! – Pietro era o que menos parecia se importar por estar empacotado dentro de um terno preto, e fumava tranquilamente o seu cigarro no meio do saguão do hotel. Partimos logo em seguida, afinal, trinta mil pessoas aguardavam a Macchina Rotta.

Da van, avistamos a multidão a se perder de vista sobre o gramado do Circo Máximo. O palco imitava a arquitetura do Coliseu, estendendo-se mais de vinte metros acima das cabeças do público. Era imenso e arrancou suspiros até de quem já estava acostumado aos grandes eventos. Nem Mario ficou ileso à sua beleza. Eu testemunhei um sonoro "nossa" escapulir de sua boca e, tratando-se dele, aquilo era muito, acredite.

Cada um dos garotos tinha um espaço próprio, além de um cardápio personalizado. No camarim de Ugo, pizza de pepperoni. No de Gaetano, filé mignon e um shot de uísque. Para Pietro, salada caprese e três maços de Marlboro. *Não me pergunte sobre seus gostos...* No camarim de Lorenzo, uma massa recheada de funghi, acompanhada de uma dose de uísque com gelo. Todos praticamente engoliram os pratos sem mastigar, afinal a apresentação começaria em breve.

Como previsto, a lua cheia era um show à parte no céu. Quando a Macchina Rotta tocou "La Luna", todas as luzes do palco se apagaram e milhares de pessoas cantaram à capela o refrão *Non posso lasciarti andare, non questa volta,* fazendo Freddie Mercury revolver-se em seu túmulo, desejando outro Rock in Rio em sua próxima vida.

254

MIGUEL VAZ

Eu assisti a tudo da lateral do palco, dividindo a vista privilegiada com dezenas de pessoas com crachás de produção. Apenas quatro outras garotas não carregavam a identificação no pescoço, três delas eu conhecia de vista. Uma chamava-se Tonia, um caso antigo de Ugo. Entrava e saía de sua vida com a velocidade de um cometa. Nunca estavam bem a ponto de se assumirem, mas também não estavam mal a ponto de não terem nada. As outras eram Marcele e Lynia. A julgar pela fascinação por cigarros, Lynia, uma garota esguia de olhos muito azuis, era *affair* de Pietro. Já Marcele, a garota ao seu lado, era a namorada de Gaetano. Estavam juntos havia sete anos, mas ela pouco o acompanhava nos shows. Tinha a pele morena e os cabelos encaracolados e volumosos, que acrescentavam facilmente dez centímetros à sua altura. *Uma mulher e tanto, admito.* A quarta e desconhecida garota era uma loira de cabelos lisos escorridos pelo rosto. Alta, pele clara, usava óculos de grau, que lhe conferiam um certo ar de esnobismo intelectual.

O show foi melhor do que a apresentação em Milão, na Casa Alcatraz. Apesar do desgaste fora dos palcos, dentro dele os garotos tinham uma sintonia contagiante. Depois da última canção, um fotógrafo eternizou os quatro integrantes no meio de um mar de mãos, enquanto a lua sorria-lhes do céu. A fotografia rendeu a capa do jornal *Avvenire* do dia seguinte. Eu fui uma das últimas pessoas a deixar o palco à espera de Lorenzo. Marcele, a namorada de Gaetano, também o aguardava. Quanto às outras garotas, incluindo a jornalista loira, sequer vi quando saíram.

– Lindo show!

– Obrigado! – Lorenzo respondeu radiante.

– Estou falando com a lua. Desculpe-me, quem é você? – ironizei.

Lorenzo revirou os olhos.

– Esperado, srta. Elisa. Esperado...

CHEIRO DE SUOR E VINHO

Saímos do palco direto para o seu camarim. O espaço era pequeno e um ar solitário pairava em seu interior. Não era como antigamente. Por mais que todas as palavras já estivessem ditas, e os assuntos, moídos e remoídos, o camarim ainda era o local em que os garotos mais pareciam uma banda. Era apenas em seus poucos metros quadrados que ainda se podia enxergar a liga e sentir as melodias invisíveis que os mantinham orbitando em um sonho em comum. Lorenzo parecia não se incomodar com a falta dos colegas. Pelo contrário, seu olhar malicioso entregava suas más intenções.

— O que seus olhos querem me dizer, sr. Rockstar? — afrontei-o.

Lorenzo foi até a porta do camarim e girou a chave. Em silêncio, veio ao meu encontro e testou o limite de nossa vontade, aproximando seus lábios dos meus, sem, porém, tocá-los.

— Diga você, Elisa Rizzo. Teria coragem de transar dentro de um camarim de festival?

Metade de mim desejou ser devorada por ele ali mesmo. A outra metade trazia a insegurança de sempre, revivia Vernazza e carregava no peito o doce desconforto de não estar em meu habitat natural. Senti-me como Lorenzo na escada de incêndio de seu prédio, semanas antes. Assim como eu o jogara na parede, meu rockstar lançou-me no sofá do camarim. Era possível escutar tudo que se passava além de suas paredes. Torci para que o mesmo não acontecesse de fora para dentro. Lorenzo tirou meu salto, beijando e mordendo cada dedo de meus pés. Meu tesão disparou. Sua boca percorreu meus extremos até encontrar o caminho de minhas coxas. De lá, sua língua visitou minha virilha. Com apenas uma mão, subiu meu vestido, metendo-se entre minhas pernas. Gemi baixo, com a respiração suspensa. À medida que Lorenzo me chupava, sentia minha calcinha se encharcar por ambos os lados. Sua saliva molhava o lado de fora enquanto eu molhava o lado da costura. Quando meus olhos começavam

256

a revirar, anestesiada pelo prazer, alguém forçou a maçaneta da porta do camarim.

– Deixe-me só! – Lorenzo gritou.

Demorei a me recuperar do susto. Foi necessário que sua língua amansasse minha revolta silenciosa, despejando sobre meu clitóris chupadas molhadas. Gozei em sua boca minutos depois, extenuada, completa e contida; coube a uma das almofadas a missão de abafar meus gemidos.

– Ainda não acabou. – Lorenzo limpou o rosto lambuzado. – Faremos um segundo round no hotel.

Lorenzo cumpriu sua palavra, para minha alegria e satisfação. Despiu-me na sacada, sob o olhar preguiçoso e madrugador da cidade de Roma. Ao fundo, as águas transparentes banhavam a Fontana di Trevi. Fazia uma madrugada quente, típica de fim do verão.

– Sabe qual a melhor taça para este tipo de vinho, Elisa Rizzo? – Lorenzo trazia uma garrafa de Lafite Rothschild 1982.

– Não faço a mínima ideia – respondi qualquer coisa, entorpecida de desejo.

– Você, Elisa Rizzo. Você.

Lorenzo despejou o vinho sobre meus seios, lambendo cada centímetro. Senti meus mamilos endurecerem. Inflamada de tesão, tirei a garrafa de suas mãos e dei um gole generoso. Passados quarenta minutos de alguns orgasmos e vários mililitros de vinho, fomos para a cama. Ali, sobre os lençóis brancos e lisos como uma folha de papel, reviramos nosso desejo tão intensamente que, quando o dia amanheceu, o quarto inteiro rescendia a vinho e suor.

Eu amava o cheiro de vinho e suor...

41

O sol ainda rompia com dificuldade a espessa cortina do quarto quando fomos despertados pelos chamados de Mario. Abri os olhos com dificuldade e busquei as horas no celular sobre a cômoda – oito e quarenta – enquanto Lorenzo arrastava-se até a porta.

– O que foi, porra?

– Precisamos voltar. Alguém entrou em seu apartamento.

Deitada na cama, senti o quarto girar enquanto meu estômago se embrulhava. Apesar de as palavras de Mario se encerrarem ali, eu carregava no peito uma certeza: quem invadira o apartamento de Lorenzo não tinha sido uma fã histérica ou um ladrão oportunista, eu sabia *intimamente*. Era Giorgio, que havia me alcançado.

Desejei morrer e, por vezes, matar-me. O que merecia uma filha da puta que colocava em perigo todos os que a rodeavam senão a morte? Tentei respirar fundo enquanto Lorenzo voltava à cama com o semblante carregado. Eu falhara miseravelmente em proteger quem amava. Embalei meus problemas em Vernazza e os levei a Milão. *Eu* era o problema.

– Tomara que não tenham levado as minhas muletas. Eu gostava *tanto* delas. – Lorenzo revirou os olhos em uma ironia que me soou tão absurda que demorei a entender. Mas assim era ele, fazendo piadas até quando estava fodido.

– Gostava tanto delas que as abandonou no banheiro do restaurante – respondi.

MIGUEL VAZ

Lorenzo esboçou uma pequena expressão de surpresa e logo um silêncio instalou-se pelo quarto, como se a realidade o alcançasse com certo atraso. Com a mente transtornada e a barriga revolta, resolvi contar-lhe tudo, do puto azar na banca de flores à fuga para Milão, mas nem a avalanche de novos fatos foi capaz de tirá-lo do centro. Ao final, Lorenzo apenas respondeu: então não foram meus convites que a trouxeram a Milão. Eu respondi que não, mas ele deu de ombros e usou novamente de seu bom humor para tentar estancar as lágrimas que corriam de meus olhos.

– Por isso esse mafioso é procurado pelas duas máfias. – Virou-se para mim. – Não consegue sequer acertar o dia que estamos em casa. – Riu, enquanto eu não achava graça alguma.

Voltamos para Milão após o almoço, direto para seu apartamento. A polícia ainda buscava pistas e digitais deixadas pelo invasor. Não fosse a porta arrombada, nada em seu interior denunciava a entrada de alguém, nada que, à primeira vista, parecia estar fora de lugar. Tudo estava como há dias antes e as poucas roupas que ocupavam o chão do quarto de Lorenzo tinham sido jogadas por ele antes de sair para outra turnê, como ouvi ele dizer aos investigadores.

Mesmo após uma vistoria minuciosa pelo prédio, fomos aconselhados pelos policiais a não passar a noite no apartamento até que uma nova fechadura fosse instalada no dia seguinte. Lorenzo sugeriu dormirmos no apartamento de titia, o que acatei. Meia hora depois, deixávamos Monza enquanto os flashes dos fotógrafos e repórteres acompanhavam o carro dirigido por Mario. No dia seguinte fomos chamados à delegacia, onde mostraram-nos algumas imagens das câmeras de segurança.

– Algum de vocês reconhece esta pessoa?

O oficial congelou a imagem da câmera da entrada da garagem. Apesar da péssima qualidade do vídeo, reconheci Giorgio

CHEIRO DE SUOR E VINHO

por sua aparência dura. Meu corpo gelou, mas tentei não transparecer o desespero.

– Não – respondi sem ao menos pensar, sob o olhar atento de Lorenzo, que não engoliu aquela palavra.

O policial mostrou-nos mais uma imagem e mantive a mesma resposta. Ao final, rabiscou algo incompreensível em uma caderneta, balbuciou algo como "deve ser um fã louco do astro" e liberou-nos, prometendo avisar sobre o andar da investigação. Lorenzo esperou chegarmos em seu apartamento, cuja porta – sim, Mario achou melhor trocar a porta inteira – já havia sido trocada.

– Era ele, não era? – Suas palavras brotaram tão logo fechou-se a porta.

– Sim, era ele.

– E por que não falou nada?

– Você tem ideia do quanto essa história é absurda!? – disparei. – Eu não sei por que caralhos esse homem está atrás de mim!

Lorenzo observou-me em silêncio.

– Você acha que a polícia acreditaria em mim?

– Mas é a verdade, não é? – retrucou.

– Sim, porra. – Meus nervos entravam em colapso. – Mas você tem ideia de como é sentir-se uma filha da puta por colocar todos que ama em perigo e sequer saber o porquê!? VOCÊ TEM IDEIA!?

Lorenzo percebeu minha exaltação. Deixou-me chorar até que me acalmasse novamente. Por fim, abraçou-me e disse para não me preocupar, ele reforçaria nossa segurança até que Giorgio fosse capturado. Parecia tão confuso quanto eu, mas, passado o susto, seu semblante de desdém, o mesmo que lhe atribuía um ar de segurança em tudo que fazia, também estava ali, como se Giorgio povoasse mais o mundo do improvável que da ameaça.

Três semanas se passaram sem nenhuma notícia do mafioso, tampouco alguma intercorrência. Um carro levava-me ao restaurante e depois buscava-me pontualmente às 23. Lorenzo pouco

260

ficou em Milão e emendou uma turnê na outra. A vida, aos poucos, voltou ao normal, seguindo a máxima dos escritores rasos de livros de autoajuda: "o tempo coloca tudo em seu devido lugar". Aquelas palavras, no entanto, não me desciam. Se o tempo colocava tudo em seu devido lugar, e o lugar de Lorenzo era ao meu lado, por que, com o passar dos dias, sobrava saudade e faltava a sua companhia? A resposta estava na agenda de compromissos da Macchina Rotta: shows, entrevistas de televisão, rádios, jornais e premiações, enquanto eu me revezava entre o trabalho e os pesadelos com o sr. Giorgio.

A puta rotina...

Por mais que me esforçasse para não me comparar a Lorenzo, nossas conversas por telefone escancaravam uma verdade dolorosa. Lorenzo *vivia* a sua vida, enquanto eu via a minha passar, trancafiada em meus próprios medos. Enquanto Lorenzo conhecia o mundo, eu desconhecia cada vez mais o meu. Passei até a desejar encontrar o sr. Giorgio pelas ruas de Milão, talvez assim vivesse algo que merecesse uma página no livro de minhas memórias, mas rapidamente afugentei aquela ideia tola. O tempo parecia ter dificuldades em movimentar as horas em meu celular e não colocava resistência ao meu desejo de sumir dentro do apartamento. Tudo parecia uma eterna manhã nublada, e até coisas simples, como escolher um filme para assistir na Netflix, viravam uma odisseia entediante. Quando, por fim, me decidi por *Cinquenta tons de liberdade*, nem as cenas picantes entre Grey e Anastasia me impediram de cochilar antes dos primeiros trinta minutos. *Eu preciso fazer alguma coisa...* Algo que desse sentido aos meus dias, algo diferente de minha enfadonha rotina, uma puta aventura, cavalgar com as rédeas da minha felicidade às mãos, forçar meu corpo a sair da inércia, enganar novamente um mafioso. Queria surpreender-me. Queria surpreender Lorenzo.

CHEIRO DE SUOR E VINHO

Uma ideia veio à cabeça. Conferi no celular a próxima folga do restaurante Huramaki.

Quinta-feira. Dali a uma semana. Entrei no site da Macchina Rotta. Quinta-feira, 13 de novembro. Amsterdã.

A terra dos moinhos de vento...

Conferi os voos das companhias *low cost*. Havia uma promoção pela EasyJet, com partida no início da noite de quinta, retorno na madrugada de sexta. Eu surpreenderia Lorenzo no camarim. Tudo perfeito. Eu voltaria a tempo de mais uma escala no restaurante Huramaki. Conferi a conta bancária. Tinha o suficiente. Passei o restante do dia ponderando se valeria a pena gastar metade do que tinha poupado nos últimos meses com uma surpresa para Lorenzo. A outra metade eu já havia gastado comprando o vestido vermelho que usei em Roma.

Vá, Elisa! Fará bem a você...

E eu fui.

262

42

Milão nunca pareceu tanto um labirinto. É assim que os ratos encaram as tubulações quando desconhecem o caminho. Giorgio já estivera lá, trabalhara, ou melhor, matara uma dúzia de vezes pelo menos, e havia andado por suas avenidas, sentado uma vez ou outra à mesa em algum café. E talvez lhe doesse mais a alma porque fora Milão seu último destino de férias na companhia de Lia, a filha. Tudo lembrava ela, dos parques extensos ao cheiro adocicado dos gelatos recheados de chocolate, que se confundia com o amargor de sua alma. Nada, porém, trazia-lhe tanto Lia à cabeça quanto Elisa.

A diferença da Milão de seu passado da cidade que seus olhos encaravam agora era apenas uma. Suas ruas e esquinas eram como ratoeiras. Por onde andasse, havia alguém disposto a estourar-lhe a cabeça. Era a irremediável consequência de ser procurado ao mesmo tempo por dois clãs da máfia e pela polícia milanesa. Pelas semanas seguintes, seus passos foram cuidadosamente pensados e, por sorte, manteve-se vivo. O cerco se fechava e, para quem já estava morto mesmo, só não havia chegado ao dia do acerto; atender os últimos desejos da alma, por mais que obsessivos, era um alento.

Desde que vira Elisa ao lado de Lorenzo em um noticiário de entretenimento, Giorgio tratou de saber mais sobre o rockstar. Semanas depois, encontrava-se à frente de seu prédio. Era madrugada, o único horário em que transitava com menos perigo e, de toda

CHEIRO DE SUOR E VINHO

forma, não fora capaz de estudar seus passos, tampouco os dela; permanecer muito tempo por ali levantaria suspeitas e facilitaria o trabalho de mafiosos e policiais. Teria, portanto, que contar com a sorte. Lorenzo estaria em Roma, e Elisa, ao que tudo indicava, estaria sozinha no apartamento. *Era o que faziam os namorados, porra, moravam juntos*, deduziu. Esperou pacientemente o portão da garagem do prédio abrir e aproveitou os breves cochilos do porteiro para se esconder atrás de algumas bicicletas. Quando o único som era o dos motores dos elevadores, correu até a entrada da escada de emergência e subiu em silêncio os onze andares que separavam o apartamento de Lorenzo do subsolo. Décimo andar, é o que constava nos documentos de posse de bens e imóveis do rockstar. Ao chegar à porta, Giorgio procurou ser rápido e eficiente – a arrombaria antes que Elisa perdesse o torpor do sono da madrugada. Levou apenas trinta segundos para quebrar a lingueta e avançou até a sala que, apesar da escuridão, tinha móveis que entregavam o cômodo. Ela estaria em algum dos quartos, estava certo daquilo. Sua boca salivava como se estivesse próxima de provar uma deliciosa sobremesa. O mafioso arrastou-se ansioso pelos cômodos do apartamento. A cada porta aberta, seu coração parecia pular do peito e só se aquietou quando não havia mais nenhum cômodo que não tivesse vasculhado. Abriu um sorriso amarelo e refletiu o quanto sua obsessão o tornara um idiota. Foda-se! Se sorte tivesse, teria outra chance de encontrá-la para, enfim, apreciar os olhos idênticos aos da filha traidora perderem a cor à medida que lhe arrancava a vida. Antes de descer as escadas, Giorgio acendeu um cigarro e apreciou a vista da janela da sala. Deu dois ou três tragos, abandonou o cigarro à gravidade e passou os olhos sobre alguns poucos papéis à mesa. Eram todos iguais e pareciam ser um calendário de apresentações. Uma data chamou sua atenção, mesmo que sob a fraca luz que vinha de fora: 17 de novembro, a Macchina Rotta voltaria a se apresentar em Milão.

43

Despedi-me de Lorenzo por volta das dezessete horas dizendo que dormiria um pouco. Era quinta-feira, dia de folga, e queria equilibrar o sono, enquanto ele acabava de chegar em Amsterdã, vindo de Bruxelas. A Macchina Rotta cumpria uma série de compromissos com gravadoras e parceiros de rádio. Eu o tinha visto pela última vez seis dias antes, na sexta-feira anterior, quando transamos no banheiro de um restaurante chique do bairro Centrale, depois que um rompante de vontade nos subiu à cabeça. *Todas as minhas aventuras têm uma única origem, Lorenzo...*

Ninguém nos viu entrar no pequeno toilette, mas não pudemos dizer o mesmo na saída. O garçom encarou-nos atônito, e já preparamos na cabeça um arsenal de desculpas. Não foi preciso. Sua surpresa não era por flagrar um casal depois da transa, mas por estar à frente de seu ídolo. Bastou Lorenzo atender seus pedidos para sair exultante.

Nada que um autógrafo e uma fotografia não resolvessem...

Cheguei ao aeroporto Linate Partenze com pouca bagagem e precisando convencer o motorista a não entregar minha surpresa ao patrão. Havia no céu um último resquício de luz por detrás das grossas nuvens. O vento começava a soprar cada vez mais cedo, dia após dia, dando indícios de que o inverno não tardaria a chegar. O voo para Amsterdã durou menos de duas horas, como previsto. Aproveitei o tempo livre para começar a ler *A Noviça*

CHEIRO DE SUOR E VINHO

Rebelde, de Agathe von Trapp. Não havia serviço de bordo, a não ser que pagássemos por ele.

Companhia econômica, baby.

Foda-se! Eu precisava conter a ansiedade, então pedi uma pequena garrafa de vinho tinto português. A bebida não era das melhores, mas acompanharia a leitura e a escuridão do lado de fora de minha janela.

Minha nova paixão...

Lorenzo me viciara em vinhos. O que ele estaria fazendo naquele instante? Possivelmente descansando antes de mais uma apresentação. Meu coração acelerava toda vez que pensava nele. Fechei o livro e repassei nossa história – o bar em Vernazza, seu acidente, seu apartamento em Monza, os inúmeros shows, nossas transas lentas e o sexo selvagem.

Porra... Tudo tinha sido perfeito até ali...

O tempo tinha amadurecido nosso relacionamento, éramos agora namorados e, por mais que os juramentos se dessem no casamento, já cuidávamos um do outro. Eu escutava seus descontentamentos sobre os colegas de banda, Mario, a fama e as expectativas do futuro. Já ele me ajudava a suportar os dias difíceis no restaurante Huramaki e Giorgio, que assombrava minhas madrugadas. Éramos opostos que se completavam. Enquanto Lorenzo sonhava sem colocar os pés no chão, eu, por não sonhar, me esquecia de bater asas. Eu usava palavras para feri-lo, Lorenzo abusava do silêncio. Nossos antagonismos, porém, se anulavam na cama, após uma bela transa e uma – ou duas – garrafas de vinho.

Eu amava o cheiro de vinho e suor...

Os pneus do Boeing 737 tocaram o chão holandês antes que eu bebesse todo o vinho português. Uma eletricidade contagiante percorreu meu corpo. Eu estava, enfim, realizando o sonho de conhecer outro país. Avistei pela janela espaçadas luzes no horizonte. O aeroporto de Schiphol ficava a quinze quilômetros do centro de Amsterdã. *Giorgio não iria tão longe*, pensei.

Mal tive tempo de desembarcar do avião e já peguei o trem com destino à Estação Central de Amsterdã. Já beirava as 22 horas quando o vagão cruzou o primeiro canal da cidade, onde barcos coloridos descansavam sobre a lâmina negra de água. Aproveitei os últimos quilômetros da viagem e, consequentemente, os últimos minutos do wi-fi do trem para colocar em prática mais uma etapa do plano. Mandei uma mensagem a Lorenzo, avisando-o que estava bem, deitada sob as cobertas e pronta para dormir. Ele me respondeu em seguida, desejando-me boa-noite. Um sorriso travesso escapou de meus lábios enquanto digitava as últimas palavras de despedida.

Vou sonhar com você.

A estação de trem não era grande e, apesar de suas placas em neerlandês, não foi difícil encontrar a saída. Um grande relógio no pátio principal marcava com precisão 22h30 – eu tinha uma hora para invadir seu camarim. Gastei todo o meu inglês com um morador da cidade para descobrir onde aconteceria o show. Sorri novamente. Seria no centro, perto dali, foi tudo o que consegui entender de seu sotaque arrastado.

Aluguei uma bicicleta e mergulhei pelas ruas da cidade como se estivesse dentro dos romances que tanto lia. Amsterdã era incrivelmente bonita. Suas centenas de pontes sobre os canais provocavam em mim uma constante sensação de *déjà-vu*. Aproveitei a ocasião para tirar uma selfie sobre a bicicleta e enviar à mamãe. Ela sempre nos contava a história de quando foi parar em Amsterdã quando na verdade pensava ir a Paris.

– Errei apenas a direção do trem – dizia às gargalhadas.

Pedalei por mais alguns minutos em direção ao centro. A paisagem típica dos filmes começava a dar lugar a prédios mais modernos e urbanos, as ruas estreitas e pequenos jardins de tulipas e lírios transformavam-se em praças. Tornou-se difícil avançar, não

CHEIRO DE SUOR E VINHO

por causa do cansaço, mas por conta das centenas de pessoas que se aglomeravam nas ruas próximas a Paradiso, a casa de shows onde se apresentaria a Macchina Rotta. Conferi as horas em meu celular, 22h40, eu tinha cinquenta minutos para completar meu plano.

Abandonei a bicicleta um quarteirão antes, contando com a honestidade dos holandeses. Caminhei com dificuldade até as grades que separavam os pagantes dos não pagantes, retirei o ingresso do bolso de minha jaqueta e me meti no meio das pessoas, furando boa parte da fila.

Não me orgulho disso... é importante deixar claro...

Cada segundo gasto na multidão era um segundo a menos que teria para entrar no camarim de Lorenzo. Eu era apenas mais uma fã alucinada em busca de um bom lugar na plateia, sem cortesias nem regalias, apesar de ser a única ali a compartilhar intimidades com o vocalista rockstar. Eu precisava ganhar terreno.

– Aiiii!

Meu grito aliviou os pontos de tensão na multidão. Todos se viraram em minha direção, mais assustados que curiosos. Recorri novamente ao inglês sofrível para pedir ajuda, na esperança de convencer os seguranças próximos de que um tornozelo torcido por causa de um salto de bota, se não garantisse uma entrada no paraíso, que pelo menos me livrasse da fila de um show de rock. Minutos depois, eu estava sentada em uma maca do posto médico.

Eu havia conseguido. Estava dentro da Paradiso. Esperei a enfermeira deixar a sala para desaparecer pelos corredores da casa de show. O posto médico sempre ficava nos bastidores, bastava apenas saber a direção dos camarins. Conferi novamente as horas no celular. Vinte e três horas e dez minutos. Apertei o passo pelos corredores, abrindo toda e qualquer porta por onde passasse.

– He jij!

Uma voz grave ecoou às minhas costas. Meu corpo tremeu e, por mais que meu bom senso me obrigasse a virar, ignorei o chamado e continuei em frente.

268

– Wat doe je hier?

Senti uma presença densa se aproximar. Meus passos, por mais que estivessem acelerados, não conseguiam conter a sua chegada. Fosse o que fosse, me alcançaria antes que chegasse ao fim do corredor. Uma mão segurou-me pelo braço e, a julgar por seu tamanho, não havia como escapar. O segurança puxou-me pelo caminho de volta. Ainda tentei a cartada final.

– Solte-me! Eu sou a namorada do cantor, porra!

Os músculos de sua face não deslocaram um milímetro sequer com as minhas palavras, não sei se porque já tinha ouvido outras baboseiras como aquela nos últimos trinta minutos ou por sequer entender o que eu tentava dizer com meu inglês sofrível.

Vi meu sonho morrer na praia, ou melhor, no *backstage* do show. Tinha viajado milhares de quilômetros para surpreender Lorenzo e, por ironia do destino e certa competência do segurança, fora eu a surpreendida. Mas a sorte às vezes dá as caras até para as mais putas azaradas como eu. Talvez seja a forma como a vida compensa garotas que saem à procura de emprego e voltam para casa juradas de morte pela máfia.

Sorte a minha...

– Venezia!

O produtor da Macchina Rotta vinha no sentido oposto e reconheceu-me antes que eu acabasse de gritar seu nome. O alívio percorreu cada célula do meu corpo. Meu plano ainda estava de pé.

– O que faz aqui, srta. Rizzo? E quem é você?

Venezia não tinha percebido as mãos do segurança mantendo-me ao seu lado e só entendeu o que se passava ali quando se aproximou de nós.

– Você está louco? *Ze is de vrouw van de zanger!*

Foi a vez de o segurança surpreender-se. Suas sobrancelhas arquearam-se e seus olhos esbugalharam-se, antecipando a inevitável certeza: estaria no olho da rua antes mesmo de a banda subir ao palco. Tentaria se desculpar e, se possível, explicar o mal-entendido, mas Venezia puxou-me antes que suas palavras arrependidas deixassem a boca. O produtor tinha pressa, a Macchina Rotta tinha quinze minutos para subir ao palco.

– Obrigada! – agradeci. – O que você disse a ele!?

– Que a senhorita era a mulher do vocalista – Venezia respondeu sem tirar os olhos do caminho.

Percorremos o *backstage* sem olhar para trás, cruzamos três ou quatro portas e chegamos aos camarins. Os nomes de Ugo, Lorenzo, Gaetano e Pietro dividiam-se entre as portas. Parei em frente à entrada do camarim do meu rockstar, conferindo novamente o seu nome no papel. Meu coração saltava pela boca. Entrei no camarim em silêncio. Parecia-se muito com o de Roma, talvez um pouco maior. Havia duas mesas postas, uma de comidas quentes, onde duas panelas baforavam um vapor cristalino no ar, e outra de frios e frutas. A extremidade oposta às mesas abrigava um sofá cinza que, à primeira vista, parecia confortável, além de uma porta, que dava para o banheiro.

Lorenzo não estava ali.

Depois do show, poderíamos nos esconder dentro de moletons e andar pelas ruas da cidade, talvez visitar as famosas casas de luz vermelha e terminar a noite fumando um baseado, tudo antes de pegar o voo de volta para Milão. *Mas Lorenzo não estava ali.* Ainda em silêncio, aproximei-me do banheiro e puxei seu trinco.

Se era para surpreendê-lo, que fosse com emoção...

Enxerguei apenas os cabelos loiros e a cara assustada de Lorenzo. A garota não precisou se virar para que eu a reconhecesse: era a mulher que assistira ao show de cima do palco em Roma. Fechei a porta mais por impulso que por decisão, sem acreditar no que meus olhos tinham acabado de ver. Minha barriga revirou-se e senti que iria desmaiar.

MIGUEL VAZ

Quando dei por mim, já estava fora do camarim. Lorenzo saía logo atrás, gritando meu nome, mas eu já não estava mais *ali*. Assim como meu coração, meus ouvidos também tinham se fechado para ele. Minha cabeça doía e sentia um gosto de sangue na boca. Não via nada pela frente, exceto as luzes do palco ao fundo. Percorri com muito custo o labirinto de corredores, trazendo no corpo a ressaca de quem bebe cinco garrafas de vinho de uma só vez.

Os miseráveis vinhos que Lorenzo ensinou-me a amar.

Eu havia descoberto por que chorávamos pelos olhos. Lágrimas eram como anjos, aguavam nossas agonias, filtravam as dores que entravam pela retina – a janela da alma –, dissolviam a amargura em um pranto salgado. Se não fossem suas águas, o barco da decepção passaria a eternidade encalhado em nosso olhar. Mas eu, mesmo recheada de motivos para desaguar os olhos, não chorei. Senti a dor da traição em sua fórmula mais concentrada, e amaldiçoei os escritores que a traduziam como mil facas transpassando-lhes o corpo.

Filhos da puta, economizaram na quantidade de facas por quê?

Achei que ia morrer, depois achei que já estava morta. Por fim, tive certeza. Vida e morte eram estados de espírito, e nenhum juiz dos céus ou da terra teria mais competência do que eu para decretar se estava morta ou viva. Abri caminho pela multidão e, quando dei por mim, estava na frente do palco, acotovelando-me às fãs emocionadas à espera de Lorenzo. Só então chorei.

Ali eu era mais uma.

Encarei as luzes do palco que, através de minhas lágrimas, formavam um caleidoscópio de cores em meus olhos. Questionei se nunca tinha passado disso, mais uma puta e desgraçada garota que caiu nas falácias de um rockstar. A estatística estava a meu favor, não havia como mentir. Mas qual foi o exato momento, o puto exato momento em que ignorei a ordem natural das coisas!?

CHEIRO DE SUOR E VINHO

Lorenzo já tinha fodido com meu psicológico quando supostamente me trocou por Vittoria...

Revivi todos aqueles momentos, como em um filme. Tive vontade de vomitar. O público se apertava à medida que se aproximava do início do show. Encarei meu celular, mas nada consegui enxergar. Enxuguei os olhos. Vinte e três e vinte e sete. Três minutos. Observei a lateral do palco, estava vazia. Talvez refletisse o meu estado de espírito. Olhei novamente para a tela do celular. Vinte e três e vinte e oito. Dois minutos. Havia uma mensagem de mamãe comentando a foto em Amsterdã.

Linda! Não sabia que ia viajar! Está com Lorenzo?

Não, mamãe. Não estava com Lorenzo. Tinha estado, sim. Durante todos os putos segundos, minutos, horas, dias e meses que o permiti em minha intimidade, e não fazia a mínima noção se Lorenzo alguma vez esteve comigo. Senti vontade de gritar, expurgar o veneno que me foi dado em forma de beijo. Eu, que nem religiosa era, senti pena de Jesus, traído por Judas exatamente com um beijo.

Eu entendia...

Vinte e três e vinte e nove. Um minuto. O ar estava suspenso. Enquanto os fãs voltariam para suas casas com suas roupas cheirando a bebida e pólvora queimada dos fogos de artifício, eu guardava nas narinas o cheiro de vinho e suor. Boas lembranças? *Não sabia mais.* Meu estômago ardia e sequer conseguia respirar. A vontade de gritar batia à minha porta novamente.

Melhor que entrasse sem permissão, me arrebentando as entranhas.

Vinte e três horas e trinta minutos. O primeiro acorde da guitarra de Pietro cortou o ar como uma flecha atirada. O público explodiu em um frenesi arrebatador. Tudo que eu ouvia eram os gritos apaixonados das fãs ao meu lado. Ninguém notou que eu gritava também, tão alto quanto elas, rasgando as cordas, saltando as veias, tentando arrancar do fundo do peito aquele que tinha me apresentado o amor.

44

orenzo entrou por último. Parecia atordoado. Sorria pela simples obrigação de sorrir. Saudou o público impaciente. Ugo, Gaetano e Pietro agiam naturalmente, talvez não soubessem do ocorrido, talvez nem soubessem da existência de outra pessoa na vida de Lorenzo.

Duvido...

Lorenzo não me viu em meio às mãos que tentavam inutilmente alcançá-lo. Observá-lo abatido não aplacou minha tristeza. Talvez tristeza nem seria a palavra para aquele momento. *Decepção...*

A primeira música terminou. O público explodiu em gritos, mas havia certo desconcerto no ar. Observei Venezia na lateral do palco. Não tirava os olhos de Lorenzo. Estava tenso, de prontidão. Mario estava ao seu lado e disparava palavras em seus ouvidos. Apesar da distância, jurei ter lido em seus lábios: "Elisa esteve aqui". Lorenzo não saudou o público, como de costume, talvez não estivesse em uma boa noite.

Não pior que eu, vagabundo.

Tentei respirar, me colocar de novo no centro de minha razão. Se não estivesse assim, tão descompensada, a razão me perguntaria por que diabos ainda estaria ali, plantada na multidão... *Não sabia.* Não tinha forças para sair.

Segunda música. Nada diferente para o público, tudo diferente para mim. Meus olhos fuzilaram Lorenzo, que não me via. A tarde em que nos encontramos na Caffetteria Cova Montenapoleone, momentos antes de ele ser atropelado, me veio à memória.

Ele me pediu perdão e eu o perdoei.

E talvez seja essa a maior consequência de uma traição: você passa a duvidar de todas as palavras, gestos, intenções, e arranca a cor e a alegria de todos os momentos vividos.

Basta uma peça do dominó vir abaixo para que toda a cadeia se desmantele... Respirei. Depois de quase dez minutos sufocando em seco, o ar abafado tomou conta de meus pulmões. Não era como o ar de Vernazza, fresco, limpo, gélido. Vernazza... Senti saudade de casa. Observei a multidão ao meu redor. A casa de shows pareceu um cativeiro, e eu, a sequestrada.

A privação da felicidade...

Lorenzo roubara a alegria naqueles poucos segundos dentro do banheiro. Levou também o sentimento de que a vida seguia, mesmo que aos trancos e barrancos. Mergulhou-me em um banho de água fria justamente quando me sentia protagonista de minha própria história, mesmo que apenas em uma única puta situação. À frente do palco, tirou o violão do pedestal, passou sua correia sobre o corpo e encarou o microfone, que o aguardava em silêncio. Alguns metros nos separariam.

Questionei se existia distância menor entre dois corpos que o encontro de almas. Não. Mais que dentro, nós nos tornávamos o outro. Meu relacionamento com Lorenzo já parecia distante e confuso, um borrão no meio de uma tela branca. Sua infidelidade tinha transformado arte realista em abstrata.

Notei que havia sal sobre minhas pálpebras, sinal de que não chorava mais. Respirei fundo, limpei os olhos e passei as mãos pelos cabelos, trazendo os fios desalinhados novamente ao seu lugar. Eu merecia ser feliz.

Sim. Eu merecia a porra da felicidade...

Lorenzo caminhava atordoado até o pedestal. Encarava o chão, talvez me procurasse ali. Uma puta ironia, já que havia arrancado justamente o chão de meus pés. Como eu estaria ali se havia me lançado aos ares, como faz uma bomba ao inimigo? Ugo marcava o tempo com suas baquetas, ao fundo. Em breve a guitarra de Pietro cuspiria notas no ar e outra música começaria, eu já sabia todos os momentos de cor.

Lorenzo abriu a boca, para que dela saíssem os primeiros versos de "La Luna". Meus olhos atraíram os seus. Emudeceu. O público cantou, Lorenzo silenciou-se. Vomitei todos os xingamentos, os maus agouros, as frustrações, a decepção em carne viva, a pena – de mim e dele –, regurgitei todos os momentos lindos que vivemos apenas com o olhar. Lorenzo estava paralisado, em choque, era a personificação do desespero, o criminoso que espera a sua vez de ser lançado ao mar com o peso da consciência atado aos pés.

– Beije-me – disse para o rapaz ao meu lado. Não o descreverei aqui porque não importam suas feições, eu sequer gravei seu rosto.

O homem pareceu não entender minhas palavras.

– *Kiss me*, filho da puta. – Seus olhos arregalados foram as únicas lembranças que levei comigo. Não me virei para Lorenzo. Não sei o que fez, se é que fez algo. – *Kiss me* – disse para um outro rapaz logo adiante. Beijei-lhe também. *Só Deus sabe como os homens ficam abobados diante de uma mulher decidida... – Kiss me. – O* terceiro segurou-me pelos cabelos, o que vagamente me lembrou Lorenzo. Quatro, cinco, seis. Não sei quantas bocas mais meus lábios tocaram. Deixei a multidão sem olhar para trás e, da esquina do outro quarteirão, pude ouvir ainda *Non posso lasciarti andare, non questa volta...* Não posso te deixar escapar, não dessa vez...

Nem sempre as músicas regem nossas vidas... eu já tinha escapado. Mas foi Lorenzo quem deixou a gaiola aberta...

Desembarquei em Milão ao nascer do sol. Não preguei os olhos um minuto sequer durante o voo e cheguei a decorar o

CHEIRO DE SUOR E VINHO

tom escuro do lado de fora da pequena janela. Trabalhei como se estivesse de ressaca, esqueci os nomes dos clientes e precisei pedir ajuda a Alice para terminar o expediente. Ignorei todas as mensagens e ligações que chegaram ao meu celular. Eu não queria respondê-las nem saber quem as mandava. Mas no fundo eu sabia... Vivi o silêncio do meu próprio silêncio e voltei para casa a pé, mesmo que tarde da noite, desejosa de Giorgio, que me encontrasse pelas ruas e acabasse logo com tudo aquilo. Há coisas que não se explicam, e sua obsessão pareceu-me uma canção de ninar perto da melodia que Lorenzo havia me cantado.

Os jornais noticiavam o fiasco da apresentação da Macchina Rotta em Amsterdã e programas de fofoca criavam teorias que explicassem o abandono do vocalista após vinte minutos de apresentação. Eu não os li, nem os assisti.

"Com certeza estava drogado!", diziam uns. "Ele já não vem bem desde o acidente com a perna. O impacto afetou seu cérebro", anunciavam outros. "É a fama e a arrogância, andam sempre juntas!"

A verdade é que Lorenzo observou atônito todas as bocas que beijei. Não se mexeu nem esboçou reação, como se não tivesse forças para ordenar às pálpebras que sepultassem seus olhos e o livrassem daquela dor aguda. Deixou o palco da mesma forma que entrou, minutos antes: confuso, perdido e embaraçado. Não voltou mais. A apresentação durou exatos dezessete minutos. Fãs revoltados atiraram cervejas, copos e tudo mais que estava ao alcance de suas mãos. Brigas e discussões fizeram da plateia o palco perfeito para que se digladiassem e a polícia precisou ser chamada para devolver a paz ao local.

Dei ordens explícitas à titia para que não atendesse Lorenzo nem o deixasse subir, caso aparecesse em seu apartamento. Ela entendeu o recado e não me fez mais perguntas. Recusei o motorista de Lorenzo e passei a usar o carro de titia para ir ao trabalho.

276

Evitaria, assim, qualquer encontro inesperado. E me refiro a Lorenzo. Giorgio visitava-me apenas nas madrugadas. Ele assaltava meu sono e fazia das noites uma tortura sem fim. O pesadelo era sempre o mesmo, Giorgio mantinha papai e mamãe reféns dentro do quarto número quinze do Hotel La Constellazione, tirava sangue e dentes de suas bocas e parecia se divertir quando imploravam por suas vidas. Eu seguia os gritos de papai e mamãe pelo corredor, esmurrava a porta até meus dedos entortarem, mas não conseguia entrar no quarto. Restava-me apenas assistir à tortura pelo buraco da fechadura.

Quanto às dezenas de mensagens que chegavam ao meu celular, ignorei todas com sucesso e sobrevivi às semanas seguintes à base de remédios para enjoo. Eu lia apenas as primeiras palavras de cada mensagem e as apagava logo em seguida, e devo confessar, Lorenzo tinha um repertório limitado de desculpas. Era um misto de por favor me atenda, queria conversar pessoalmente, boa tarde, bom dia, boa noite, perdão, Elisa por favor me atenda. Cada palavra resgatava o que havia de frágil em mim. Duas semanas não eram o bastante para sacudir a poeira, vestir a capa da superação e, como uma heroína, salvar a mim mesma da própria ruína. Andava irritada e não tive sequer paciência para avisar Vittoria que Lorenzo e eu não estávamos mais juntos; sua sabatina de perguntas seria longa demais.

Certa noite, não foi o sr. Giorgio que me visitou. Lorenzo entrou em minha cabeça, tão astuto quanto era no palco. Sonhei que estávamos em seu apartamento, o mesmo puto lugar onde me entreguei várias vezes aos prazeres da carne. E desta vez não seria diferente, eu arrancava o sutiã e a calcinha, roçando minha pele na sua até que se arrepiassem os pelos de seu corpo. Queria possuí-lo e, ao mesmo tempo, ser possuída. O calor me subia pelas pernas e rapidamente tomava conta de tudo.

CHEIRO DE SUOR E VINHO

Lorenzo observava-me da penumbra do quarto. As poucas luzes vindas de fora tinham força apenas para limitar o contraste de seu corpo nu com o lençol branco da cama. Suas mãos estavam atadas à cabeceira e sua respiração espalhava pelo ar o doce aroma que eu tanto conhecia, seu hálito de hortelã.

Ah, Lorenzo...

Tudo acontecia em um universo onde não existia a nossa separação, tanto que me sentia unida ao seu coração por um fio invisível. A ele dava o nome de sintonia, a estranha força que nos fazia adivinhar palavras não ditas ainda, ler a alma do outro unicamente pelo olhar, a sensação de pertencimento mútuo, o lar que não era físico. Na mesa de cabeceira ao meu lado, uma garrafa de Château Bourbon La Chapelle e duas taças. Sua rolha estava caída no chão próxima à cama. Sem cortar a conexão de nossos olhos, estendi a mão e agarrei a garrafa de vinho.

Imaginei-me agarrando outra coisa...

O quarto amplificava o calor de nossos corpos. Suávamos. O rosto de Lorenzo continuava oculto sob a penumbra. Passei a mão livre sobre seu abdômen. Senti suas mãos segurarem firmemente meus seios. Gemi. Não havia mais cordas atando-o à cabeceira. Entornei a garrafa sobre meu corpo. O vinho deslizou suavemente sobre as mãos de Lorenzo e os bicos de meus seios, como um rio escavando a terra. Seus caminhos encontraram meu umbigo, descendo até a virilha. Pingos rubros também manchavam o peito suado de Lorenzo como uma chuva fina de fim de outono. No sonho, não falávamos com a boca, mas tudo dizíamos em silêncio. Dei um gole no Château Bourbon La Chapelle, beijando-o em seguida.

Saliva e vinho.

Acomodei seu corpo dentro do meu. Como estava quente. Gemi baixo, enquanto corria minha língua por seu pescoço suado. *O gosto de vinho e suor...*

278

MIGUEL VAZ

Acelerei meus movimentos, sem notar que ambos mordiam os lábios. Dei-lhe um gole de vinho. Acima de nós, gotas de umidade pingavam do teto. Tudo deslizava com facilidade, sua língua entre meus dentes, meu cavalgar sobre sua pele suada.

A viscosidade do vinho e de meu tesão...

Gozamos juntos, no exato segundo em que a última gota de vinho caiu da boca da garrafa e misturou-se ao nosso suor. O Château Bourbon La Chapelle escorregou por entre meus dedos, manchando de vermelho a colcha. Minhas pernas tremeram e me faltaram forças para me manter a postos, dominando-o. Abandonei-me em seu corpo, sentindo o sobe e desce de sua respiração. Estávamos entregues, como exatamente estivemos tantas e tantas vezes. Aos poucos, tudo se silenciou.

Eu sentia o cheiro de suor e vinho...

Acho que cochilei dentro do sonho, ou foi mais uma daquelas reviravoltas loucas que só acontecem quando estamos do lado de lá e não de cá. Bom, não importa. Só sei que não estávamos mais no quarto de Lorenzo e, se fosse para chutar um local, um jazigo de cemitério, daqueles antigos, com cera de velas queimadas por todos os lados, seria meu primeiro, segundo, terceiro e vigésimo palpite. Sem abrir os olhos, procurei a sua respiração. Nada cortava o ar denso... Concentrei-me no sobe e desce de seu peito. Meu corpo parecia repousar sobre uma lápide fria.

Levantei-me no susto. Não conseguia ver seu rosto. Chamei-o pelo nome. Nada. Chamei por amor. Nada também. Sacudi seu corpo. Nenhuma reação. Sua pele estava rubra do vinho derramado. Passei as mãos sobre seu peito. Minhas mãos também ficaram manchadas. Levei os dedos às narinas.

Cheiro de suor e sangue.

Encarei o jazigo à minha volta. De suas paredes desciam gotas escuras. A lápide também tinha cheiro de sangue. Nauseei.

CHEIRO DE SUOR E VINHO

Minha respiração encurtou. Sentia o gosto metálico na boca. Olhei as palmas de minhas mãos.

Eram puro sangue...

Olhei para o pescoço de Lorenzo. Duas marcas, cinco dedos de cada lado. Comparei o tamanho do roxo aos de minhas mãos. Batiam. Senti o ar se esvaindo dali. Possivelmente a mesma sensação que Lorenzo sentiu quando o matei enforcado.

45

itia já tinha se acostumado com meus gritos rompendo o silêncio da madrugada. Estava preocupada e chegou a agendar um psiquiatra para mim, o que eu gentilmente recusei, em uma daquelas idiotices que faz o ser humano quando acha que pode resolver os problemas do mundo e os seus, sozinho. Meus olhos estavam fundos e as olheiras, de visitantes, tornaram-se inquilinas. Os últimos dias tinham sido difíceis, uma esquizofrenia diária, eu diria. Em alguns momentos, chorava como criança – era a falta de Lorenzo –, em outros, o sabor amargo da traição era tão intragável que não havia quem arrancasse um sorriso de minha boca.

A mesmice dos dias só foi cortada quando Ida visitou-me no fim de semana seguinte. Titia abrira o jogo para mamãe e usara as palavras cadavérica, frágil e leve como uma pena para descrever-me. Ida, que ouvira a conversa, disse que iria a Milão ensinar-me a esquecer filhos da puta traidores. Desembarcou na La Lampugnano em uma tarde de quinta-feira, exatos seis meses depois que eu deixei Vernazza para morar em Milão.

Notei sua chegada antes de vê-la. Bastou uma palavra sua para que eu, entregue à cama, abrisse os olhos, cinco palavras para que me levantasse, e uma frase, com direito a alguns palavrões de seu repertório, para que meu coração disparasse.

CHEIRO DE SUOR E VINHO

– Se soubessem o verdadeiro motivo, fã algum estaria lamentando o cancelamento desses shows, titia, muito menos lambendo o saco desse cantorzinho de merda. – Ida era o retrato da revolta.

A Macchina Rotta tinha cancelado sua turnê...

Eu nada sabia sobre a Macchina Rotta ou Lorenzo desde Amsterdã, não lia suas mensagens, não buscava notícias suas na internet. Mesmo quando a saudade apertava e molhava meus olhos, uma força invisível afastava meus impulsos e gelava meu coração, como se existissem duas Elisas no corpo de uma.

Meu lado geek me recordava sempre de Gollum, de *O Senhor dos Anéis*...

Ida entrou sem bater na porta, com a delicadeza de sempre.

– Levante-se, puta! – Abraçou-me e beijou-me na testa.

Respondi com um sorriso amarelo, tentando esconder o que saltava à cara. Conversamos a tarde toda, recordando lembranças de infância, nossas brigas infantis, os casos frustrados de Ida – eram muitos – e as presepadas de papai e, durante aquelas horas, cheguei até a me esquecer da dor da traição. Quem me devolveu à realidade foi meu estômago, que não me deixava em paz desde Amsterdã. Pedi a Ida que pegasse um remédio para enjoo na gaveta da cômoda em que se sentava.

– Você está grávida – anunciou sem meias palavras. – Deixe-me ver sua barriga.

Restou-me rir, já que ouvir absurdos da boca de Ida já fazia parte de minhas obrigações como caçula. A possibilidade de eu estar grávida era nula, eu tomava anticoncepcional desde os quinze anos de idade, quando espinhas pipocaram em meu rosto como pequenos vulcões, formando uma cadeia de montanhas.

Eu estava segura.

– Pare de besteira. Estou com o estômago sensível. Não tenho comido direito.

Ida continuou impassível.

MIGUEL VAZ

– Espere aí. – E, sem mais palavras, deixou o quarto.

Ouvi Ida dizendo à titia que sairia para comprar um lanche para mim. A porta da sala fechou-se em seguida e o apartamento ficou em silêncio até a campainha anunciar sua volta, vinte minutos depois. Aproveitei sua ausência para pensar naquela possibilidade.

Porra, claro que não!

A chance de eu estar grávida de Lorenzo era tão pequena quanto a de Ida internar-se pelo resto da vida em um convento de noviças. Meu anticoncepcional estava em dia, minha menstruação viria em breve e minha barriga não mostrava nada além de costelas, efeito das semanas comendo pouquíssimo.

– Tome. – Ida jogou em meu colo uma pequena caixa. – Vá ao banheiro.

Era um teste de gravidez.

– Vou fazer só para que você não se arrependa de ter jogado seus euros no lixo. – Levantei-me da cama. – *Eu não estou grávida!* – insisti, por mais que, de pé, minha barriga fizesse força para sair boca afora.

Tranquei-me no banheiro e segui todas as instruções. O resultado sairia em minutos. Caso aparecesse um traço, não estava grávida. Caso aparecessem dois, bebê a caminho.

Só Ida para me fazer passar por esse absurdo...

Se não fosse o teste de gravidez, diria que tudo aquilo não passava de um plano de Ida para me tirar da cama. O primeiro traço apareceu, como esperado. Aguardei os minutos que faltavam encarando as pequenas rachaduras do teto. Eram como as do banheiro do quarto do terceiro andar do Hotel La Constellazione. Lembrei-me de Giorgio. Onde estaria? *Espero que preso.* Fechei os olhos. Vi-me no terraço do hotel. Ao fundo, o mar azul de Vernazza e o horizonte sem fim, cercado pelos penhascos onde pequenas casinhas coloridas se apinhavam.

– Elisa? – Ida trouxe-me de volta à realidade.

283

CHEIRO DE SUOR E VINHO

Encarei novamente o exame de gravidez. Dois riscos simétricos cortavam a fita branca. *Eu não consigo acreditar...* Vi e revi o exame até meus olhos se cansarem. Os dois tracinhos continuavam ali, dois rabiscos que mudavam toda uma existência. Meu estômago revirou-se novamente. Ida chamava meu nome. Abri a porta do banheiro e corri de volta para o vaso, a tempo apenas de levantar a tampa. Vomitei. Ida agachou-se e segurou meus cabelos enquanto apertava minha mão. O exame descansava sobre o azulejo frio do chão. Seus olhos se espremeram para focar as vistas. Abriu a boca, mas nada saiu de lá. Abraçou-me, o que não fazia havia anos, desde quando nos distanciamos física e emocionalmente. Assim ficamos por longos minutos.

Eu estava grávida de Lorenzo.

– Eu vou ser... titia! – Ida parecia também não acreditar.

A palavra titia fez a minha pressão abaixar. Era um daqueles vocábulos que pareciam carregar o peso do mundo. Voltei carregada para a cama.

– Você será... mamãe!

Se a palavra titia me provocou vertigem, a palavra mamãe foi um soco em minha consciência. Precisei de um copo de água bem jogado na cara para me recuperar do desmaio e acordei com o rosto radiante de Ida a meio palmo do meu. Lágrimas de felicidade brotavam do cantinho de seus olhos, minha irmã chorava e, como toda caçula, eu cumpri o manual de conduta dos irmãos mais novos e a imitei, chorando também.

Eu seria... mãe. Alguém crescia dentro de mim.

Senti medo, o sentimento que acompanha qualquer mãe solteira a partir do momento em que se descobre grávida. Eu não estava mais com Lorenzo e sequer sabia se o queria de volta em minha vida. Traições não eram esquecidas. No máximo, eram superadas, arrastadas para debaixo do tapete; remendávamos a confiança, mas nunca voltávamos a ser o que éramos antes.

Ida jurou fechar a boca e guardar segredo sobre minha gravidez enquanto eu ganhava tempo para pensar. Lorenzo merecia saber que seria pai, mas meu psicológico andava tão resistente quanto as louças chinesas de titia na cristaleira da sala. Repeti o teste no dia seguinte. Outra vez dois pequeninos traços vermelhos cortaram a parte branca.

Porra... eu estava mesmo grávida...

Ida me fez companhia até o meio da semana seguinte, quando retornou a Vernazza. Eu estaria sozinha a partir daquele momento. Enquanto meus hormônios se divertiam em uma montanha russa frenética, minha cabeça dividia-se entre domar os enjoos constantes e continuar ignorando as mensagens que chegavam ao meu celular.

A verdade é que eu não sabia mais o que fazer...

Se antes me escondia de um mafioso, agora evitava o pai de meu filho. Jurei ver Lorenzo passar à frente do restaurante todos os dias, disfarçando a fama por detrás dos óculos escuros e de um moletom com capuz, o mesmo que vestia quando me pediu em namoro, em frente às águas cristalinas da Fontana di Trevi, em Roma.

Pensei em acabar com tudo aquilo. Dar um fim à angústia. E sim, da exata maneira que está imaginando enquanto lê estas palavras. Passei noites em claro pensando em uma forma de convencer Deus de que seria melhor que aquela criança em meu ventre nem nascesse, que partisse comigo, afinal o que esperar da vida, senão tristeza e amargura, quando se vem ao mundo com pais já separados?

A resposta não tardou a vir, e, para ser sincera, não sei se em sonho ou realidade. Os remédios contra enjoo provocavam muita sonolência, e quase sempre eu retornava de madrugada do restaurante mais dormindo que acordada, tomava um banho rápido e me jogava na cama. Certo dia, ao sair do banheiro, me despi

CHEIRO DE SUOR E VINHO

diante do espelho de meu guarda-roupas e não reconheci a mulher que me encarava de volta. Estava pálida, magra, triste, tinha olheiras fundas e lábios ressecados. Chorava, pude perceber o brilho viscoso no canto de seus olhos. Indaguei a Deus, em uma daquelas conversas que não se sabe se são, de fato, conversas ou se falamos sozinhos ao vento, onde estaria a minha felicidade agora. Em forma de sussurro, sua resposta foi precisa: procure dentro. Não entendi o que queria dizer. Percorri meu reflexo no espelho até que meus olhos encontraram uma das gavetas. Abaixei-me e segurei o puxador. No fundo, repousava a caixa já conhecida. Retirei o colar com os dois pingentes de sapo e o coloquei no pescoço. Eu não o usava desde Amsterdã, quando descobri a traição de Lorenzo. Os quatro olhinhos continuavam reluzentes e o brilho que me faltava no olhar talvez sobrasse ali, através de seu esverdeado e de seu azulado.

Tentei sorrir, não consegui. Percorri novamente com os olhos o meu corpo nu. Fixei-me na barriga, era tímida, pequenina, não levantava suspeitas, não entregava seu inquilino. Com as mãos, percorri suas extremidades, sentindo cada centímetro de pele. Uma pulsação. Sim, senti uma leve pulsação. Outra. Alguém chutava minha barriga. Mas não seria possível, era do tamanho de um grãozinho de ervilha, nem pés e pernas teria ainda. Outro chute, depois outro e outro. Talvez depois disso o sono tenha me alcançado de vez, ou dormira dentro do box do banheiro com o chuveiro ligado. Só sei que acordei em minha cama e, ao meu lado, repousava o delicado colar com os dois pingentes de sapo. Se foi sonho ou não, não sei. Prefiro chamar de milagre.

46

Eu encararia meus demônios de peito aberto, iria aos confins de meus pesadelos, visitaria o covil de minhas tristezas. A Macchina Rota se apresentaria em Milão naquela noite, dia 17 de novembro, e eu decidi estar onde muitas vezes estive, na lateral do palco. Não avisei ninguém da banda, mas levava dentro de mim mais do que o filho de Lorenzo, eu carregava a certeza de que não haveria nada no mundo que me impedisse de chegar até ele.

Deixei o restaurante pouco antes das 23 horas e dirigi o carro de titia pelas ruas milanesas, evitando os solavancos que me causavam certo enjoo. Peguei o celular e avisei apenas Ida, que me respondeu com um sonoro "já era tempo". Doze mensagens não lidas de Lorenzo recheavam a tela. Eu responderia a todos os seus lamentos, desculpas e arrependimentos ao vivo, olhando em seus olhos, dentro de seu mundo, a música.

Desde que descobrira a gravidez, tudo orbitava o ser que crescia dentro de minha barriga, como se não houvesse brechas para novos receios, tampouco antigas preocupações. Nem Giorgio e sua obsessão doentia me marcavam tanto quanto as inseguranças de descobrir-me mãe. O mafioso tornou-se uma vaga lembrança que raramente me acelerava o coração. Passei a não mais percorrer as páginas policiais à procura de sua foto e desejei que seu silêncio e sumiço fossem o sinal de que a máfia o havia encontrado antes que ele pudesse me encontrar.

CHEIRO DE SUOR E VINHO

Milhares de pessoas apinhavam-se diante das entradas do Estádio Giuseppe Meazza, onde aconteceria o show da Macchina Rotta. Ali eu era novamente mais uma fã da banda, sem regalias nem facilidades. Caminhei por toda a extensão da arquibancada, observando cada espaço vago ser ocupado por uma pessoa. Minha cabeça borbulhava, mas não mais que meu estômago. Ver Lorenzo novamente depois de semanas tirava-me o ar dos pulmões. Eu não o havia sequer perdoado. Ir a seu encontro atendia somente o seu direito como pai. Sim, Lorenzo merecia saber.

Avancei com muito custo até a lateral do palco, onde dezenas de seguranças mal-encarados faziam guarda, e esperei o iminente começo do show para chamar a atenção do fotógrafo da banda, que eu conhecia de vista. Seus olhos arregalaram-se ao me ver ali e, entre um clique e outro, pôs-se a gritar com Venezia, que se encontrava na lateral do palco, regendo os funcionários que faziam os últimos acertos para o início da apresentação.

A Macchina Rotta entrou no palco do estádio em meio à chuva de fogos de artifícios e aos gritos histéricos das mais de cinquenta mil pessoas ali presentes. Lorenzo, como sempre, foi o último a entrar, vestindo uma jaqueta vermelha. O fotógrafo aproveitou o momento do solo de guitarra de Pietro para se aproximar do palco e gesticular exaustivamente para Venezia, que só o percebeu ali quando a primeira música já se aproximava do fim. Da lateral do palco, pude vê-lo apontando em minha direção. Venezia custou a ver-me ali, em meio ao mar de mãos das fãs emocionadas, mas seus olhos arregalados atestaram o impossível. Segundos depois, o produtor puxava-me para os bastidores do palco e, antes que sua boca desaguasse em palavras toda a sua confusão mental, eu o abordei decidida.

– Leve-me até Lorenzo.

288

47

Giorgio infiltrou-se no estádio três dias antes do esperado show da Macchina Rotta em Milão. Com a lábia própria de mafiosos, passou-se por um dos seguranças que fariam a guarda do palco. Como esteve presente nos bastidores desde a montagem da estrutura até a abertura dos portões, dias depois, todos os funcionários e produtores tinham se acostumado com sua presença. Dormiu nos vestiários do estádio e sonhou pela primeira vez em meses. No sonho, via-se novamente frente a frente com Lia, a filha que o traíra e por pouco não o assassinara. Despejava sobre ela uma rajada de balas, e cada projétil, ao perfurar a carne fresca, provocava-lhe um orgasmo intenso. Nenhum mafioso, tampouco a polícia, ousaria pensar que um homem foragido escolheria o olho do furacão para esconder-se e consumar suas obsessões. Giorgio estava convicto de que não sairia vivo de lá, caso tudo ocorresse como esperado. A única aresta solta de seu plano era justamente a que não conseguia prever nem controlar: se Elisa iria ou não ao show.

Os jornais tinham noticiado uma pequena crise na banda nas últimas semanas, com direito ao cancelamento de uma pequena turnê pela Europa Oriental. Nada, no entanto, dizia respeito a Elisa. Desde que havia invadido o apartamento de Lorenzo à sua procura, Giorgio carregava o gosto de sangue na boca. Era o sabor da frustração. Mas algo o tranquilizava e extrapolava a

CHEIRO DE SUOR E VINHO

pura sensação de que tudo já estava escrito e, como se Deus não apenas escrevesse certo por linhas tortas, coube ao papel encontrado em cima da mesa do rockstar mostrar-lhe que sim, o Criador também poderia escrever errado por linhas retas. Escrito em letra cursiva ao lado da data 17 de novembro e da palavra Milão, a frase "será o melhor show da vida!". A letra definitivamente era de Lorenzo, concluiu mais por um íntimo desejo seu que por conhecimento de causa. Giorgio ainda carregava em seu bolso o papel furtado no apartamento como um amuleto. Ele provaria que Deus também poderia se equivocar: não seria possível existir um show que fosse o melhor da vida e da morte ao mesmo tempo.

À medida que as horas avançavam, Giorgio desequilibrava-se cada vez mais. Em silêncio, observou o estádio se apinhar de fãs e, da lateral do palco, atrás de algumas caixas de equipamentos, esperou por Elisa. Sua ansiedade era tanta que, meia horas antes do início da apresentação, passou a vê-la em cada rosto da multidão que se amontoava em frente ao palco. Um fino desespero percorreu sua carne quando a Macchina Rotta subiu ao palco. Com olhos de águia, percorreu cada centímetro dos bastidores à procura de sua presa. Sentiu-se novamente um puto idiota movido pela emoção e não se reconheceu mais como um mafioso. A vingança obcecada o havia transformado em um filho da puta amador. Decidiu deixar o local ao fim da primeira música. Elisa não estava lá, ele havia falhado novamente. Quando os acordes da guitarra de Pietro soaram pela última vez, Giorgio ensaiou alguns passos até a escada. Congelou. Elisa acabara de subir ao palco, acomodando-se a menos de três metros à sua frente, ou seria a sua filha!? Para ele, eram a mesma pessoa e mereciam o mesmo destino.

48

ão se deixa de amar alguém do dia para a noite, por mais que um profundo sentimento de decepção lhe corrompa a alma. Leva-se tempo e é preciso estar disposto a isso. Eu sequer sabia o que queria da vida e muito menos se a palavra perdão em algum momento constaria novamente em meu vocabulário. Tantas dúvidas me consumiam... *Teria Lorenzo um caso duplo? Foi apenas uma fraqueza de momento? Seria eu a outra? Como ele receberia a notícia de que seria pai? O que seria de nós daqui para a frente?* Tudo isso me passava pela cabeça quando subi ao palco da Macchina Rotta. Eu me sentia despreparada, insegura, o perfil contrário daquelas mulheres que, como que por dom, pariam seus filhos sem tirar o sorriso do rosto, e apenas o íntimo compromisso com meu filho era o que me dava forças para ficar frente a frente com Lorenzo.

O lugar que tantas vezes ocupei ao seu lado, observando seu sucesso e sonhando o seu sonho, era agora terreno desconhecido. Entre alguns equipamentos de som e o olhar incrédulo de Mario, observei a guitarra de Pietro soar os primeiros acordes de "La Luna". Lorenzo encontrava-se além da passarela que cortava o palco ao meio e saudava a multidão enlouquecida. Ugo foi o segundo a notar minha presença ali, e suas baquetas vacilaram no tempo do compasso. Gaetano, que o acompanhava, virou para trás, encarando-o irritado, e seguiu seu olhar até encontrar-me ao lado do palco, abrindo a boca em seguida. Lorenzo começou

CHEIRO DE SUOR E VINHO

a cantar, acompanhado da multidão, cuja voz ecoava pelos anéis do estádio.

Segundos se passaram, mas em minha mente uma eternidade galopava desenfreada. Lorenzo estava a vinte metros de mim, mas a galáxias de distância do meu coração. Recordei as noites de prazer, a vista de seu apartamento para o autódromo, o cheiro de suor e vinho. Tudo era um borrão. Olhei para a minha barriga, meu corpo sambava dentro da camisa, uma puta ironia, afinal ninguém chegava a uma gravidez perdendo mais peso que ganhando.

– *Non posso lasciarti andare, non questa volta!*

Lorenzo acompanhou a multidão no estádio e preparou-se para o segundo refrão. Virou-se para o palco e foi a primeira vez que o vi de frente. Não trazia no rosto o sorriso que tantas vezes eu fiz desabrochar, mas era ótimo profissional, não transparecia tristeza, como em Amsterdã. Enquanto minha barriga dava voltas e sentia a chegada sorrateira da ansiedade, ele caminhava de volta. A banda crescia novamente, arrebatando o público para um novo frenesi.

– Elisa!

O microfone caiu de sua mão. Lorenzo calou-se enquanto a multidão expurgou seus sentimentos com as palavras *Non posso lasciarti andare, non questa volta*. Permaneceu ali, olhando-me, devorando-me, suplicando-me um perdão que talvez eu não seria capaz de oferecer. Vi seus olhos chorarem discretos até me dar conta de que chorava também.

Lorenzo era o pai do meu filho. Esse fato nem as leis divinas conseguiriam alterar. Era a certeza que me levara ao seu encontro naquela noite. Seus passos o trouxeram a mim, enquanto o coro de vozes continuava cantando, satisfeito. Quando apenas três metros nos separavam, vi um breve sorriso brotar de seus lábios. Sua alegria, no entanto, durou pouco. Antes que conseguisse entender o que acontecia, senti faltar o ar dos pulmões. Alguém me apertava o pescoço e colava meu corpo ao seu. Senti o cano frio da arma sobre a lateral da minha testa, enquanto minhas narinas reconheciam o cheiro de suor.

– Como é bom vê-la, Lia. – A voz arrastada de Giorgio penetrou meus ouvidos.

– Solte-me! – Observei Lorenzo congelar à minha frente. A banda parou de tocar, mas o público continuou, decerto imaginando mais um momento do show em que a Macchina Rotta o deixava cantar.

Giorgio vestia-se como um segurança e fungava sem parar. Parecia envelhecido, seus cabelos estavam mais grisalhos e sua pele se apoiava sobre a cicatriz que cortava seu rosto. Olhei novamente para Lorenzo, ele sentia medo.

– Diga-me. – Sua voz rouca cortou o ar. – Sentiu minha falta? Lorenzo ensaiou aproximar-se.

– Nem um passo a mais, filho da puta! – vociferou Giorgio. Lorenzo parou. O público continuava cantando à capela e apenas as pessoas mais próximas ao palco perceberam que algo acontecia em sua lateral. Nos bastidores, uma discreta movimentação iniciou-se. Produtores passavam de um lado para outro enquanto a segurança do evento era avisada de que alguém fora feito refém por um de seus integrantes.

– Achei que a veria apenas no inferno, filha querida. – Giorgio apertou seu braço sobre minha garganta. Sua arma continuava apontada para a minha cabeça. – Pelo visto não me esperou e resolveu assombrar-me novamente.

– Eu não sou a sua filha! – Minha voz saiu em sussurro, enquanto sentia minhas forças se esvaírem.

Meus olhos captavam com dificuldade o cerco que se fechava para Giorgio. Seguranças formaram um semicírculo, isolando-nos no meio. Giorgio não piscava os olhos, atento a todos, e

CHEIRO DE SUOR E VINHO

molhava-me com seu suor. Claramente estava em surto e notei que cada palavra cantada com mais força pelo público agredia seus ouvidos.

– Sabe por quantos putos anos eu criei você? – Seus dentes rangeram, tentando concentrar-se novamente. – Sabe!?

– Solte-me!

– Solte ela! – Lorenzo reafirmou minha súplica.

Giorgio olhou em seus olhos e sorriu em seguida.

– O último que se envolveu com Lia eu abri a barriga à faca. – Fungou meus cabelos. – Lembra-se, meu amor? – Voltou-se a mim.

Eu suava frio, certa de que apagaria a qualquer instante. O braço de Giorgio me sufocava e, a cada respiração, sentia que o nó que seu corpo fazia em mim atava-me mais firmemente. Pensava no filho que repousava dentro de minha barriga, pensava em Lorenzo.

O público terminou o coro à capela e o que se seguiu foi uma grande salva de palmas, um frenesi da multidão enlouquecida. Os aplausos atordoaram Giorgio, cuja feição contraiu-se de dor. Virei meu rosto o quanto pude, tentando contato visual com o mafioso, o bastante para ver sua boca espumando e suas pupilas do tamanho de duas melancias. Parecia estar em transe. Lorenzo notou sua confusão e avançou sobre a arma. Ouvi um tiro cortar o ar ao lado de minha cabeça. Quando dei por mim, estava no chão, assim como ele e Giorgio, que se digladiavam pela arma, de cujo cano ainda saía uma discreta fumaça. Jurei que, nesse instante, meus olhos encontraram os seus, em uma conexão genuína que apenas almas que já trocaram suores e amores eram capazes de fazer, mas talvez tenha sido uma impressão, não sei.

Quantas vidas tinha vivido com Lorenzo... Foi em sua companhia que visitei o céu e o inferno. Não podia reclamar, portanto, da intensidade das emoções ao seu lado. Tive momentos sublimes, como os orgasmos intensos em sua cama, os simples passeios à tarde no parque, onde seus fãs não nos abordavam com frequência, os shows perfeitos que assisti do palco. Mas tive também momentos de profunda tristeza, como as duas vezes em que Lorenzo traiu minha confiança e minhas expectativas, uma em Vernazza, outra em Amsterdã. Agora nos uníamos pela semente que germinava em meu útero.

Como gostaria de contar a ele agora...

Em minha cabeça, uma eternidade se passou e tive a impressão de que assisti Lorenzo e Giorgio lutarem por horas no chão, seus braços entrelaçando-se, suas roupas rasgando-se e ninguém, eu repito, ninguém para separá-los. Não foi o que aconteceu, como vim a descobrir depois. Tudo se deu em uma fração de segundo, uma puta fração: Lorenzo quase conseguiu segurar o revólver. Giorgio rolou por cima dele. Não foi possível distinguir quem era quem. Um estampido abafado cortou o ar. Separararam-se. Os seguranças avançaram e, no chão, por detrás de uma caixa de som, restou-me apenas a audição para tomar conhecimento do que se passava. Mais três disparos. Vi a cabeça do mafioso pender para o lado, assentando-se no piso do palco.

Levantei-me rapidamente, enquanto o público, assustado com os tiros, espremia-se em busca das saídas do estádio. Giorgio estava morto. Fora alvejado três vezes no peito pelos policiais. O sangue pintava de vermelho a madeira do palco. Lorenzo estava mais ao fundo, também caído. Equilibrava-se nos cotovelos, de peito para cima. Ofegava. Dezenas de pessoas da produção brotavam de cada centímetro do espaço para ajudá-lo. Eu também corri ao seu encontro, olhando em seus olhos. Lorenzo me encarou profundamente. Respirei fundo. Aquele pesadelo se encerrava ali, Giorgio sucumbira a seus delírios. Abracei-o, reclinando sua cabeça sobre meu corpo.

– Acabou... Acabou! – Chorei de nervoso e alívio. Lorenzo me retribuiu com um sorriso tímido. Ele continuava ofegante.

CHEIRO DE SUOR E VINHO

Ao passar a mão sobre seu peito, notei o molhado. Ela tingiu-se de vermelho, da mesma forma que nas noites de prazer em seu quarto, regando nossos corpos com vinho.

O cheiro de suor e sangue...

Lembrei-me do pesadelo que tanto me corroía a alma. Tornava-se real naquele instante. Desesperei-me e gritei por ajuda. Dois socorristas já se encontravam ao meu lado. Um deles pediu que eu me afastasse, mas Lorenzo, com uma voz imperiosa, ordenou que eu ficasse ao seu lado.

O tiro desferido por Giorgio enquanto rolavam no chão acertou seu peito. Ao tirarem sua jaqueta e sua camisa preta, notei o pequeno furo, de onde jorrava silenciosamente uma bica de sangue. Desesperei-me.

– Façam alguma coisa! Façam alguma coisa, porra!

Lorenzo estava morrendo.

Chorei, abraçando-o. Lorenzo ficava cada vez mais ofegante.

– Não chore, Elisa Rizzo! Eu vou ficar bem. – Nem ele acreditava em suas palavras. Queria apenas me confortar.

Abracei-o mais forte, sentindo o cheiro de seus cabelos revoltos. Um dos socorristas tentou estancar a hemorragia em seu peito com a mão, inutilmente. O sangue continuava minando de cada extremidade possível. Outros socorristas chegaram e arrancaram-me de perto, tinham que o remover às pressas. Meus olhos encontraram novamente os seus.

A mesma sintonia que nos unia...

Ele, apesar de tudo, tinha um sorriso discreto na boca. O mesmo bom humor que o acompanhou durante a vida agora parecia despedir-se do companheiro de jornada. Respirei fundo. *O cheiro de suor e sangue...* Juntei toda a coragem do mundo e, antes que o removessem, contei a ele.

– Você será pai!

MIGUEL VAZ

Vi suas sobrancelhas arquearem-se. Lorenzo abriu um sorriso largo, mostrando todos os dentes tingidos de vermelho. Saía sangue por sua boca. Teve forças apenas para levantar a cabeça enquanto o tiravam do palco. Queria que eu lesse em seus lábios as parcas palavras que, já fragilizadas, custavam a sair de sua boca.

– Eu amo vocês.

Vocês. No plural. Estas foram suas últimas palavras antes que, diante de meus olhos chorosos, seu olhar perdesse o sentido, nunca o brilho, porém. Aos poucos, seu sorriso se desfez, assim como o meu, que levou exatos sete meses para despontar novamente.

297

49

A primeira vez que sorri após a morte de Lorenzo foi quando peguei Flora em meus braços, ainda na maternidade. Flora teve dificuldades para chorar, como se antecipasse a todos nós a sua resiliência ao sofrimento do mundo. Tinha nascido com três quilos e duzentos gramas, às sete horas da manhã do dia primeiro de maio. Era a mais nova cidadã da pequena vila de Vernazza. Eu havia deixado Milão e retornado para a velha *azienda agricola* dois meses após a morte de seu pai.

Os dias que se sucederam à partida de Lorenzo foram os mais difíceis da minha vida. Os socorristas ainda tentaram reanimá-lo, mas já era tarde. Meu rockstar morreu a caminho do hospital, deixando órfãos milhares de fãs, e um bebê ainda em meu ventre.

Não tive coragem nem força suficiente para ir ao seu enterro, e me arrependo profundamente disso, mesmo já passados vários meses. Depois de sua partida, a Macchina Rotta encerrou suas atividades. Nenhum dos integrantes foi a favor de colocar outro vocalista em seu lugar, nem Mario, apesar de suas visões altamente comerciais. Todas as músicas do álbum *La Luna Improbabile* ficaram por várias semanas no topo das paradas de sucesso. "La Luna" se tornou a música mais escutada no mundo por quatro semanas seguidas e imagens da confusão correram o mundo até darem lugar a notícias mais recentes. Muitas homenagens foram prestadas também. O parque próximo ao seu apartamento em Monza, o

MIGUEL VAZ

mesmo parque que frequentamos para evitar os curiosos e paparazzis, teve seu nome trocado para Lorenzo Bianchi. Um tributo do governo local ao único popstar da história da cidade.

Quanto a minha gravidez, evitei os holofotes em quase toda a sua totalidade. Apesar de os jornais terem noticiado a minha gestação, estampando por semanas em suas capas a notícia de que Lorenzo seria pai, procurei a discrição e voltei para a casa de meus pais. Durante todos os meses seguintes, contei com a presença deles, além de Ida, que, contrariando a ordem natural das coisas, tornou-se a tia mais babona que conheci. Vittoria também me visitou quando já havia me instalado novamente em meu antigo quarto em Vernazza. Algumas modificações foram necessárias ali, afinal, um berço ocupa um lugar e tanto.

Minha gestação foi cheia de altos e baixos. Por mais que crescesse a expectativa do nascimento de minha filha, cada nova descoberta, ida ao médico, novidade ou presente que Flora ganhava lembravam-me de que não havia Lorenzo para, fisicamente, compartilhar cada ocasião. Quero acreditar que ele, mesmo em outro lugar, esteve presente em cada momento, pois o sentia constantemente. Nunca esqueci seu último sorriso e cada vez mais tenho a certeza de que Flora puxou de Lorenzo o seu temperamento tranquilo e brincalhão.

Todos os quatro integrantes da Macchina Rotta visitaram-me quando Flora nasceu. Fiquei feliz em saber que Pietro tinha parado definitivamente de fumar. Gaetano tinha engordado alguns quilos e não mais apresentava os ossos da costela. Ugo agora vestia roupas que não lhe apertavam tanto a barriga. Mario também estava mais bem-humorado e até distribuiu alguns sorrisos durante as horas que passaram na *azienda agricola*. Todos choraram ao conhecer Flora e tenho certeza absoluta de que a chuva fina que molhou os parreirais ao fim do dia foram lágrimas de alegria

CHEIRO DE SUOR E VINHO

de Lorenzo. Diante de todas as divergências, brigas e questões, o amor sempre prevalecia entre os cinco.

Como esperado, L'Orso, meu pai, tornou-se um avô babão. Apesar de a idade não lhe permitir mais tantas ousadias, Flora fazia o que bem queria com o vovô. Papai tornou-se a figura paterna na vida de minha filha. Mamãe também se tornou muito mais presente, amparando-me nos momentos de fraqueza, quando a saudade de Lorenzo me corroía a alma. Manteve-se minha confidente e foi o pilar quando meu mundo parecia novamente desabar.

A velha *azienda agricola* continuava a mesma. Seus parreirais sem fim sofriam com a estiagem, mas, depois da chegada de Flora, parece que seu nome incentivou o desabrochar das flores e as novas safras de uvas.

Eu não tive coragem de colocar um gole de vinho na boca por um bom tempo, afinal foi Lorenzo quem me ensinou a amar aqueles sabores que tanto me entorpeciam. Era desrespeitoso beber uma taça fora de sua companhia. Quando Flora completou um ano, fizemos uma festa na *azienda agricola*. Só então, na companhia de titia Francesca, tomei um copo de vinho. Aquele momento foi um divisor de águas em minha vida. Chorei como se a partida de Lorenzo tivesse sido naquele instante. Busquei o ar frio da noite do campo para ajudar a aplacar minha saudade. Ali, observando o céu estrelado, tive a certeza de sua presença. Uma estrela cadente cortou o céu.

Era o meu rockstar brilhando no maior palco do mundo...

Flora cresceu correndo pelos parreirais. Quando atingiu certa idade, coloquei em seu pescoço um pingente delicado.

– Papai sempre estará com você!

Ela observou com curiosidade os três sapinhos de olhos brilhantes, um verde, um azul e um vermelho; este último mandei fazer cravejado de pequenos rubis – era nossa filha. Nossa família

300

estava completa. Flora fez questão de mostrar a todos o seu novo colar. Quinze minutos depois, no entanto, já tinha trocado a atenção dos três pingentes por um pequeno pedaço de madeira achado no quintal.

As crianças...

Quanto a mim, trabalhei os anos seguintes na criação de nossa própria vinícola. Recuperei a coragem necessária no dia em que me deparei com aquela estrela cadente.

Lorenzo estaria feliz com minha decisão...

Dei-lhe o nome de Sudore Divino, ou Suor Divino. Só me atentei à coincidência dos nomes semanas depois, quando já me deitava. Ao apagar as luzes do quarto, senti um cheiro característico rescendendo por todo o ambiente.

O cheiro de suor e vinho...

Naquela noite sonhei com Lorenzo. Andávamos juntos pelos grandes parreirais. Em certo momento, senti suas mãos me guiando para um monte de folhas secas. Fazia uma tarde fria de outono e o céu estava pintado de vermelho, com suas nuvens manchadas pela luz dos parcos raios de sol. Alguns pequenos passarinhos aventuravam-se pelas correntes geladas, arrependiam-se e rapidamente voltavam para seus ninhos.

– Do que ri, Elisa Rizzo? – Sua voz era a mesma.

– Estou rindo de seu cabelo. – O vento tinha bagunçado totalmente seus fios pretos.

Lorenzo abriu um sorriso. O mesmo sorriso que me tirou os sentidos e me fisgou, anos antes. Com suas mãos delicadas, deitou-me sobre as folhas secas e ali, sob as parreiras e o sibilar do vento, fizemos amor mais uma vez.